L'ÉCOLE
DES CAUCHEMARS

Le réveil des monstres

L'auteur

Dean Lorey est scénariste et vit en Californie avec sa femme et ses deux enfants. Après des études de cinéma à New York, il a participé à l'écriture de nombreux films et séries télévisées. Aujourd'hui, cet homme à l'imagination débordante s'est lancé un nouveau défi : faire frissonner les enfants... *L'École des Cauchemars* est sa première série de livres pour la jeunesse.

À paraître :

L'École des Cauchemars, livre 2 (novembre 2010)

**Vous aimez les livres de la série
L'ÉCOLE
DES CAUCHEMARS
Écrivez-nous
pour nous faire partager votre enthousiasme :
Pocket Jeunesse, 12 avenue d'Italie, 75013 Paris.**

DEAN LOREY

L'ÉCOLE DES CAUCHEMARS

Le réveil des monstres

Traduit de l'anglais (États-Unis)
par Juliette Paquereau

POCKET JEUNESSE

Titre original :
Nightmare Academy
1. Monster Hunters

Publié pour la première fois en 2007 par Harper Collins
Children's Books, a division of Harper Collins Publishers,
New York, USA.

Loi n° 49 956 du 16 juillet 1949 sur les publications
destinées à la jeunesse : mai 2010.

ISBN : 978-2-266-18398-7

068490561

À mon épouse, Elizabeth,
et à nos fils, Chris et Alex.
Je vous aime.

PREMIÈRE PARTIE
LA DIVISION CAUCHEMAR

UN MONSTRE DANS LE MODÈLE 3

Chaque matin, au réveil, Charlie se disait qu'il était le garçon le plus seul au monde. Il habitait une rue calme dans une résidence surveillée et suivait l'école seul, chez lui. Si toutes les maisons semblaient identiques au premier coup d'œil, il existait en fait plusieurs modèles.

La famille Benjamin vivait dans un modèle 3.

« Le modèle 3 est le modèle haut de gamme », aimait à répéter le père de Charlie. C'était un homme exigeant, qui répondait au prénom non moins exigeant de Barrington. « Le modèle 1 est de toute évidence un prototype : inutile de gaspiller sa salive. Le modèle 2 est le fruit de modifications réalisées à la va-vite : il faut souvent reculer pour mieux sauter. Ce qui nous amène au modèle 3 : simple, solide et *indestructible*. »

Le modèle 3 était la prison de Charlie.

À treize ans, Charlie était petit pour son âge. Il avait une tignasse couleur sable, des yeux foncés, les joues et le nez constellés de taches de rousseur. Ses coudes et ses genoux étaient remarquablement vierges d'égratignures ou de bleus, grâce à la vigilance d'une mère bien intentionnée qui veillait à ce qu'il ne sorte pas de la maison.

« Ce monde n'est pas sûr, lui répétait-elle souvent. Je peux te protéger ici, mais, dès que tu mets le pied dehors... » Il s'ensuivait immanquablement un hochement de tête solennel, comme si les atrocités du monde à l'extérieur du modèle 3 étaient trop pénibles à regarder en face.

— Tu dis ça tout le temps, lui rétorqua Charlie un samedi matin, après un hochement de tête particulièrement grave. Ça ne signifie pas que c'est la vérité. J'en ai marre d'être enfermé ici à longueur de journée. Je veux aller dans une vraie école.

— Une *vraie* école ? reprit sa mère. Chéri, nous avons une vraie école ici. Des livres et des ordinateurs, du papier et des crayons, des contrôles et des notes...

— Et zéro élève, l'interrompit Charlie. Enfin, à part moi.

— C'est juste, approuva-t-elle d'un ton agréable.

C'était une femme tellement agréable, d'ailleurs, qu'elle n'en avait jamais voulu à sa propre mère de l'avoir baptisée Olga.

— Dieu merci, parce que zéro élève égale zéro taquinerie, zéro chamaillerie et zéro moquerie sous prétexte que tu es légèrement différent.

Si Charlie reconnaissait volontiers qu'il était plus que légèrement différent, le protéger des brimades d'une

cour de récréation en le claquemurant à la maison revenait, en somme, à l'amputer d'une main pour lui ôter
une écharde du doigt : les résultats étaient là, mais à
quel prix ?

« C'est trop cher payé », se disait Charlie lorsqu'il
entendit le facteur fourrer le courrier du matin par le
clapet de la porte d'entrée. Traînant les pieds, il alla
récupérer l'assortiment quotidien de factures et de cata-
logues – toujours pour ses parents, jamais pour lui. Mais,
à sa grande surprise, il remarqua ce jour-là une petite
enveloppe bleue adressée à Charlie Benjamin.

— C'est moi ! fit-il, le souffle coupé.

Au bord de l'évanouissement, Charlie décacheta l'enveloppe qui contenait une invitation – et pas n'importe
quelle invitation. Un voisin le conviait le jour même à
une soirée pyjama. Charlie ne le connaissait pas bien sûr
puisqu'il ne côtoyait aucun enfant de son âge, mais
quelqu'un avait dû avoir pitié de l'étrange petit garçon
du modèle 3.

Charlie lut l'invitation à deux reprises pour s'assurer
qu'elle disait bien ce qu'il pensait qu'elle disait, puis il
la lut encore une fois pour faire bonne mesure. Et,
quand il fut certain qu'il ne rêvait pas toute cette histoire, il la montra à ses parents.

— Hors de question, décréta son père après y avoir
jeté un vague coup d'œil.

— Pourquoi ? demanda aussitôt Charlie. J'ai été gentil. J'ai fait tous mes devoirs, même que je viens de
terminer mon chapitre de géographie.

— Chéri, ce que ton père veut dire, lui expliqua sa mère, c'est qu'il aimerait de tout cœur que tu puisses y aller. Seulement, que se passera-t-il si tu fais un de tes « cauchemars » ?

Un de ses cauchemars.

Si Charlie n'avait pas fait un de ses catastrophiques cauchemars en public depuis des années, l'idée même qu'une telle chose se reproduise le terrorisait. Néanmoins, c'était là une chance réelle, véritable, de se faire des amis.

Il ne pouvait pas la laisser passer.

Alors, il supplia ses parents. Il les implora. Il leur proposa de faire la vaisselle pendant un an, de tondre la pelouse et d'apprendre le latin. Il leur soutint que ses innommables cauchemars remontaient à si loin, maintenant, qu'il en avait de toute évidence passé l'âge. Pour finir, il dit à ses parents que la permission d'aller à cette fête était le seul cadeau qu'il souhaitait pour Noël *et* son anniversaire.

Des deux années à venir.

Des trois, même, s'il le fallait.

Après un long débat à huis clos, ses parents finirent par céder. Et c'est ainsi que, plus tard ce soir-là, Charlie grimpa quatre à quatre les marches du perron menant à la maison d'un inconnu, ses affaires de nuit sur l'épaule.

— Tu sais comment nous joindre en cas de désastre total ? demanda sa mère, très nerveuse, qui ne le lâchait pas d'une semelle.

— Oui, maman, je sais me servir d'un téléphone.

— Veux-tu que je passe en revue tous les « do » que je t'ai enseignés ? lui proposa Barrington Benjamin.

— Je n'aurai pas besoin de mettre en pratique tes leçons de judo, taekwondo ou autres, papa. Il n'arrivera rien.

— On n'aurait jamais dû t'accorder la permission d'aller à cette soirée, gémit sa mère. Une soirée pyjama, qui plus est ! Où avait-on la tête ?

— Tout ira bien, lui assura-t-il, en regardant avec envie les garçons à l'intérieur, qui s'amusaient déjà comme des petits fous. Je n'aurai pas de cauchemar cette nuit, faites-moi confiance.

— Bien sûr qu'on te fait confiance, fiston, répondit M. Benjamin en lui tendant un téléphone portable. On sait bien qu'il ne se passera rien, mais, au cas où, j'ai enregistré le numéro de la maison sur une touche de raccourci pour que tu puisses nous joindre rapidement si quelque chose de catastrophique se produisait.

— Merci, papa, souffla Charlie, résigné, en prenant le téléphone.

— Si tu regardes dans ton sac à dos, ajouta sa mère, tu trouveras des bouchons d'oreille. Mets-les si les autres t'embêtent ou te donnent des noms d'oiseaux.

— OK, maman, répondit-il tout en priant secrètement pour que ses parents déguerpissent, mais ils restaient plantés là.

— Bon, lança finalement M. Benjamin, je crois que c'est l'heure d'y aller. On t'aime, fiston, on te fait confiance et on sait en notre âme et conscience qu'il n'y aura ni désastre ni cataclysme cette nuit.

— Ça n'arrivera pas. Tout va bien se passer. Promis.

Et tout se déroula à merveille... Au début, du moins. Charlie joua à la console, mangea de la pizza et regarda des films d'horreur déconseillés aux moins de douze ans. Il se surprit même à sympathiser avec un grand blond que tout le monde appelait « T. F. », qui, Charlie ne tarda pas à l'apprendre, était l'abréviation de « T. T. F. », qui, elle-même, était l'abréviation de « Trop Trop Fort », en raison de ses incroyables prouesses aux jeux vidéo.

Charlie ne s'était jamais autant amusé de sa vie.

Mais il arriva bientôt l'heure de se mettre au lit.

Les versions diffèrent quant à ce qui se produisit exactement lors de ce que les journaux s'empressèrent d'appeler la « Pyjamapocalypse ». Certains faits, toutefois, demeurent indiscutables. Aux environs de trois heures du matin, on entendit des hurlements et un fracas épouvantable dans la chambre des garçons. Quand les parents présents sur les lieux réussirent enfin à ouvrir la porte, ils découvrirent tous les enfants suspendus au plafond, solidement ficelés dans des cocons tissés avec un fil d'araignée extraordinairement dense. Le seul à ne pas avoir été pelotonné et accroché était Charlie qui, en état de choc, était prostré devant la fenêtre de la chambre dont la vitre avait explosé.

— Mon Dieu, qu'est-il arrivé ? s'exclama le père,

estomaqué à la vue des enfants transformés en décorations de sapin de Noël.

— Une araignée géante, souffla Charlie en montrant la vitre cassée du doigt. Elle est partie par là. C'est pas ma faute.

Personne n'accusa Charlie, enfin pas directement. Car, au fond, comment un garçon de treize ans aurait-il bien pu faire une chose aussi extraordinaire à ses petits camarades ? Néanmoins, le correspondant du journal local se demanda pourquoi il était le seul à ne pas avoir été attaqué par « l'araignée géante » – un mystère que Charlie lui-même avait du mal à élucider. Si personne ne l'accusa de quoi que ce soit, donc, une fois que les garçons furent détachés et ravigotés, aucun d'entre eux ne lui adressa plus la parole ou n'osa croiser son regard – pas même T. F.

Charlie s'était couché ce soir-là en pensant qu'il avait enfin un ami. Au réveil, il comprit qu'il ne lui inspirait plus qu'une peur panique.

Et ce n'était pas la première fois.

En effet, à la minute même de sa naissance, le sommeil et Charlie Benjamin avaient formé un cocktail explosif. Le premier désastre en public s'était produit à l'heure de la sieste à la garderie À Bras Ouverts.

Charlie avait alors trois ans.

S'il ne se souvenait pas dans le détail du cauchemar qu'il avait fait pendant que les autres enfants et lui dormaient sur des matelas dans la salle de classe plongée dans l'obscurité, il entendait encore distinctement les hurlements inhumains et les cris perçants qui l'avaient sorti de son sommeil.

Tandis que les assistantes maternelles accouraient pour connaître la cause d'un tel vacarme, le petit Charlie avait constaté en ouvrant les yeux que tout autour de lui avait été purement et simplement dévasté.

Le papier peint bariolé orné de comptines pendait en lambeaux, comme taillé à coups de griffes. L'aquarium gisait en mille morceaux sur une étagère renversée et le poisson rouge sautillait sans relâche, cherchant désespérément de l'eau. Des bris de verre provenant de la fenêtre scintillaient telle une nuée d'étoiles sur un chevalet fendu.

— Que s'est-il passé ? avait bredouillé la maîtresse, livide.

— Je suis désolé, avait répondu le petit Charlie tout tremblant. C'est pas ma faute.

— C'est toi qui as fait ça ? l'avait-elle interrogé, incrédule.

Hochant la tête, il lui avait expliqué :

— Parfois, il arrive des malheurs quand je fais des cauchemars.

Ça se passait toujours de la même manière.

Le soir, Charlie se glissait dans son lit chaud et douillet, et tout semblait aller pour le mieux... Mais, brusquement, des grognements et des grondements déchiraient la quiétude de la nuit. Le temps que ses parents se précipitent dans sa chambre pour voir ce qui n'allait

16

pas, ils retrouvaient la pièce totalement ravagée : matelas éventré, tapis lacéré et vitres en miettes. Si on ne l'avait jamais surpris en train de saccager sa chambre sous l'emprise d'un cauchemar, on pensait qu'il devait en être le responsable : c'était la seule explication plausible. Charlie lui-même appréhendait l'heure du coucher car il avait peur de ce qu'il découvrirait au réveil.

L'incident de la sieste, appelé plus tard la « Catasieste », devint immédiatement une légende et les petits enfants ne tardèrent pas à chantonner « Charlie Cauchemar » sur un air de leur invention dès qu'il s'approchait d'eux. Ses parents furent convoqués par le directeur de la garderie qui leur expliqua avec tact que les portes d'À Bras Ouverts leur étaient désormais fermées.

— Les enfants ont peur de lui, vous comprenez, dit le directeur avec beaucoup de sérieux. Pour être plus exact, ils refusent de faire la sieste dans la même pièce que lui. C'est absolument inacceptable. La sieste est la pierre angulaire de notre institution. C'est le fondement du cursus scolaire. Sans la sieste, le chaos nous guette et nous courons à notre perte.

— Je comprends votre ferveur, lui assura M. Benjamin de sa voix la plus calme. Mais si vous croyez que Charlie est la cause de toute cette agitation...

— Il n'en est rien, siffla la mère en caressant vigoureusement le dos de son fils d'une main réconfortante. Ce sont les autres qui se moquent de lui et le martyrisent, et non l'inverse. Savez-vous comment ils le surnomment ? « Charlie Cauchemar » !

— Pourquoi ne pas installer Charlie de l'autre côté de la classe, à l'écart des petits ? suggéra Barrington.

Le directeur lui lança un regard horrifié :

— Nous ne pouvons pas nous aventurer sur un terrain aussi glissant. Si je fais une exception pour un enfant, bientôt je ferai deux exceptions pour deux enfants et, en moins de temps qu'il n'en faut pour le dire, il n'y aura plus que des « ceptions » si vous me suivez. Non, À Bras Ouverts et « Charlie Cauchemar » – pardon, Charlie – doivent cesser leur collaboration.

Si À Bras Ouverts avait été la première garderie à renvoyer Charlie, elle ne fut pas la dernière – En Équilibre, Les Bienheureux, Les P'tits Apprentis et Les Meilleurs Copains firent de même. Puis la terrible série noire des renvois prit fin car, bon an mal an, Charlie passa l'âge des enfantillages.

Charlie avait maintenant six ans.

— Vous prétendez que Charlie n'a aucune difficulté, zézaya M. Krup, le directeur de l'école élémentaire Paul Revere, entre les bagues de son appareil dentaire. (Un véritable garde-manger de rongeur, un site archéologique des restes de tout ce qu'il avait avalé depuis une semaine.) Notre psychologue, en revanche, est convaincu qu'il souffre de plusieurs problèmes sérieux. *Très* sérieux. Selon lui, Charlie serait atteint de... laissez-moi vérifier...

M. Krup consulta un dossier.

— Oui, voilà. TOCDMA.

— Ça fait beaucoup de lettres pour un si petit garçon, dit M. Benjamin, passant un bras protecteur autour des frêles épaules de son fils.

— Mais il les mérite toutes, soyez-en sûr ! Cela signifie Trouble obsessionnel compulsif de déficience mentale de l'attention.

M. Krup reposa son dossier et lança un regard noir à Charlie, tout en extrayant un grain de maïs coincé entre ses molaires.

Il continua :

— Certes, nous sommes une institution publique, et la loi exige que nous l'instruisions. Toutefois, nous pensons qu'il serait dans l'intérêt de « Charlie Cauchemar » – pardon, Charlie – d'être retiré de l'enseignement général et placé dans un établissement où il ne fréquenterait que des élèves qui souffrent d'autant de lettres que lui. Signez ici, s'il vous plaît.

Le directeur fit glisser un formulaire sur son bureau.

Sa mère le repoussa.

— Non, dit-elle.

— Pardon ?

— Vous et les autres enfants n'aimez peut-être pas Charlie, monsieur Krup. Vous ne le *comprenez* peut-être pas. En réalité, c'est une merveille. Et si vous êtes incapable de le voir, c'est que vous ne le méritez pas. Il s'en ira avec nous aujourd'hui et ne reviendra jamais.

Olga se leva et sourit, l'air triomphant.

— Tant que je n'aurai pas trouvé une école qui le garde, je lui ferai la classe moi-même.

C'est exactement ce qu'elle fit.

Sept années durant, Charlie suivit l'école dans la bulle protectrice du modèle 3, jusqu'à ce que celle-ci explose lors de la Pyjamapocalypse.

« Qu'est-ce qui cloche chez moi ? » se demandait-il, assis sur le canapé, tout en regardant par la fenêtre du salon dans l'espoir d'apercevoir les enfants du quartier à leur retour des cours. À défaut de jouer avec eux, il pouvait au moins les observer. Cinq jours avaient passé depuis la Pyjamapocalypse mais il était encore sous le choc.

Il entendit le bus du groupe scolaire MacArthur tourner au coin de la rue dans un crissement de pneus, avant de s'arrêter dans un soubresaut. Les portes en accordéon se replièrent pour déverser un flot d'écoliers qui mâchonnaient du chewing-gum et traînaient de lourds sacs à dos en riant et en se chahutant. Charlie repéra aussitôt T. F. qui sortit un frisbee de son sac pour le lancer à un de ses camarades.

Charlie lui adressa un signe de la main. T. F. l'aperçut, lui jeta un regard glacial et rejoignit le groupe.

— Tu crois qu'ils cesseront de m'en vouloir un jour d'avoir été pendus au plafond dans des cocons ? demanda-t-il à sa mère.

Il savait que la réponse était non mais à son grand étonnement Olga se contenta de hausser les épaules, levant à peine les yeux de son feuilleton télévisé de l'après-midi. Elle avait tellement changé ces derniers jours qu'il avait du mal à la reconnaître. Elle paraissait se désintéresser totalement de lui, ce qui ne lui ressemblait pas du tout. Charlie espérait qu'elle avait simplement attrapé la grippe. Il ne supportait pas l'idée que la catastrophe de la semaine passée l'ait finalement poussée, après toutes ces années où elle avait soutenu son fils, à baisser les bras pour de bon.

— Je veux aller à l'école l'année prochaine. Une vraie école, déclara Charlie à ses parents ce soir-là.

— Fiston, on en a déjà parlé des centaines de fois, répondit Barrington. Dois-je te rappeler ce qui s'est passé lors de la Pyjamapocalypse ?

— C'était pas ma faute ! vociféra-t-il. Tout le monde me met ça sur le dos ! Je vous ai dit que je n'avais rien fait aux garçons, c'était une araignée géante ! Je l'ai vue de mes propres yeux cette fois-ci !

— Charlie, je t'en prie, dit M. Benjamin en se massant les tempes. La discussion est terminée.

— Non ! Je ne peux pas faire de cauchemars à l'école puisque c'est pendant la journée, alors pourquoi je ne pourrais pas y aller comme tout le monde ?

— Parce qu'ils te feraient du mal ! s'écria Barrington, qui regretta aussitôt ses paroles. Tu ne feras peut-être pas de cauchemars, mais ça ne changera rien. Ils t'ont déjà catalogué, Charlie. Tu es... *différent*. Et ils te le feront payer. C'est toujours ce qui arrive. Maintenant, s'il te plaît, va te brosser les dents, fiston.

— J'ai pas envie. Je...

— *Charlie.*

La voix de son père était comme le pont-levis d'une forteresse, qui se rabattait lourdement.

Charlie sortit de table et déguerpit sur-le-champ.

M. Benjamin poussa un long soupir et regarda sa femme, murée dans le silence.

— Plus il grandit, plus c'est difficile de le garder ici. Certes, nous agissons pour son bien, mais, même s'il m'en coûte de le dire, il faudra bientôt le laisser affronter le monde seul.

Olga détourna le regard sans souffler mot.

— Ça va, chérie ? Tu ne couverais pas quelque chose, par hasard ?

Elle fit non de la tête. Son époux lui prit la main délicatement.

— Je sais, je ne veux pas le laisser partir non plus. Le monde est cruel, et pour un enfant comme Charlie, si merveilleux, si spécial, eh bien... Il va vraiment en voir de toutes les couleurs.

Les étoiles phosphorescentes que Charlie avait collées au-dessus de son lit ne brillaient presque plus. Les murs étaient recouverts d'une fine couche de mousse. Il n'y avait aucun objet en verre, aucun objet tranchant ou lourd, rien qui puisse représenter un danger s'il était projeté ou brisé pendant un cauchemar particulièrement destructeur – que des angles arrondis, des revêtements matelassés et des vitres en plastique de sécurité. Pour

Charlie, cette chambre dont l'aménagement avait été pensé dans l'unique objectif de le protéger du mal qu'il pourrait se faire et de le préserver des choses horribles qui se passaient souvent dans son sommeil, évoquait la cellule capitonnée d'un asile de fous.

Et le sommeil, comme d'habitude, tardait à venir.

Il essaya de chasser les idées tordues qui fusaient dans son esprit en mettant par écrit deux nouvelles inventions dans son Super Génial Journal de Gadgets qu'il gardait sur sa table de chevet. Le premier (gadget numéro 47) était une ébauche de projet pour la « Super Géniale Montre Laser » qui émettait un rayon lumineux assez puissant pour aveugler provisoirement les méchants en cas de besoin et vous donner le temps de déguerpir. Le second (gadget numéro 48) était un appareil portatif fonctionnant à l'aide d'une puce élaborée, capable d'identifier les odeurs pour les malheureux ayant perdu leur nez dans d'atroces accidents. Il l'appela le « Super Génial Odoromètre ».

Il ne savait absolument pas comment fabriquer les objets qui sortaient de son imagination, mais ce n'était pas le but : seule l'idée lui importait dans l'immédiat.

Un écureuil grignotait une noisette sur le rebord de sa fenêtre. D'ailleurs, il en entendait toute une colonie au grenier, au-dessus de sa chambre, qui donnaient de petits coups de griffes sur le sol. Un bruit étrangement apaisant.

Sans même s'en rendre compte, Charlie glissa doucement dans un sommeil profond. Tout commença comme dans un rêve. Il jouait au frisbee avec une bande de garçons sur le terrain de sport de l'école – en fait, c'était ceux de la Pyjamapocalypse. Mais ils n'avaient plus peur de lui cette fois. T. F. lança son frisbee à Charlie. Soudain une rafale de vent le dévia de sa trajectoire et l'emporta à l'autre bout du terrain. Charlie courut à travers la pelouse fraîchement tondue à une vitesse fulgurante. Il bondit au-dessus d'un but de football et, tournoyant sur lui-même en plein ciel, il réussit à intercepter le frisbee au prix d'une incroyable acrobatie.

— C'est la meilleure interception que j'aie jamais vue ! s'exclama T. F.

— Il faut croire que j'ai ça dans le sang, rétorqua Charlie en prenant un air détaché.

— Tu veux venir manger une glace avec nous ? lui demanda un autre, en désignant un distributeur dont les néons brillaient au bord du terrain. Quand il fait chaud, rien de tel qu'une bonne glace entre copains.

— Super, acquiesça Charlie en suivant le mouvement.

La machine luisait de l'intérieur. T. F. appuya sur le levier et versa un mélange rouge et froid dans un gobelet en polystyrène.

— Celle-là, elle est pour moi, dit-il. À ton tour. Tu veux rouge ou bleu ?

— Rouge, répondit Charlie. Comme toi.

T. F. plaça un autre gobelet sous le robinet et appuya de nouveau sur le levier. Pas de glace.

— C'est bizarre. Peut-être que c'est bouché.

Il enfonça le doigt dans le robinet.

— Ça marche ?

— Pas encore. Attends une seconde... Aïe ! J'ai le doigt coincé !

T. F. voulut retirer sa main mais son doigt ne bougea pas d'un millimètre. Il continua à s'escrimer sur la machine tandis qu'un vent frais se levait. De gros nuages noirs menaçaient dans le ciel.

— Peut-être qu'on devrait aller chercher de l'aide, suggéra Charlie en se tournant vers les autres.

À sa grande surprise, il découvrit qu'il n'y avait plus personne. Tout le monde avait disparu : il ne restait plus que lui et le garçon piégé.

« Bizarre », se dit Charlie.

Tout à coup, le robinet s'ouvrit et la machine revint à la vie. Le mélange rouge et glacé coula du bec dans les doigts de T. F. et se répandit dans son corps, le remplissant comme un ballon.

— Fais quelque chose ! cria-t-il. Ça fait mal !

Charlie tenta de rabattre le levier ; il était bloqué. Le visage de T. F. commença à se boursoufler et à changer de couleur : bleu, puis rouge...

— C'est super froid, geignit-il, tout tremblant. Aide-moi !

— Je ne demande que ça ! s'écria Charlie, désemparé.

Le visage du garçon était bouffi et grotesque, il gonflait comme un ballon de baudruche et sa peau passa d'un rouge écarlate à une nuance de violet plus sombre, couleur de prune pourrie. Le vent se fit tout à coup glacial et de la buée se forma devant la bouche de Charlie à chaque expiration.

La nuit était tombée à présent.

Charlie leva le nez et vit des étoiles… Elles avaient presque l'air trop parfaites. Dotées chacune de cinq branches distinctes, elles luisaient doucement. Dans un éclair de lucidité, Charlie comprit que les étoiles du ciel étaient celles du plafond au-dessus de son lit. Lorsqu'il regarda autour de lui, il constata avec horreur qu'il se trouvait dans sa chambre… avec cette chose qu'était devenu T. F.

Il ressemblait à une sorte de scorpion. Sa peau pourpre et luisante enserrait un corps boursouflé près d'exploser sous la pression du liquide. Des pinces acérées s'entre-choquaient au bout de ses bras interminables et anormalement fins. Une queue articulée surmontée d'un aiguillon crochu d'une trentaine de centimètres tournoyait dangereusement au-dessus de sa gueule, pourvue de cornes. Et sa langue, qu'il dardait comme un serpent, avait des reflets de métal argenté.

Charlie voulut appeler au secours, crier à l'aide, tenter quelque chose, mais il avait la bouche sèche et le souffle coupé. Alors que la créature approchait, il saisit le crayon posé sur la table de nuit à côté de son Journal de Gadgets et, rassemblant tout son courage, il se le planta dans la main en criant : « Debout ! »

Il se réveilla dans un cri. De la sueur collait ses cheveux à son front et son cœur tambourinait dans sa poitrine, menaçant de lui briser la cage thoracique.

— Je ne dormirai plus jamais, gémit-il en s'extirpant de son lit.

Il se dirigea à tâtons vers la réconfortante lueur qui filtrait sous la porte donnant sur le couloir.

Sa main effleura quelque chose.

La créature de son cauchemar était là.

Dressée devant lui, elle leva son long dard crochu. Un liquide, épais et vénéneux, suintait à son extrémité. Charlie se liquéfia sur place et tomba à terre.

— Non, souffla-t-il.

La queue du monstre siffla furieusement en s'abattant sur lui avec la force d'un marteau.

Au même instant, une vitre implosa et un grand gaillard surgit dans la chambre. Il fit un mouvement du bras si rapide que le temps sembla suspendu l'espace d'une seconde.

Une lueur bleue et aveuglante fusa devant Charlie comme un éclair. Elle s'entortilla autour de la queue de la créature et la fit ployer. Le dard se planta dans le parquet, projetant sur Charlie une volée d'éclats de bois.

L'inconnu retomba sur ses pieds dans un bruit sourd, attrapa Charlie par son pyjama et le tira hors de portée du monstre. Avec son jean poussiéreux, ses bottes de cuir, son chapeau élimé et, dans sa main droite, un lasso qui émettait une lueur bleue électrique, on aurait dit un cow-boy.

Charlie comprit que c'était ce même lasso qui était enroulé autour du dard de la créature.

— Salut, gamin, dit le cow-boy dans un sourire édenté. Ravi de faire enfin ta connaissance. J'ai comme l'impression d'être arrivé pile-poil.

CHAPITRE DEUX

LE DOUX CHANT DE L'ALUMIGNOBLE

— Qui êtes-vous ? demanda Charlie, médusé.

— Je m'appelle Rex, répondit le cow-boy. Je parie que tu as un tas de questions et j'y viendrai dans une petite seconde – à supposer qu'on survive, bien sûr. Ça va pas être beau à voir.

— Encore moins beau que ça ? fit Charlie en désignant le monstre qui se débattait comme un diable pour dégager son dard du plancher.

Rex éclata de rire :

— Attends un peu. Tu seras nostalgique de ce moment dès que ce vieil Alumignoble se mettra à chanter.

— À chanter ? répéta Charlie, perplexe.

Aussitôt dit, aussitôt fait. La créature ouvrit la bouche et sortit une langue anormalement longue aux reflets d'aluminium qui ondoyait et vibrait à la manière d'un diapason. On n'entendait aucun mot, rien que des notes. Aussi douces et cristallines que le son d'une clochette, au service d'une partition d'une remarquable complexité.

— Oh, non, grogna Rex.

Il fit volte-face et cria en direction de la fenêtre :

— Il est où, mon passage, Tabitha, darling ?

Une voix de femme répondit :

— Ça vient !

Charlie se retourna et vit une jolie fille aux cheveux roux coupés court se faufiler tant bien que mal entre les restes de la vitre. Elle portait un pantalon ample du même vert que ses yeux émeraude, ainsi qu'une impressionnante collection de bagues et de colliers qui scintillaient de mille feux.

— Là voilà, ma petite étincelle. Ta vue me réchauffe le cœur, ma belette.

— Ne m'appelle pas ta « belette », rétorqua-t-elle en le rejoignant d'un pas assuré.

Rex sourit.

— Oui, bien sûr, ma petite bichette.

Manifestement agacée, Tabitha serra les dents et étendit la main droite. Des flammes violettes et chatoyantes se mirent à danser sur elle et l'air se chargea brusquement en électricité. Charlie sentit les poils de ses bras et de ses jambes se hérisser. La créature chantait toujours, plus vite maintenant, plus intensément aussi, et la beauté insolite de sa voix était stupéfiante.

— C'est incroyable, murmura Charlie.

— Ouais, attends un peu le crescendo final, objecta Rex. Parce que là, ça va se gâter. Et en moins de deux.

— Il va se passer quoi ?

— Euh, nos têtes vont exploser.

— *Nos têtes vont exploser ?* balbutia Charlie.

— C'est d'ailleurs un phénomène absolument passionnant, intervint une autre voix.

Charlie regarda de nouveau vers la fenêtre. Un petit homme à la barbe soigneusement taillée, en nage, tentait de passer par-dessus les débris de plastique déchiqueté. Il était vêtu d'un complet-veston de laine, bien trop chaud par une nuit si douce.

— Vois-tu, reprit-il en épongeant la sueur qui perlait au bout de son long nez et en ponctuant chacun de ses efforts par un grognement, la fréquence même de la plus haute note émise par l'Alumignoble – satanée fenêtre ! – fait vibrer l'air présent à l'intérieur de la cavité sinusale du sujet humain à une vitesse si fulgurante qu'il lui brise littéralement le crâne. C'est une stratégie offensive très efficace.

— Mince alors, tu penses vraiment ? fit Rex.

— Oui, je *pense* vraiment, contrairement à toi, répliqua le barbu toujours aux prises avec la vitre. Et je te rappelle que tu n'es pas censé agir sans mon accord préalable. Tu connais les règles.

— Tu disais, Pinch ? Je me suis assoupi quelques secondes.

— Je déteste quand tu m'appelles Pinch, gémit le Pinch en question.

— Et moi je déteste perdre mon temps à discuter avec une fouine dans ton genre, surtout quand j'ai un Alumignoble de Catégorie 5 qui se prend pour Roberto Alagna.

— De Catégorie 4, rectifia l'autre avant de s'écrouler sur le sol dans un bruit sourd.

— 5 ! Compte les maudites épines sur sa queue... Mais peut-être que tu sais pas compter ?

Charlie observa les épines de la créature avant de confirmer :

— Ouais, y en a cinq.

— Tu vois, Pinch, même le gamin il sait.

Tout à coup, dans un crissement semblable à celui d'un clou rouillé qu'on arrache d'une planche, l'Alumignoble, qui donnait toujours de la voix, dégagea son dard du sol. Sa queue visqueuse s'extirpa du lasso et fondit sur Rex, qui bondit en arrière, lui échappant de justesse.

— Et ce passage, Princesse ?

— Ça vient, s'écria Tabitha.

— Ça me rassure, ironisa Rex tout en esquivant un nouveau coup de queue venimeuse avec la grâce d'un matador.

Il dégaina une petite épée – qui brillait elle aussi d'une lueur bleue – pour parer le dard acéré.

Le chant de la créature s'était mué en une symphonie fantaisiste. Charlie sentit son crâne vibrer comme un robot mixeur, il avait l'impression que ses yeux allaient sortir de leurs orbites.

— Fais quelque chose ! supplia Pinch, il va *crescendo* !

Dans le couloir, quelqu'un s'écria :

— Qu'est-ce qui se passe, ici ? Fiston, tout va bien ?

Charlie grimaça :

— C'est mon père ! Je ne suis pas censé être debout.

À cet instant, le corps de Tabitha s'embrasa d'un feu violacé. Une violente rafale d'air chaud souffla et un passage s'ouvrit au milieu de la chambre, d'un diamètre suffisamment important pour laisser passer une voiture. Sa lisière se consumait dans les mêmes flammes que celles qui dansaient sur le corps de la jeune femme.

Rex sourit :

— Je te reconnais bien là.

La porte s'ouvrit brusquement et M. Benjamin fit irruption dans la pièce.

— Charlie, tu fais encore un de tes cauche...

Il s'arrêta net, hébété.

— Mais... Mais qu'est-ce que ça veut dire ?

L'Alumignoble se retourna vers lui.

Exactement la diversion dont Rex avait besoin.

Il se jeta sur la bête et la fit basculer en arrière de tout son poids, interrompant juste à temps sa note finale, et fatale. La créature tomba à la renverse dans le trou et se volatilisa. Charlie se précipita. Où était-elle à présent ?

Ce qu'il vit le laissa sans voix.

Le passage semblait flotter haut dans les airs au-dessus d'un étrange paysage extraterrestre. Dans un amas confus loin en contrebas, des cristaux couleur moutarde s'entortillaient les uns autour des autres comme du fil barbelé. L'Alumignoble s'écrasa dans la masse, projetant çà et là quelques éclats, avant d'être déchiqueté par les arêtes des cristaux, aussi tranchantes que des lames de rasoir. En un éclair, la bête disparut dans le piège mortel.

— Waouh ! s'exclama Charlie, ébahi.

Rex se releva d'un bond et rengaina son épée.

— Et voilà le travail ! dit-il avec un sourire effronté. Parfois, je m'étonne moi-mê...

Un effroyable cri strident retentit.

Une chauve-souris cramoisie s'abattit du ciel écarlate et se faufila par le passage béant. Elle saisit Rex dans ses serres et, avec un battement d'ailes féroce, elle l'envoya valser dans le monde mystérieux de l'autre côté.

— Rex ! hurla Tabitha.

Une fraction de seconde plus tard, le lasso du cow-boy fusa du passage, effleurant la joue de Charlie, et s'enroula autour de la poignée de la porte avec un grand « clac », avant de se raidir. Pendu à l'autre bout, Rex valdinguait dans les airs comme un cerf-volant pris dans un ouragan, tandis que la chauve-souris géante se démenait pour l'emporter au loin.

— Tirez ! s'écria-t-il. Tirez et *tenez bon* !

Tabitha et Charlie s'emparèrent du lasso et se lancèrent dans un jeu de tir à la corde macabre contre la chauve-souris, tandis que Pinch faisait les cent pas.

— Je lui avais bien dit d'attendre mon feu vert, grommela-t-il, parce que maintenant, nous avons une urgence.

— Allez-y ! cria Rex tandis que la chauve-souris sautait et piquait comme un espadon crocheté à un hameçon. Et, Pinch, ferme-la !

— La bave du crapaud…, psalmodia le barbu.

Il se tourna vers le père de Charlie.

— Monsieur Benjamin, auriez-vous par hasard un peu de blé ?

— De l'argent ?

— Non, monsieur. Ni oseille ni pépètes. Du *blé*, comme dans la phrase « J'ai besoin de farine de blé pour ma tarte à la citrouille ».

— Je crois bien que oui.

— Allez donc en chercher, je vous prie. Et pressez un tantinet le pas si ça ne vous fait rien.

— Tout de suite, obtempéra Barrington, qui détala sur-le-champ.

La créature battait des ailes comme une furie, provoquant un fracas digne d'un train de marchandises et entraînant Charlie et Tabitha vers le passage.

— Aide-nous ! cria Tabitha à Pinch. Elle nous tire vers l'Outre-Monde !

Charlie jeta un coup d'œil par le trou. À la moindre chute, les cristaux tranchants ne manqueraient pas de les hacher menu.

— Théoriquement, rectifia Pinch, je suis ici en ma qualité de décideur et conseiller.

— Aide-nous, à la fin ! hurlèrent les trois autres en chœur.

— Bon, très bien, siffla-t-il en agrippant le lasso.

Grâce à cette nouvelle paire de bras et de jambes, ils réussirent à inverser le mouvement et ramenèrent Rex dans la chambre à l'instant où Barrington réapparaissait avec son paquet de farine.

— Je l'ai, dit-il, à bout de souffle.

— Bravo ! s'écria Pinch. Maintenant, jetez la farine sur la Gigachiroptère.

— La quoi ?

— La Gigachiroptère ! rugit Rex. La chauve-souris géante qui veut me faire la peau !

— Oh, acquiesça Barrington.

Pile au moment où Charlie, Pinch et Tabitha faisaient passer la chauve-souris dans la chambre, M. Benjamin éventra le paquet et libéra un nuage de farine. La créature battit des ailes de plus belle et la pièce entière fut bientôt envahie par un épais brouillard de fines particules blanches. En l'espace d'une seconde, la Gigachiroptère s'écrasa au sol tête la première, comme ivre morte.

— Qu'est-ce qu'elle a ? demanda Charlie.

— La Gigachiroptère, à l'exemple d'une chauve-souris lambda, utilise pour se diriger un procédé semblable au sonar, appelé « écholocation », expliqua Pinch. Les micro-particules de farine obstruent ses émetteurs et l'aveuglent.

Rex décocha un bon coup de coude à la créature.

— Merci, Einstein.

La chauve-souris desserra son étreinte, libérant un cow-boy toussotant au bord de l'asphyxie. D'un mouvement rapide et fluide, il défit le lasso de la poignée de porte et le fit claquer à la manière d'un dompteur, pour raccompagner la bête vers le passage. La Gigachiroptère tournoya follement dans les airs, avant de s'empaler sur un des pieux de cristal.

— Ferme-moi ça, commanda Rex.

Tabitha agita la main, et la porte cerclée de flammes violettes se volatilisa avec un bruit sec. Le silence se fit peu à peu autour d'eux pendant que le nuage de farine se dissipait, recouvrant tout et tout le monde d'un paisible linceul blanc – ce qui, étrangement, rappela Noël à Charlie.

— Pour l'amour du ciel, qu'est-ce que c'est que ce cirque ? s'exclama M. Benjamin. Et qui êtes-vous, d'abord ?

— Je m'appelle Rex.

Le cow-boy empoigna la main de Barrington et la serra vigoureusement.

— Enchanté. Je suis un fureteur.

— Le terme exact est *Démonstriseur*, marmonna Pinch.

— Exact peut-être, mais ça fait un peu fillette. Je me contenterai de chasseur. Elle, c'est Tabitha, une sorte de portier.

— Nous préférons le terme *Prestidigipasseur*.

— Comme vous le voyez, elle en pince sérieux pour moi.

— C'est pas vrai !

— Ah bon ? renchérit-il avec un sourire en coin. Pas trop dur, la vie au Royaume du Déni ? La Princesse serait pas un peu dans tous ses états ?

— T'es incroyable, fit-elle en hochant la tête.

— Plutôt, non ?

— Ne faites pas attention à eux, coupa Pinch en se plantant devant le père de Charlie. Mon nom est Edward. Je suis ce que l'on appelle le *Facilitateur* de la brigade et j'en suis le garant.

— Garant de quoi ? l'interrogea Rex.

— Garant de ta vie, persifla le barbu.

— Euh, tu m'as pas sauvé la vie. J'étais sur le point de dire à M. Benjamin ici présent d'aller nous chercher un paquet de farine. Tu m'as juste devancé un peu.

— Ton arrogance est ahurissante. Je ne te demande pas d'exécuter un saut périlleux en mon honneur... Un simple merci fera l'affaire.

— Bon, d'accord, alors merci, Pinch, d'avoir réparé ce que la Princesse a foiré.

— Ce que j'ai foiré ? riposta Tabitha.

— Parfaitement, acquiesça Rex en se tournant vers elle. C'est pas toi qui as ouvert ce passage sur le Cinquième Cercle, peut-être ?

— Bien sûr que si, parce qu'on était justement en train de démonstriser un Alumignoble de Catégorie 5 et qu'on est censés renvoyer les C5 dans le Cinquième Cercle de l'Outre-Monde, là où ils vivent !

— Ouais, et tu sais ce qui vit aussi dans le Cinquième Cercle ? D'autres Catégories 5, comme la Gigachiroptère qui aurait bien fait de moi son quatre-heures !

— Tabitha a agi comme il le fallait, objecta le Facilitateur, prenant immédiatement sa défense. *L'Outre-*

Manuel de la Division Cauchemar est tout à fait clair à ce sujet. Après tout, les règles… réglementent !

— Ouais, enfin tu connais mon affection pour les règles, Pinch. Sans elles, j'aurais jamais rien à enfreindre.

— J'en ai assez entendu comme ça ! coupa M. Benjamin. Donnez-moi une seule bonne raison de ne pas appeler la police !

— C'est très simple, répondit Tabitha en le regardant droit dans les yeux. Le Don de votre fils est si extraordinaire que je n'ai jamais rencontré quelqu'un d'aussi puissant. Mais s'il n'apprend pas à le contrôler… il vous tuera tous.

CHAPITRE TROIS

L'ODEUR DE LA CANNELLE

— Ils affirment savoir ce qu'il se passe avec Charlie, expliqua Barrington à Olga dans le salon, quelques minutes plus tard. Je pense qu'on devrait les écouter.

— Je le pense aussi, approuva Charlie, assis à côté de sa mère sur le canapé.

Olga répondit par un haussement d'épaules.

— Écoutez, je crois que ce n'est pas la première fois que ce genre de choses se produit chez vous, expliqua Tabitha, perchée sur le bras du fauteuil à fleurs en face d'eux. Vous cherchez des explications depuis des années. Eh bien, en voici quelques-unes.

Elle tressaillit légèrement avant de reprendre :

— Tous les enfants rêvent, n'est-ce pas ? Parfois on fait de beaux rêves et parfois on fait de mauvais rêves. Mais les cauchemars ne sont pas seulement dans votre tête, ils ont une finalité. Ils sont comme un couloir qui donnerait sur le Pays du croque-mitaine.

— Le terme exact est l'*Outre-Monde*, rectifia Pinch.

— Et au *Pays du croque-mitaine*, intervint Rex en jetant un regard glacial à son collègue, il y a tout un tas de petites bestioles qui veulent se faufiler par cette porte pour venir jusque dans notre monde.

— Mais pourquoi ? demanda Charlie.

— Parce qu'elles adorent semer la pagaille, répondit le cow-boy. La plupart ne sont que des parasites, qui font du boucan dans les vieilles maisons et effraient les dames âgées, ce genre de trucs.

— Des fantômes !

— Ouais, entre autres. Pas la peine de se tracasser pour ça, ils sont pratiquement inoffensifs. Mais certains, Charlie... certains sont mortels. Comme ces Catégories 5 qu'on vient de dérouiller.

— Donc, vous dites que ces « choses » s'infiltrent en permanence sur Terre ? s'enquit M. Benjamin qui n'en croyait pas ses oreilles.

— Exact, fit Tabitha. Mais elles ont besoin pour cela d'enfants qui possèdent ce que nous appelons « le Don ».

— On naît avec ou pas, précisa Rex.

— Le Don se nourrit de l'imagination, qui, à l'âge adulte, n'est plus qu'une petite chose triste et rabougrie, continua Tabitha. Plus le Don est puissant, plus il est facile d'ouvrir des passages importants et lointains, et plus les créatures qui risquent de traverser sont dangereuses.

Elle regarda Charlie avec un sourire apaisant.

— Votre fils possède une force peu commune.

— Assurément, acquiesça Pinch. Voilà des décennies que nous n'avons pas vu un enfant assez fort pour faire traverser un Catégorie 5. Je l'ai à l'œil depuis un petit moment déjà, figurez-vous... depuis la Catasieste, précisément.

— Vous en avez entendu parler ? s'étrangla Charlie.

— Bien sûr que oui. Et je ne serais qu'un bon à rien si je ne prêtais pas attention à ce genre d'incidents, tu ne crois pas ? Mais c'est seulement en lisant l'article dans le journal local que j'ai su qu'il fallait intervenir au plus vite.

— L'article sur la Pyjamapocalyse ? s'enquit Barrington.

Pinch fit oui de la tête :

— Il m'est apparu clairement que votre fils avait fait passer une Gigarachnide d'un sacré gabarit – de Catégorie 3, au moins.

— C'est quoi, une Gigarachnide ? demanda Charlie.

— Une sorte d'araignée géante, expliqua Tabitha.

— Vous voyez ! claironna Charlie triomphalement en se tournant vers ses parents. Je vous l'avais dit.

— J'ai compris aussitôt qu'il fallait intervenir auprès de votre fils, afin qu'il ne devienne pas une menace pour lui-même et pour les autres. Et au vu des événements de ce soir, c'était une bonne décision.

Barrington secoua la tête, abasourdi.

— Récapitulons... Pendant toutes ces années nous avons cru que Charlie dévastait sa chambre sous l'emprise de ses cauchemars alors que des monstres

s'introduisaient grâce à lui dans notre monde et sacca-
geaient tout ?

— En effet, confirma Pinch.

— C'est absolument incroyable ! se récria Barrington
en cherchant Olga du regard. Tu ne trouves pas, chérie ?

Elle haussa les épaules.

Rex la dévisagea bizarrement.

— J'ai remarqué que vous n'aviez pas dit un mot,
madame Benjamin. Pardon de vous demander ça, mais
vous avez fait des gâteaux à la cannelle aujourd'hui ?

— Non, répondit-elle.

— Des cookies, des roulés, des toasts à la cannelle ?
Quelque chose avec de la cannelle dedans ?

— Pas que je sache.

— En avez-vous mangé ? Ou peut-être quelqu'un
dans votre entourage ?

— Je ne crois pas.

— C'est bien ce que je me disais, marmonna Rex en
se jetant par-dessus la table du salon pour l'attraper par
le col. *Qu'est-ce que tu as fait à la mère de Charlie, espèce
de sale bestiole ?*

M. Benjamin était pétrifié à la vue de ce cow-boy qui
étranglait sa femme.

— Pour l'amour du ciel…, s'étouffa-t-il. C'est inad-
missible !

Charlie attrapa Rex par les poignets pour le faire
lâcher prise.

— Laisse ma mère tranquille ! vociféra-t-il.

— C'est pas ta mère, gamin. Tu sens cette odeur ? Tous les Mimics empestent la cannelle.

— Lâche-la immédiatement ! ordonna Pinch. Ce n'est pas parce que les gens fleurent bon la cannelle qu'ils sont forcément des créatures de l'Outre-Monde !

— Peut-être, mais ça c'en est une, et je vais te le prouver, déclara Rex en levant Mme Benjamin de force.

— C'est mon épouse que vous traînez par le col, monsieur ! s'indigna Barrington. Je ne puis le tolérer !

Rex fit la sourde oreille et emmena Olga dans la salle de bains du rez-de-chaussée. Elle le mordait et le griffait au visage comme une furie ; elle se débattit de plus belle lorsqu'il fit coulisser le panneau de la douche.

— Qu'est-ce que tu fais ? cria Charlie.

— Tu vas voir.

— Ne le laisse pas faire de mal à ta Maman ! Aide ta Maman ! Maman a toujours veillé sur toi !

Rex ouvrit le robinet.

— Boucle-la, le Mimic !

Au moment où il commença à l'asperger d'eau, Olga poussa un hurlement inhumain et tambourina contre la paroi comme une forcenée. Sa peau se couvrit de cloques, vira au noir, puis tomba en lambeaux et se liquéfia avant de disparaître dans le siphon. Après cette bonne rincette, la chose qui avait pris l'apparence de Mme Benjamin se tortillait comme un ver au fond du bac à douche. Une bestiole rosâtre et pâteuse avec des yeux immenses et dépourvue de pattes, mais dotée de deux bras extrêmement longs et puissants.

Charlie et son père n'en revenaient pas.

— Admirez le Mimic de Catégorie 4, plastronnait Rex. On sait que c'est un Catégorie 4 d'après le nombre des doigts de chaque main. Et plus il y en a, plus il est costaud.

— Très juste, approuva Pinch. Un Mimic de Catégorie 1, par exemple, ne peut maîtriser et imiter un sujet dont la taille dépasse celle d'un nourrisson. Et seule la fine fleur des Catégories 5 peut s'attaquer à un homme de votre corpulence, monsieur Benjamin.

Tabitha posa une main rassurante sur l'épaule de Barrington.

— Ne vous en faites pas. Pour qu'un Mimic conserve son apparence d'emprunt, sa victime doit être à proximité et *en vie*. Votre femme va bien. Il l'a probablement enlevée dans son lit quand Charlie l'a fait traverser en cauchemardant et il a dû la cacher quelque part dans la maison avant d'usurper son identité.

— Le grenier, se souvint Charlie. J'ai entendu gratter cette nuit. Je croyais que c'étaient les écureuils.

— Va la chercher, ordonna Tabitha à Rex. Moi, je me débarrasse de ça.

Elle désigna le Mimic, qui s'efforçait d'atteindre le haut du panneau de douche avec ses grands doigts agiles.

— Le prends pas mal, bichette, rétorqua Rex, mais t'es qu'un portier. Je ferais peut-être mieux de te filer un coup de main, non ?

— Le jour où j'aurai besoin de toi pour me débarrasser d'un Mimic de bas étage, je te déclarerai ma flamme.

— Et tu as déjà fixé une date ?

— Jamais ! dit-elle en lui faisant au revoir de la main.

Le grenier, plongé dans l'obscurité, sentait les vieux journaux et le matelas humide. M. Benjamin escalada l'échelle, suivi de près par son fils.

— Maman ? appela Charlie.

— Chérie ? Tu es là ? enchérit Barrington.

Tandis qu'ils fouillaient les lieux, Pinch prit Rex à part.

— Ne me refais plus jamais un coup pareil. On aurait eu l'air de quoi si tu t'étais trompé à propos du Mimic ?

— J'avais raison, siffla le cow-boy.

— Mais si tu avais eu tort et fait du mal à cette femme, tu aurais pu compromettre la Division Cauchemar.

— J'avais raison.

Le barbu roula les yeux.

— Les décisions qui enfreignent le protocole d'intervention de la Division Cauchemar relèvent de ma seule compétence. *Je* donne mon interprétation des règles. *Je* donne les ordres. *Tu* les exécutes. C'est aussi simple que ça.

Rex se pencha vers lui.

— Non, c'est pas aussi simple que ça ! Je devais me fier à mon instinct, et mon instinct me dictait que quelque chose clochait chez cette femme. Tu ne peux pas comprendre, tu n'as pas le Don, toi. Enfin, plus maintenant.

Pinch tressaillit, comme touché en plein cœur.

— Excuse, c'est pas ce que je voulais dire. C'est juste que je dois faire ce qui me semble juste.

— Moi aussi. Et si tu prends encore une autre décision sans mon aval, je demanderai au Conseil de te relever temporairement de tes fonctions, sois-en certain.

— Je n'en doute pas une seule seconde.

— Ohé, la compagnie ! Montez ! vociféra Charlie. On l'a trouvée – elle est dans le vaisseau spatial.

Olga Benjamin venait de passer quarante-huit heures coffrée dans un carton d'emballage de frigo que Charlie et son père avaient peint aux couleurs d'un vaisseau spatial. Le Mimic l'avait ligotée avec du sparadrap et bâillonnée avec un chiffon à poussière.

— Ma pauvre chérie…, gémit Barrington en la délivrant. Tout va bien ?

— Je me suis vue morte, dit Olga d'une voix enrouée. C'est cette créature… cette atroce petite chose avec ses doigts filiformes répugnants… Elle m'a enlevée… Elle m'a enfermée dans le vaisseau…

— Nous sommes au courant, Maman. C'était pas très ragoûtant ! Mais c'est fini maintenant, Rex et Tabitha s'en sont débarrassés.

— Rex et qui ?

— Nous allons tout te raconter. Viens boire une bonne tasse de thé pour te remettre de tes émotions.

Le thé, agrémenté d'une rasade de whisky, permit à Olga de retrouver ses esprits. Tout en savourant sa troisième tasse à petites gorgées, elle écouta attentivement Rex lui conter une histoire pleine de portiers (de *Prestidigipasseurs*, rectifia Tabitha tout bas), de Démonstriseurs, de crescendo d'Alumignoble, d'odeur de cannelle et de douche de Mimic.

— Mais pourquoi voulait-il m'imiter ? s'étonnat-elle.

— La sueur, ma petite dame, expliqua Rex. Le Mimic lambda adore la sueur. En fait, il en a besoin pour survivre. Il s'attaque aux animaux s'il ne trouve pas d'humains. Mais pour pouvoir laper la sueur, il doit prendre l'apparence de quelque chose qui a une bouche – parce qu'ils en ont pas eux-mêmes, vous voyez.

— Euh, et on peut savoir exactement de quelle sueur le Mimic s'est nourri ? demanda Barrington avec un soupçon d'inquiétude.

— La vôtre, j'imagine, répondit le cow-boy avec malice. Pendant que vous dormiez, sûrement. Un Mimic n'aime rien de plus au monde que de suçoter la sueur d'un gars qui fait un petit somme.

— Je vois, fit M. Benjamin, blanc comme un linge.

— Bon, et que fait-on, maintenant ? s'enquit Olga.

— Maintenant, déclara Pinch, les yeux pétillants d'excitation, nous devons emmener cet enfant pour une audience devant le Grand Conseil de la Division Cauchemar.

— La quoi ?! s'étrangla M. Benjamin.

— ... Heureux que vous me posiez la question ! s'exclama Pinch. Voyez-vous, la Division Cauchemar est une organisation hautement secrète, chargée de contenir la population des Outre-Créatures. Comme vous pouvez l'imaginer, avec tous ces cauchemars sur la planète, c'est une horde de monstres que nous devons appréhender et éliminer.

— Oui, j'entends bien, mais qu'est-ce que Charlie vient faire là-dedans ?

Pinch semblait atterré que la réponse n'aille pas de soi.

— Tout individu possédant une force assez exceptionnelle pour passer un Catégorie 4 ou plus doit être amené devant le Conseil afin d'être recensé, interrogé et évalué. C'est obligatoire. Et les règles sont on ne peut plus claires.

— Est-ce vrai ? demanda Olga en se tournant vers Tabitha.

— J'ai bien peur que oui. Mais ne vous tracassez pas. Je ferai tout ce qui est en mon pouvoir pour protéger Charlie.

— Puis-je savoir, exactement, de quoi il devrait être protégé ?

— Oh, ça dépend, dit Pinch avec un plaisir non dissimulé. S'ils le jugent apte à être formé, ils l'enverront à l'École des Cauchemars. Il sortira diplômé d'ici à quelques années, et passera le restant de ses jours à débarrasser le monde des Outre-Créatures. Tout à fait respectable !

— Ouais, le rêve d'une vie, ironisa Rex.

— Et s'ils le déclarent inapte ? s'enquit M. Benjamin.

— Eh bien, on ne peut décemment pas laisser dans la nature un enfant capable de faire traverser un Catégorie 5 et ramener çà et là des monstres dans notre monde. Enfin, vous imaginez ce qui se serait passé si nous n'étions pas intervenus pour démonstriser cet Alumignoble ? Êtes-vous seulement capable de vous figurer ce qu'il adviendrait si ce petit était assez fort pour faire traverser un *Élu* ?

Un léger frisson lui parcourut l'échine lorsqu'il prononça le mot « Élu » et Charlie se demanda quel genre de créature pouvait bien le terrifier à ce point. Surtout après les deux horribles spécimens qu'ils venaient d'affronter.

— Non, poursuivit le barbu en gloussant nerveusement, si le Conseil le juge inapte, alors Charlie devra être... Ratatiné.

— Ratatiné ? répéta Olga.

— Oui. Le Ratatinage est un procédé par lequel nos pontes en chirurgie, grâce à une technologie dernier cri, limitent de manière tout à fait indolore le potentiel créatif de votre enfant, réduisant ainsi sa capacité à faire traverser le moindre spécimen dépassant, disons... la Catégorie 2.

— Je vois, marmonna Barrington. Ou comment fabriquer un écervelé par chirurgie assistée.

— Pas du tout, protesta Pinch, pas un écervelé, non, monsieur. Votre fils a un QI très élevé, nous allons simplement le niveler un peu.

— Le niveler un peu ?

— Absolument. Il ne s'en rendra même pas compte.

— Je vois, déclara M. Benjamin avant de s'adresser à son épouse. Des remarques ?

— S'ils essaient de me prendre Charlie, annonça-t-elle d'une voix douce, je me chargerai personnellement de leur faire sauter la cervelle et je me servirai de leur crâne pour planter des chrysanthèmes.

— Joliment tourné, approuva son mari.

Charlie bondit du canapé.

— Et moi, je n'ai pas mon mot à dire ? C'est de moi qu'on parle, après tout.

— Fiston, tu ne veux quand même pas suivre ces gens ? Au mieux, ils t'enlèveront à nous pour te transformer en une sorte de chasseur de monstres et, au pire, ils feront de toi une triple andouille.

— Une simple andouille, rectifia Pinch.

— C'est encore pire !

— Mais je veux y aller ! Pour la première fois de ma vie, je commence à comprendre pourquoi toutes ces choses me sont arrivées. Je veux en savoir plus. Je veux faire comme eux.

— Hors de question, décréta son père.

— Je suis navrée, Charlie, c'est notre dernier mot, confirma Olga.

— C'est un peu plus compliqué que ça, dit le barbu,

se plantant devant eux. Les règles sont très claires. Nous l'emmènerons devant le Conseil, que ça vous plaise ou non – de force, s'il le faut.

M. Benjamin sauta sur ses pieds.

— Ce sera donc par la force. Et si vous vous croyez plus fort que l'amour d'un père pour son fils, je vous conseille de mettre le paquet, monsieur.

Il retroussa ses manches et fit jouer ses bras malingres.

Mme Benjamin s'en remit à Tabitha et Rex.

— Vous êtes des gens civilisés, les implora-t-elle, faites quelque chose.

— Même si ça m'écorche les lèvres de vous dire ça, ma petite dame, répliqua Rex, Pinch a raison. À cause de Charlie, vous avez passé deux jours ligotée dans une boîte en carton – et encore c'était l'œuvre d'un stupide Mimic. Si un autre Catégorie 5 se pointe ou, pire, un *Élu*... c'est la fin – pour vous et votre mari, et pour Charlie aussi. Si vous voulez le protéger, vous devez le laisser partir avec nous. Je n'ai vu qu'une seule personne avec un Don aussi exceptionnel avant.

— Et que lui est-il arrivé ? demanda Olga.

— Celui-là, il a mal tourné, murmura-t-il. Mais vous avez ma parole, ce sera différent avec votre fils. Ça ne veut peut-être pas dire grand-chose dans la bouche des autres, mais, venant de moi, ça veut dire beaucoup.

Olga ne semblait pas convaincue.

— Barrington... Que devons-nous décider ?

M. Benjamin réfléchit un instant et dit au cow-boy :

— Si vous faites du mal à mon fils, s'il lui arrive quoi

que ce soit, ne serait-ce qu'une minuscule égratignure, nul endroit dans ce vaste monde ne sera assez reculé pour vous soustraire à ma colère. Me suis-je bien fait comprendre ?

— Absolument.

Charlie n'en croyait pas ses oreilles : il n'avait jamais vu son père si déterminé. Il en rosit de fierté.

Barrington prit la main d'Olga dans la sienne.

— Ma chérie, je sais combien l'idée de le laisser partir t'est pénible... mais je crois que c'est mieux ainsi. Peut-être qu'il est temps pour lui de suivre sa destinée.

— Mais il est si *petit*, protesta-t-elle.

— Ça va aller, Maman, crois-moi.

— J'ai confiance en *toi*, Charlie. Pas en eux, dit-elle en désignant les trois énergumènes d'un signe de tête.

— Je comprends votre sentiment, ma petite dame, assura Rex. Je sais bien qu'on s'asticote et qu'on se cha-maille et qu'on n'a pas forcément l'air des zigues les plus fiables au monde. À votre place, je me dirais la même chose. Mais je vous promets qu'on veillera sur lui. Voyez-vous, j'ai grandi dans un ranch et mon père répétait toujours : « Si le lait caille, bouge le bétail. » Eh bien, la situation dégénère ici depuis un petit bout de temps et ça ne s'arrange pas. Si vous l'aimez... si vous voulez le *sauver*... vous devez le laisser partir.

Olga le scruta un long moment.

— Emmenez-le, alors, dit-elle enfin.

Et elle éclata en sanglots.

CHAPITRE QUATRE

PREMIERS PAS DANS L'OUTRE-MONDE

Sous bonne escorte, Charlie s'éloigna à grandes enjambées du modèle 3. L'air de la nuit lui caressait les joues.

— Elle me prend pour un bébé, maugréa-t-il en rajustant son baluchon sur son épaule.

Il avait pris en vitesse deux jeans, quelques-unes de ses chemises fétiches et son Journal de Gadgets.

— Elle se fait simplement du souci pour toi, répondit Tabitha en lui ébouriffant les cheveux. Tu es son seul et unique enfant.

— Mais elle croit que je peux *rien* faire du tout. Je suis courageux. Je suis fort. Je peux faire des trucs.

— Tu as les yeux plus gros que le ventre, s'esclaffa Rex.

— Qu'est-ce que tu veux dire ?

— N'en demande pas trop. Tu auras ta dose d'aventures plus tôt que tu crois.

Le cow-boy indiqua un coin à l'écart derrière un épais buisson.

— Cet endroit m'a l'air pas mal.

— Très bien. Reculez, ordonna Tabitha qui s'y glissa. Des flammes violettes crépitèrent sur son corps et l'air se chargea en électricité.

— Qu'est-ce qu'elle fait ?

— Elle ouvre un passage pour qu'on rejoigne le Grand Conseil, expliqua Rex. On aurait pu le faire directement de chez toi, mais je me suis dit qu'il valait mieux se carapater avant que tes vieux changent d'avis. Ils ont eu comme l'air d'hésiter quand Pinch leur a donné les enveloppes adressées à la Division Cauchemar.

— C'est la seule façon pour eux de contacter Charlie, se justifia Pinch. Je pensais que ça les rassurerait.

— Eh bien, *je* ne serai pas rassuré tant qu'on n'aura pas filé d'ici. T'inquiète, gamin, la traversée est rapide en général.

— Et risquée, ajouta le barbu.

— Le risque est le piment de la vie, Pinch.

Tout à coup, un cercle de flammes violettes de près de deux mètres se matérialisa devant eux. Au-delà, Charlie distingua une plaine aride et rocailleuse, où poussaient d'étranges excroissances rocheuses, surmontées de ce qui ressemblait à de dégoûtants balais-brosses bleuâtres. Cette partie de l'Outre-Monde n'avait rien à voir avec ce qu'il avait entrevu plus tôt.

— Saute ! ordonna Rex en l'invitant à emprunter le passage.

Charlie lui lança un coup d'œil inquiet.

— Mais c'est plein de…

— De monstres ? fit-il, tout sourires. Aie confiance, y a rien à craindre. Vas-y.

Charlie prit une grande inspiration, ferma les yeux et fit son premier pas dans l'Outre-Monde.

Son cœur lui remonta dans la gorge comme s'il avait pris place à bord d'une fusée au décollage. En une fraction de seconde, Charlie se retrouva planté tout seul au beau milieu de l'étendue rocheuse. Il regarda derrière lui et vit les trois adultes traverser à leur tour. D'un geste de la main, Tabitha referma le passage et Charlie dut se retenir pour ne pas hurler de peur. Il était complètement paniqué, coincé au cœur de ce monde extraterrestre. Et, comme un plongeur égaré dans les grandes profondeurs ne sachant plus dans quel sens remonter à la surface, il ne savait absolument pas comment se sortir de là.

— Relax, fiston, siffla Rex en le voyant s'affoler. Respire un bon coup. Admire le paysage. Et reprends-toi.

Charlie essaya de se calmer. Il fut surpris de constater que tous les rochers alentour penchaient légèrement dans la même direction, comme s'ils indiquaient quelque chose. Il pivota et son regard s'arrêta sur une colonne géante de feu écarlate, qui ondoyait au loin.

— C'est le Cercle Intérieur, dit Rex, qui l'avait rejoint. On touche avec les yeux : c'est un coin dangereux.

— À quelle distance sommes-nous ? demanda Charlie, stupéfait.

— En kilomètres ? Aucune idée, mais c'est loin. Très loin. Là, on est dans le Premier Cercle : l'anneau extérieur de l'Outre-Monde. Tu vois, pour t'aider, tu n'as qu'à imaginer que l'Outre-Monde est comme un œil-de-bœuf, avec de petits anneaux à l'intérieur de plus grands. C'est plutôt sûr par ici. Il y a bien un ou deux Gremlins qui se baladent de temps en temps, mais rien de plus costaud que des bestioles de Catégorie 1. En revanche, plus tu te rapproches du centre, plus les trucs qui vivent par là sont coriaces.

— Pourquoi ?

— Parce que le Cercle Intérieur agit sur les créatures de l'Outre-Monde comme un aimant, intervint Pinch. Elles partent de ces régions du Premier Cercle, frêles et fébriles – bébés Alumignobles, Mimics, Gigachiroptères... – mais en grandissant, elles migrent progressivement vers le centre. Elles sont programmées pour ça.

— Ouais, continua le cow-boy. La plupart n'arrivent pas jusqu'au Cercle Intérieur – elles se font tuer en chemin. Mais celles qui y arrivent... c'est la pire espèce. Elles mettent des années à accomplir le voyage et la route est semée d'embûches. Soit elle les tue, soit elle les rend plus fortes. Dis-moi ce que tu vois après cette plaine ?

Charlie regarda au loin et remarqua que la contrée plate et lunaire où ils se trouvaient cédait la place à une forêt sombre, dense et impénétrable.

— Une forêt. Enfin, c'est à ça que ça ressemble vu d'ici.

Le cow-boy approuva d'un hochement de tête.

— C'est ce qu'on appelle le Deuxième Cercle. Tout ce qui peut y survivre est par définition de Catégorie 2. Et si tu regardes au-delà de la forêt, qu'est-ce que tu vois ?

— Des montagnes. C'est le Troisième Cercle ?

— Ouaip. On y trouve les mêmes bestioles, version Catégorie 3 cette fois, qui deviennent plus balaises et plus vicieuses à mesure qu'elles se rapprochent du Cercle Intérieur. Tu piges comment ça marche ?

Charlie fit signe que oui.

— Mais alors, qu'est-ce qu'il y a derrière les montagnes ? Ça ressemble à quoi, le Quatrième Cercle ?

— C'est un océan. Vaste, froid, profond. D'ailleurs, j'appelle ça « les Abysses glacials ».

— « Les Abysses glacials » ? répéta Pinch, l'œil mauvais. Quel nom ridicule.

— *Toi*, t'appelles ça comment alors ?

— Le Quatrième Cercle !

— Oui, mais si tu devais lui donner un nom, ce serait quoi ?

Le barbu réfléchit un instant.

— « L'Océan terrifiant », dit-il finalement.

Rex hurla de rire :

— « L'Océan terrifiant » ? Berk ! Où est la beauté ? Où est la *poésie* ?

— J'ai une question, les interrompit Charlie. S'il n'y a qu'un océan, où vivent les créatures de Catégorie 4 comme les Alumignobles ? Est-ce qu'elles apprennent à respirer sous l'eau ?

— Excellente remarque, le félicita Pinch. Il n'y a pas que de l'eau. On y trouve aussi des îles... mais pas vraiment le genre d'îles qu'on voit sur les brochures des agences de voyages. La plupart ne figurent sur aucune carte. De fait, seul un infinitésimal pourcentage de l'Outre-Monde a jamais été exploré.

— Exact, continua Rex. Et après « les Abysses glacials », c'est le Cinquième Cercle. Tu en as eu un petit aperçu tout à l'heure par le passage dans ta chambre.

— Là où il y avait les cristaux jaunes ?

Le cow-boy opina du chef.

— C'est un coin horrible. J'imagine que c'était un peu dur à dire vu d'en haut mais, sur la terre ferme, c'est tellement étriqué qu'il y a de quoi devenir claustro. Ça grouille des bestioles les plus vieilles et les plus mortelles de l'Outre-Monde tout entier.

— Celles du Cercle Intérieur mises à part, rectifia Pinch.

— En effet, concéda Rex.

— Je peux pas croire que j'ai ouvert un passage tout près de *ça*, souffla Charlie d'une voix presque imperceptible en désignant la tornade de flammes écarlates au loin.

— *Tout près*, mais pas *dedans*, Dieu merci ! s'écria le barbu. Tu ne dois jamais ouvrir de passage dans le Cercle Intérieur. C'est là que vivent les Élus.

Encore une fois, il frémit à l'évocation de ce mot.

— Au cas où tu n'aurais pas remarqué, dit Rex, le

Facilitateur a une légère tendance à paniquer dès qu'on parle des Élus.

Mais avant que Charlie ait le temps de lui poser plus de questions sur le sujet, le grand gaillard se tourna vers Tabitha :

— Alors, ça vient, ce passage ?

— Dès que vous aurez terminé de faire la leçon au petit.

Elle ouvrit la main droite et des flammes violettes se mirent à grouiller au-dessus.

— Elle fait quoi, maintenant ? les interrogea Charlie.

— Elle ouvre un nouveau passage vers la Division Cauchemar, expliqua Rex. Tu vois, on peut seulement créer un passage *vers* et *depuis* l'Outre-Monde. Alors si tu veux aller rapidement d'un point A à un point B, tu dois ouvrir un passage vers l'OM, traverser, en rouvrir un autre et retraverser vers la destination finale.

— Alors si on passe par l'Outre-Monde, j'imagine qu'on doit ouvrir un passage vers le Premier Cercle, là où on est, parce que c'est l'endroit le plus sûr ?

— Le gamin a déjà tout pigé, applaudit Rex.

À cet instant, Charlie vit la petite épée et le lasso au ceinturon du cow-boy s'animer subrepticement d'une lueur bleue. Celui-ci s'en aperçut à son tour et, en un éclair, il fit tournoyer et claquer son lasso vers une meute de créatures grêles à longue queue dotées de grands yeux gris. Elles détalèrent sur-le-champ dans une confusion de couinements effarouchés et se dispersèrent comme des cafards entre les rochers.

— Des Gremlins, précisa Rex en renouant son lasso d'un geste désinvolte. C'est la racaille de l'Outre-Monde. Ils sont pratiquement inoffensifs de ce côté mais sur Terre ils raffolent des câbles électriques. Ils peuvent causer de gros dégâts – pannes de voitures, arrêts de centrales électriques, ce genre de trucs.

Soudain, avec un petit « plop », le passage que Tabitha s'évertuait à créer s'ouvrit devant eux. Charlie regarda au travers et constata avec effroi qu'il se trouvait nez à nez avec un lion. Sa crinière était aussi majestueuse qu'une couronne et ses dents aussi larges que des couteaux de boucher. Et presque aussi longues. Le lion ouvrit la gueule et poussa un rugissement assourdissant. Charlie en vibra de la tête aux pieds et tomba à la renverse.

— T'inquiète, gloussa Rex, hilare. Il ne te fera pas de mal.

Charlie, médusé, l'interrogea d'un regard inquiet.

— Aie confiance, fit Rex avec un sourire.

À pas lents, Charlie se faufila dans le passage.

Il se crut de nouveau à bord d'une fusée lancée pleins gaz et se retrouva au pied d'un mur de pierres. Le lion s'approcha de lui. Charlie n'en revenait pas de la taille du félin. Il lui aurait tout au plus fait office d'amuse-bouche.

Le lion le renifla minutieusement et Charlie, à portée de griffes, se figea. Son cœur battait la chamade, il ne pouvait plus respirer. Alors la bête ouvrit sa gueule, inclina légèrement la tête... et lui lécha la figure.

Charlie vacilla et suffoqua.

— Pourquoi il me lèche ?

Dans son dos, il entendit Rex se tordre de rire.

— Tu sens cette odeur ?

Charlie ferma les yeux et inspira doucement.

— De la cannelle...

— Ce qui veut dire ?

— Que le lion est un Mimic !

— Bien vu. Il ne veut pas te croquer tout cru, il veut seulement ta sueur. Les lions, les vrais, sont sains et saufs dans une cage juste au-dessous de nous.

— On est où, là ?

— Va voir.

Charlie contourna timidement le mur et se retrouva en compagnie de trois autres lions. Ils étaient encerclés par une douve, la douve par une clôture et la clôture par... des gens. Beaucoup de gens.

Rex lui donna une petite tape sur l'épaule.

— Nous sommes dans l'enclos des lions du zoo de San Diego, en Californie. C'est une des entrées de la Division Cauchemar.

— Mais pourquoi ici ?

— Question de discrétion, rétorqua Pinch avec une pointe d'impatience dans la voix. Personne d'autre ne sait que ces lions sont de simples Mimics de Catégorie 5. On n'aurait donc pas idée de s'approcher de la porte.

— La porte ?

— Par là, ordonna-t-il, en se dirigeant d'un pas décidé vers une grotte de l'autre côté de l'enclos.

— Allez, gamin, l'encouragea Rex avec un clin d'œil complice. Dépêche-toi.

Charlie suivit les trois adultes qui se faufilaient parmi les faux lions pour rejoindre la grotte. Au fond, à l'abri des regards, s'élevait une imposante porte de métal sans gonds ni poignée apparents. On distinguait simplement une minuscule plaque noire en son centre.

— Bon, qui ouvre, cette fois ? s'enquit Rex.

— Pas moi, fit Tabitha. Je déteste ce truc.

— Je l'ai fait la dernière fois, ajouta Pinch d'un ton sec.

Le cow-boy soupira :

— Super.

Il plaça son visage à hauteur de la plaque et tira la langue. Deux petites pinces jaillirent instantanément et la lui agrippèrent.

— Ça fait quoi ? demanda Charlie.

— Un tesst A D Ed, bredouilla Rex.

— Un test ADN, il veut dire, expliqua Pinch. Les portes de la Division Cauchemar sont protégées par des Salivomètres. Notre salive contient notre empreinte génétique et la machine s'en sert pour procéder aux identifications.

Une voix d'ordinateur carillonna doucement :

— *Henderson, Rexford. Identité validée.*

Les pinces se rétractèrent et disparurent derrière la plaque.

— Je hais ce bazar ! persifla Rex en se massant la mâchoire.

Instantanément, la porte glissa dans un bruissement, donnant à Charlie son premier aperçu de la Division Cauchemar.

L'endroit était une merveille de technologie, un monstre de chrome et d'acier. La Division, dix fois plus vaste que ne l'avait imaginée Charlie, fourmillait d'activité. Une enfilade d'écrans d'ordinateur courait le long des couloirs et des Salivomètres régulaient l'accès à une volée de portes identiques qui saillaient des murs du terminal central.

Une foule d'employés affairés se pressaient dans la zone caverneuse. Deux hommes revêtus de combinaisons violettes tiraient un aquarium monté sur roulettes, où marinait une imposante créature apparentée à un calmar. Une femme en combinaison jaune poussait un chariot de spaghettis et de boulettes de viande. C'est du moins ce que Charlie pensait jusqu'à ce que les boulettes se mettent à cligner. Stupéfait, il comprit que c'étaient des yeux, ce qui signifiait que les spaghettis étaient des... Mais il ne put approfondir son enquête, car la femme en jaune avait déjà disparu, poursuivant sa course folle dans un des nombreux couloirs qui rayonnaient depuis le hall.

— La DC peut être un peu impressionnante, parfois, dit Rex comme s'il lisait dans les pensées de Charlie. Cependant c'est juste un lieu de travail comme un autre.

Reste avec nous, ne touche à rien et tu seras devant le Grand Conseil en moins de deux.

Ils se hâtèrent dans un dédale de couloirs, passant devant des salles aux noms exotiques comme MACHINE À PRESSER LES GNOMES (CATÉGORIES 1 À 3), ARRACHEUR DE CROCHETS POUR SERPENTS VENIMEUX (PAS DE KRAKEN !).

« Juste un lieu de travail comme un autre », se répéta mentalement Charlie qui commençait à avoir le tournis.

À cet instant, un homme allongé sur un brancard arriva dans l'autre sens, poussé par deux employés en combinaison rouge. Son corps avait la blancheur du marbre. Arrivé à sa hauteur, Charlie découvrit que cet homme *était* en marbre. Aussi solide et figé qu'une sculpture.

— Pauvre type, compatit Tabitha.

— Voilà ce qui arrive quand on regarde une Gorgone dans le blanc des yeux, murmura Rex. J'imagine qu'on ne l'y reprendra plus.

— Ils vont faire quelque chose pour lui ? demanda Charlie.

— Ouais, s'ils retrouvent la Gorgone et parviennent à lui couper la tête : plus facile à dire qu'à faire.

Ils s'arrêtèrent net devant une porte de chrome à double battant. Sur une pancarte était écrit : GRAND CONSEIL – ACCÈS STRICTEMENT INTERDIT SANS AUTORISATION !

— On y est, déclara Rex.

Il poussa la porte.

CHAPITRE CINQ

LE GRAND CONSEIL

Charlie n'avait jamais vu une chose pareille.

La Chambre du Grand Conseil était la plus vaste salle d'audience du monde. Le monogramme de la Division Cauchemar (un *D* et un *C* entrelacés) ornait l'intégralité du mur du fond. En dessous, douze membres du Conseil vêtus de costumes sombres étaient perchés sur une estrade. Un homme à la chevelure grise, au nez camus et au regard d'acier présidait l'assemblée. Devant lui, un porte-nom précisait : REGINALD DRAKE – DIRECTEUR.

— Tu vois ce gars au milieu, c'est à lui qu'on va parler, chuchota Rex de manière à ne pas interrompre la séance en cours. C'est le directeur de la Division Cauchemar.

— C'est lui qui va décider de mon sort ? demanda Charlie.

— Il décide de notre sort à tous.

Devant le directeur, un jeune homme faisait un exposé, sans grand enthousiasme, à l'aide de supports visuels. Il semblait intimidé par ces treize hommes aux regards sévères braqués sur lui.

— La population des Gremlins s'est accrue de douze pour cent en deux ans, dit-il en indiquant un graphique. Il nous faut prendre des mesures draconiennes. Ils se sont si bien infiltrés dans les réseaux électriques des États de Californie et de New York que des coupures à répétition seront inévitables dans les mois qui viennent.

— Comment est-ce arrivé ? l'interrompit Drake. N'est-il pas justement de votre ressort de réduire la population de Gremlins ? N'est-ce pas là votre travail, monsieur ?

— Si, mais nous n'avons pas été en mesure de les démonstriser aussi rapidement qu'ils sont apparus. À cause de l'accroissement de la population humaine, expliqua-t-il en désignant un autre diagramme, légendé : « Le rythme inquiétant de l'accroissement de la population humaine ». Nous devons compter avec de plus en plus d'enfants qui les font traverser involontairement pendant leurs cauchemars – eux aussi plus fréquents en raison du climat de peur engendré par les récents événements internationaux. J'ai fait mention de la Californie et de l'État de New York mais les Gremlins ont un impact mondial indéniable. Notre brigade londonienne a signalé de graves perturbations sur certaines places publiques comme Piccadilly Circus, et je n'ai pas encore épluché les rapports de nos collègues espagnols, italiens ou coréens. Il s'agit d'une véritable épidémie.

— J'ose espérer que vous n'êtes pas venu ici pour nous apitoyer sur votre échec, lança Drake. Dites-moi que vous avez une solution.

— Bien sûr, monsieur le directeur, affirma en hâte le jeune homme. Vous avez certainement entendu parler du succès que rencontrent nos Motels de Mimics ?

— Vous voulez parler de ces motels miteux que vous faites pousser comme des champignons dans tout le pays ?

— Oui, monsieur le directeur. Chaque chambre est équipée d'une cuve de sueur qui attire les Mimics par wagons entiers. Ensuite, une poignée de Prestidigipasseurs et de Démonstriseurs suffit pour les renvoyer dans l'Outre-Monde.

— Oui, je sais tout ça. Allez droit au but !

Le jeune homme encaissa la remarque sans broncher et continua son exposé :

— Voyez vous, monsieur le directeur, nous nous proposions de procéder de la même façon avec les Gremlins. Comme ils se nourrissent d'électricité, nous pourrions les attirer dans de fausses centrales électriques sous le contrôle de la DC et les démonstriser une fois à l'intérieur. C'est dix fois plus efficace que de leur courir après autour du globe en essayant d'introduire nos Démonstriseurs dans des centrales privées pour traiter le problème au cas par cas.

— Ça m'a l'air risqué mais je vous donnerai mon aval, à condition que vous vous mettiez dans le crâne que je vous tiendrai pour seul responsable. Je veux un rapport dans deux mois. Et si la situation ne s'est toujours pas améliorée d'ici là, j'exigerai également votre démission.

— Entendu, monsieur le directeur. Je ne vous décevrai pas.

Le jeune homme détala en direction de la sortie et, arrivé à la hauteur de Charlie, il murmura :

— Bonne chance. Il est d'une humeur massacrante.

— On devrait peut-être revenir plus tard, chuchota Charlie à l'oreille de Rex.

Celui-ci n'eut pas le temps de lui répondre, la voix du directeur retentit dans toute la salle.

— Qui avons-nous là ? demanda-t-il en fixant Charlie de son regard d'acier.

Le Facilitateur de la brigade s'avança.

— Edward Pinch, pour vous servir, monsieur le directeur. Nous avons intercepté l'enfant. Celui que nous surveillions.

— Vraiment ? Excellent. Approche-toi, mon garçon. Comment t'appelles-tu ?

— Allez, vas-y, chuchota Rex. On est juste derrière toi.

Le cœur battant à cent à l'heure, Charlie emprunta l'interminable allée centrale qui menait devant le Grand Conseil.

— Je m'appelle Charlie, monsieur. Charlie Benjamin.

— Ah oui, je me souviens, maintenant. Et je te prierai de m'appeler « monsieur le directeur ». « Monsieur » est bon pour les serveurs et j'aimerais avoir l'impression d'être allé un peu plus loin dans ma carrière qu'un garçon de café.

Charlie hocha la tête.

— Oui, monsieur. Euh… oui, *monsieur le directeur*, s'empressa-t-il de rectifier.

Drake émit un léger grognement et se tourna vers Pinch.

— Vous avez donc constaté qu'il possédait le Don ?

— En effet, monsieur le directeur. Nous l'avons vu faire traverser un Alumignoble de Catégorie 5.

— De Catégorie 5, voyez-vous ça, siffla Drake. C'est plutôt inouï. D'autres exploits du même type lui ont-ils été imputés ?

— Eh bien, hier ou avant-hier, il a ramené un Mimic de Catégorie 4 qui a pris l'apparence de sa mère. Et nous avons toutes les raisons de penser qu'il a fait traverser une Gigarachnide de Catégorie 3 qui a pelotonné plusieurs enfants lors d'une soirée pyjama il y a moins d'une semaine.

— Seriez-vous en train de me dire qu'en l'espace de sept jours il est passé d'un Catégorie 3 à un Catégorie 5 ?

— Parfaitement. Incroyable, n'est-ce pas ? Sa force s'accroît à une vitesse phénoménale. Et ce n'est pas tout : d'après les coupures de presse, la Gigarachnide s'en est prise uniquement aux autres enfants et l'a laissé *totalement intact.*

— Très étonnant.

— D'ailleurs, je me suis posé des questions là-dessus, intervint Charlie. Pourquoi ne m'a-t-elle rien fait ?

— Vois-tu, commença Pinch, contrairement aux créatures les plus idiotes de l'Outre-Monde – telles que les Gremlins et les Ectobogs par exemple –, les Gigarachnides sont douées d'une intelligence rare et, à moins d'y être contraintes, elles ne se risqueront jamais à attaquer un adversaire qui leur est supérieur, ce qui était clairement ton cas.

— Waouh ! s'exclama Charlie.

— Waouh, en effet. Et aurais-tu à l'avenir l'obligeance de t'exprimer uniquement lorsque l'on t'adressera la parole ?

— Oh. Pardon, monsieur le directeur.

Drake grogna de nouveau et posa les yeux sur Rex et Tabitha.

— Vous deux, avez-vous quelque chose à ajouter ?

— Cet enfant possède indéniablement un Don exceptionnel, répondit Tabitha. Je n'ai jamais rien vu de tel.

— La force n'est rien si on est incapable de la contrôler, marmonna Drake.

— Oh, mais on peut lui apprendre, s'écria Rex. Sans problème.

— Et vous vous basez sur...

— Mes tripes. Je le sens, c'est tout.

— Ah, je vois. Eh bien, si vous n'avez aucun scrupule à prendre des décisions cruciales en vous basant sur ce que vous dictent vos tripes, j'espère que vous ne m'en tiendrez pas rigueur si j'émets quelques réserves.

— Avec tout le respect que je vous dois, monsieur le

directeur, accordez-lui un an à l'École des Cauchemars et vous constaterez que j'ai raison.

— Oh mais il n'ira pas à l'École.

— Quoi ? cria Rex, stupéfait.

— Cet enfant peut d'ores et déjà passer un Catégorie 5 sans instruction. Pouvez-vous seulement imaginer de quoi il sera capable lorsque nous lui aurons donné la possibilité de développer à plein son potentiel ? Ouvrir un passage dans le Cercle Intérieur n'est probablement pas au-dessus de ses forces. La dernière fois qu'une telle chose s'est produite, un Élu a réussi à traverser et depuis nous faisons des pieds et des mains pour attraper Verminion.

— Mais le petit pourrait être la solution à ce problème, insista le cow-boy. Un gamin aussi fort, avec un entraînement adéquat, serait en mesure de renvoyer Verminion dans l'Outre-Monde – ou de le tuer pour de bon. Charlie pourrait devenir l'arme suprême contre les Outre-Créatures.

— Ou leur arme suprême contre nous. À moins que vous ayez oublié comment Verminion est arrivé à se frayer un chemin sur Terre.

— C'est la peur qui vous dicte vos paroles. Si vous prenez vos décisions en vous basant sur la peur, autant raccrocher mon lasso tout de suite.

— Pourquoi ne devrions-nous pas écouter cette peur ? Après tout, notre existence même repose sur elle. Si les hommes n'avaient aucune crainte, ils ne feraient pas de cauchemars et n'ouvriraient pas de passages vers l'Outre-Monde. La peur est la clef de voûte de notre mission. C'est le fondement même de cette Division ! Former cet enfant est bien trop risqué. Il doit être Ratatiné.

— Non ! souffla Charlie.

— T'inquiète, gamin, le réconforta Rex avant de s'adresser au directeur. Vous savez quoi ? Arthur Goodnight n'aurait jamais envoyé un enfant comme Charlie se faire Ratatiner.

— Je vous crois volontiers. Voilà justement pourquoi le Conseil m'a nommé pour lui succéder à sa mort. Goodnight était trop gentil avec ceux qui possédaient le Don parce qu'il l'avait lui-même – et c'est bien ça qui l'a tué.

— C'était un accident, vous ne l'ignorez pas.

— Oui, bien sûr, admit Drake d'un ton doucereux. Cependant, des années de formation et des pouvoirs exceptionnels ne l'ont pas empêché de faire traverser involontairement un Crachacide de Catégorie 5 pendant un cauchemar. Il est mort dans son sommeil, sans parler des Démonstriseurs et des Prestidigipasseurs qui mangent les pissenlits par la racine depuis cette nuit-là.

Drake se pencha en avant.

— Goodnight avait beau être puissant, son Don a fait de lui une menace bien réelle. Ne possédant pas ce Don moi-même, je n'ai pas ce genre de problème.

— Le Don n'est pas un problème, rétorqua Rex. C'est une solution. Vous ne le possédez peut-être pas, mais presque tous les gens ici l'utilisent chaque jour pour accomplir la mission dont la Division a été investie.

— Vous vous méprenez. Bien que j'aie le plus grand respect pour mes employés, ceux qui possèdent le Don sont comme de « bons toutous », utiles et dociles la plupart du temps. Or, un « bon toutou » peut avoir ses mauvais jours. Plus il est fort, plus la morsure est profonde. Avec un enfant comme celui-là, ajouta-t-il en montrant Charlie du doigt, la morsure pourrait être fatale. Goodnight ne l'a jamais compris... C'est d'ailleurs ce qui l'a tué. Moi, si – et j'agirai en conséquence.

— Écoutez, je vous demande simplement de laisser une chance au petit, monsieur le directeur, implora Rex. Charlie peut être formé. Il peut apprendre à se contrôler. Accordez-lui un an à l'École des Cauchemars. Laissez-le faire ses preuves.

— Pourquoi attendre ? Qu'il fasse ses preuves sur-le-champ. Qu'il ouvre un passage maintenant, pour nous prouver qu'il est capable d'utiliser ce Don sur commande. Et s'il fait montre d'un contrôle exceptionnel de ses talents, j'envisagerai peut-être de reconsidérer ma décision.

Un silence de plomb s'abattit sur la salle d'audience.

Finalement, Tabitha prit la parole :

— Monsieur le directeur, il faut des semaines pour apprendre à un enfant, si Doué qu'il soit, à ouvrir un passage en état de conscience.

— Ah, je vois. Je me trompe ou c'est la peur qui parle ? La peur de l'échec ? Votre partenaire ne croit pas ce genre de racontars. Demandez-lui.

— Le petit va le faire, annonça Rex.

— Quoi ? balbutia Tabitha. Non, il ne le fera pas.

Rex prit la jeune femme à part et lui chuchota sèchement à l'oreille :

— C'est la seule chance de Charlie. Tu sais ce qui se passera s'il réussit.

— Mais personne ne l'a jamais fait. Et avec une telle pression, même un Prestidigipasseur chevronné en baverait. Regarde-le. Il est terrifié.

— Bah alors ? Sers-toi de sa peur pour lui faire faire un cauchemar éveillé.

— Il n'aura aucun contrôle sur le passage ! Et même s'il y arrivait, on ignore ce qu'il y aura derrière ? T'imagines si un autre Catégorie 5 traverse ? Ou plusieurs ?

— On s'en chargera. Aide-le juste à ouvrir ce satané truc.

— J'attends, s'impatienta Drake depuis son estrade. Il ne vous reste que trois minutes avant que je fasse état de ma décision concernant l'avenir de ce garçon.

— Vas-y, dit Rex à Tabitha. Ça va marcher.

Quelques secondes plus tard, Tabitha murmura à l'oreille de Charlie :

— Ferme les yeux et écoute-moi attentivement.

Sa voix était apaisante, hypnotique.

— Tu es tout en haut d'un immeuble, Charlie. Le plus haut que tu aies jamais vu.

Une image se forma aussitôt dans l'esprit du garçon. Il se voyait sur le toit d'une tour si haute qu'elle crevait le plafond des nuages. L'image était nette, réelle, au point qu'il sentait même une brise légère lui chatouiller le visage, tandis que l'édifice oscillait dangereusement sous ses pieds, secoué par le vent.

— Tu le vois ?

Charlie acquiesça.

— Maintenant, regarde en bas.

Dans sa tête, Charlie s'approcha du bord du toit et regarda en bas. Une vue vertigineuse, des centaines d'étages sous ses pieds. Il eut un haut-le-cœur et voulut reculer désespérément.

— Là, tu sens une main dans ton dos.

Charlie se raidit d'un coup. Il sentait vraiment cette main sur lui.

— Elle te pousse dans le vide.

— Quoi ?

— Tu tombes.

Comme ça, juste dans sa tête, Charlie bascula.

Les fenêtres du gratte-ciel défilèrent devant ses yeux à une vitesse tandis qu'il chutait comme une pierre vers le sol. Il voulut crier mais l'air lui asphyxiait les poumons et son cœur cognait dans sa poitrine comme un marteau-piqueur.

— Le sol arrive sur toi à toute allure, continua Tabitha avec plus d'intensité dans la voix maintenant, tu aperçois aux fenêtres de l'immeuble des gens que tu connais. Ta mère et ton père sont là, ils pourraient te rattraper s'ils le voulaient… mais ils ne lèvent pas le petit doigt.

— Pourquoi ? dit Charlie, des sanglots dans la voix.

— Parce que la vie est plus simple sans toi.

— Non...

— À d'autres fenêtres, tu vois des enfants que tu as connus autrefois. Ils pourraient te sauver s'ils le voulaient... mais ils ne bougent pas.

— Pourquoi ?

— Parce que tu n'es pas comme eux, Charlie, c'est pour cette raison qu'ils te craignent et te détestent. Alors ils te laissent tomber.

— Personne ne veut m'aider ?

— Personne. Tu es seul. Le sol se rapproche et tu vas mourir.

— Retiens-moi ! s'écria-t-il.

— Impossible, Charlie. Il n'y a que toi qui puisses te sortir de là.

— Comment ?

— Cherche une porte. Une sortie. Tu en vois une ?

— Non, brailla-t-il en regardant désespérément de tous les côtés.

Pas de porte, nulle part, simplement le flou des vitres et la certitude de s'écraser sur l'asphalte.

Et soudain :

— Oui ! J'en vois une. Violette... dans le sol. J'atterris droit dessus.

— Ouvre-la, Charlie, et traverse.

— Je ne sais pas si je peux !

— Ouvre la porte ! lui ordonna Tabitha. Ouvre la porte maintenant ou *tu mourras* !

Un battement de cœur avant qu'il ne s'écrase sur la chaussée, Charlie ouvrit la porte.

Un véritable séisme ébranla la salle d'audience et, avec un « boum ! » assourdissant, un passage gigantesque se forma devant lui. Il était bien plus impressionnant que ceux qu'il avait vus jusqu'à présent. Aussi haut qu'un immeuble de deux étages, il s'étendait au-delà du sol et du plafond de la Chambre du Grand Conseil, et des flammes violettes dansaient tout autour.

Pinch et Rex reculèrent.

Au-delà du passage, Charlie distingua un énorme trône sculpté dans une roche volcanique noire et vitreuse. La salle mesurait la superficie de plusieurs terrains de football et des centaines d'Outre-Créatures s'affairaient çà et là, occupées à leur sinistre mission. Il y avait des Alumignobles ainsi que d'autres spécimens dont Charlie ignorait le nom – des Banshees et, surtout, le mystérieux Élu dont on devinait la silhouette tapie dans la pénombre. Un à un, les monstres cessèrent leurs activités, interloqués par ce trou qui venait de se former.

— Ferme le passage, bredouilla Drake. Ferme-le maintenant, petit. *Tout de suite.*

Mais Charlie, perdu dans ses pensées, admirant la merveille qu'il venait de créer, ne l'entendit pas.

Rex se précipita à ses côtés et le secoua violemment.

— Remue-toi, gamin. C'est bien trop gros pour nous, je t'assure.

Charlie le remarqua à peine. Il était déconnecté de son corps, coupé de lui-même en quelque sorte. Rex,

Tabitha et la Chambre du Grand Conseil semblaient appartenir à un monde si lointain qu'il ne le distinguait presque plus. Soudain, dans une cacophonie de crissements, les Outre-Créatures se ruèrent en direction du passage, toutes griffes et dents dehors.

— Vous, hurla Drake à Tabitha, fermez le passage ! *Fermez-le sur-le-champ !*

Paupières closes, elle tendit la main droite. Rex déroula son lasso ct sc planta à ses côtés.

— Fais de ton mieux, ma belette. Je les repousserai aussi longtemps que je pourrai.

Des flammes violettes se mirent à crépiter sur le corps de la jeune femme qui fronçait les sourcils sous l'effet de la concentration. Des gouttes de sueur perlaient sur ses tempes et son souffle était saccadé. Bientôt, elle fut prise de tremblements.

Elle rouvrit les yeux.

— Je n'y arrive pas ! Le passage est trop grand.

— Recule-toi, commanda Rex en l'attirant derrière elle.

Son lasso luisait d'un bleu chatoyant dont la nuance devenait plus vive encore à l'approche des centaines d'Outre-Créatures qui fondaient sur eux.

Au moment où une Gigachiroptère s'apprêtait à bondir hors du passage, un hurlement s'éleva d'un coin reculé de la salle du trône, si fracassant que son écho fit trembler la Chambre tout entière pendant d'interminables secondes.

La horde enragée se figea sur place, détala en sens inverse, puis disparut.

On entendit alors le bruit d'une démarche lourde qui tonnait comme un tir de canon à chaque pas. Brusquement, un monstre à cornes de la hauteur d'un immeuble de trois étages émergea des profondeurs de la salle du trône. Sa musculature était impressionnante, ses yeux brillaient comme des charbons ardents et ses bras démesurément longs se terminaient par des griffes recourbées. Sa peau avait le bleu des abysses de l'océan et, au bout de ses jambes massives, deux sabots lançaient des étincelles au contact de la roche volcanique.

— Barakkas, bredouilla Rex.

— Convoquez les Prestidigipasseurs, ordonna Drake, livide. Dites-leur qu'un Élu tente de s'échapper de l'Outre-Monde...

CHAPITRE SIX

BARAKKAS L'ENRAGÉ

Barakkas s'avança lentement vers Charlie en projetant des gerbes de flammes à chacun de ses pas.

— Qui s'est invité dans mon palais ? grogna la bête. Allez, mon garçon, parle.

— Charlie, je m'appelle Charlie Benjamin, balbutia-t-il.

— Charlie Benjamin, répéta Barakkas.

Sa voix retentit aux quatre coins de son repaire. S'il était encore à bonne distance, Charlie avait l'impression que l'immense créature se tenait à deux pas de lui, tant l'écho réverbéré par les murs noirs était assourdissant.

— Je n'ai vu qu'un seul humain capable de pénétrer dans le Cercle Intérieur jusqu'à aujourd'hui.

— C'était pas mon intention.

— Pourtant, tu y es parvenu. Tu dois être sacrément fort.

— J'imagine.

81

— Et sacrément *courageux*. Car qui, sinon le plus courageux des petits garçons, oserait me tenir tête ? Nous avons beaucoup de choses à nous dire, toi et moi.

Pendant que Barakkas s'entretenait avec Charlie, le tohu-bohu régnait dans la Chambre du Grand Conseil de la Division Cauchemar. Des Prestidigipasseurs y affluaient et s'arrêtaient net, frappés de stupeur.

— Ne faites pas ces yeux ronds et fermez-moi ça, bande d'idiots ! s'écria Drake.

Passé le choc initial, la quinzaine d'hommes et de femmes unirent leurs forces pour faire s'effondrer le passage. Hélas… leurs efforts conjugués ne semblaient pas avoir plus de succès que la tentative solo de Tabitha.

— Continuez ! beugla Drake. Barakkas se rapproche du passage !

Des arcs de feu violacé se formèrent entre chacun des Prestidigipasseurs tandis qu'ils essayaient vainement de claquer la porte. Tabitha se joignit à eux, le regard brillant de détermination, mais elle dut bien vite se rendre à l'évidence : seize adultes expérimentés ne faisaient pas le poids contre cet enfant malingre de treize ans qui se tenait devant eux dans une sorte de transe.

— De quoi voulez-vous discuter ? demanda Charlie à Barakkas qui progressait toujours d'un pas lent et assuré.

— De ton avenir, répondit la bête dont le sourire révéla une rangée de dents acérées. J'ai de grands projets pour nous une fois que j'aurai traversé. J'ai besoin d'un disciple fort et prometteur, quelqu'un de puissant et de courageux. *Quelqu'un comme toi.* Ensemble, nous infligerons de terribles souffrances à ceux qui nous ont tourmentés.

Tandis que Barakkas tirait des plans sur la comète, Rex se glissa aux côtés de Charlie et lui chuchota à l'oreille :

— Gamin, je suis persuadé que tout au fond de toi tu peux m'entendre. Tu parles à Barakkas l'Enragé. Je suis qu'il a l'air posé et raisonnable, mais, crois-moi, ses sautes d'humeur sont légendaires et tu ne sais pas ce qui peut le mettre hors de lui. Il te tuera d'un coup de griffe et quand il aura traversé il sèmera la mort sur terre, tu comprends ? Tu dois nous fermer ce passage maintenant. Toi seul le peux.

Quelque part dans les méandres de son esprit, Charlie entendit distinctement la voix du cow-boy. Apparemment, Rex lui demandait quelque chose, mais quoi ? Il était question de sautes d'humeur... et de passage...

— Ne l'écoute pas, Charlie, déclara Barakkas qui n'était plus qu'à une centaine de mètres. Il est jaloux. Tu es bien plus fort que lui et il convoite ton pouvoir. Si toi et moi formons alliance, il ne servirait plus à rien. Ce n'est pas un ami.

— Ce n'est pas un ami..., répéta Charlie.

— Tu sais que c'est pas vrai, insista Rex. Je t'ai dit que je te protégerais quoi qu'il arrive, et je te le répète. Tu as ma parole. Ferme ce passage, gamin. Ferme-le maintenant.

Certains Prestidigipasseurs s'effondrèrent d'épuise-
ment. La somme d'énergie requise pour tenter de refermer ce que Charlie avait créé était tout simplement
inhumaine.

— J'y suis presque, annonça le monstre d'une voix
rassurante. Plus que quelques mètres, sois fort et courageux. Encore une petite minute.

Barakkas se courba, prêt à glisser son gigantesque
torse par le passage. Il commença par le bras droit en
rétractant ses griffes dans son poing aussi gros qu'une
voiture. Charlie remarqua autour de son poignet un
énorme bracelet de métal aux reflets sombres, orné de
visages finement sculptés – parmi lesquels il reconnut
celui de la bête à cornes.

— Je veux simplement que tu comprennes que tout
ça c'est pas ta faute, reprit le cow-boy.

La main titanesque s'agitait maintenant dans la
Chambre du Grand Conseil, réduisant ses occupants à
la taille de lilliputiens. Une lueur stroboscopique pulsait
des motifs du bracelet.

— Tu es un gentil garçon, ajouta Rex. Je veux que
tu le saches.

Charlie tourna la tête vers lui.

— Qu'est-ce que tu voulais que je fasse, déjà ?

— Ferme le passage, gamin, répondit le Démonstriseur avec un doux sourire.

— OK.

En une fraction de seconde, le passage se referma dans
un grondement tonitruant, tranchant net le bras droit

de Barakkas, qui s'écrasa au sol avec la lourdeur d'un boulet de démolition. Les doigts furent pris de spasmes violents et l'énorme bracelet lança des éclairs cramoisis par à-coups frénétiques. De très loin, le râle de douleur de Barakkas parvint aux oreilles de Charlie.

Et finit par se taire.

Rex serra Charlie dans ses bras. Les Prestidigipasseurs se relevèrent tant bien que mal, lançant au garçon des regards furieux, comme s'il risquait à tout moment de les mordre.

— C'est pas ma faute, se défendit-il. C'est arrivé comme ça.

— Ça va, gamin, le réconforta Rex.

— Ça ne va pas du tout, hurla Drake. Au contraire. Cet enfant a failli faire traverser un Élu au cœur même de la Division Cauchemar. Voilà exactement ce que je craignais ! Il aurait pu tous nous tuer !

— C'est vous qui lui avez demandé d'ouvrir un passage, protesta Tabitha que Rex aidait à se relever. Je vous ai dit qu'il n'était pas prêt.

— Oh alors, c'est ma faute ? ricana Drake.

Il fusilla les Prestidigipasseurs du regard :

— Emmenez immédiatement ce garçon en Salle de Ratatinage ! Je veux qu'on le Ratatine jusqu'à ce qu'il ne soit plus capable de passer ne serait-ce qu'un Lutin de Catégorie 1. Je veux qu'il soit bête comme ses pieds !

— Rex ? appela Charlie, paniqué.

— T'inquiète, gamin, dit le cow-boy qui défit son lasso.

La corde claqua et fendit l'air de la Chambre à la vitesse d'une flèche, puis s'enroula autour du cou du directeur.

— Qu'est-ce que tu fabriques, bon sang ? vociféra Pinch, horrifié.

— Je ne les laisserai pas le Ratatiner. Je lui ai donné ma parole.

— Relâchez-moi, suffoqua Drake, le visage écarlate, ou je vous ferai Ratatiner aussi.

— Je vous souhaite bien du courage.

— Lâche-le, supplia Pinch, ou nous courons au désastre.

— Vous feriez mieux de changer d'avis rapidement, Drake, déclara Rex. Votre tête commence à ressembler à une tomate.

Du fond de la Chambre, une voix s'éleva :

— Vous faites encore des vôtres, Rex ?

Charlie se retourna. Une femme élancée, au port altier, se tenait sur le seuil de la Chambre du Grand Conseil. En contraste saisissant avec la nuance vibrante et profonde de sa peau chocolat, ses yeux bleus brillaient comme des saphirs. Sa robe, ample et fluide, était tissée de fils de couleurs vives – jaune bouton-d'or, orange coucher de soleil et un camaïeu de rouges chauds et flamboyants. Elle avait un petit air exotique qui paraissait légèrement incongru dans l'univers glacial de la Division Cauchemar.

— Ça va, madame le proviseur ? s'enquit Rex.

— Mieux que vous, on dirait. Toujours à vous attirer des ennuis, n'est-ce pas ?

— C'est ma plus grande faiblesse. Mais je dépasserai ce stade plus tôt que vous ne le croyez.

— Si vous me permettez, je ne me hasarderai pas à retenir mon souffle jusque-là. En parlant de souffler, vous auriez intérêt à relâcher le directeur avant qu'il ne s'asphyxie.

— Mais...

— Ne vous inquiétez pas pour l'enfant, l'interrompit-elle d'un geste. Nous trouverons une solution.

Il hésita un instant. Puis, d'un mouvement du poignet, il ôta le lasso du cou du directeur. Drake aspira de profondes goulées d'air et la teinte bleutée de ses joues s'estompa peu à peu.

La femme examina le bras de Barakkas avant de poser son regard sur Charlie.

— Visiblement, quelqu'un a fait quelque chose qu'il n'aurait pas dû, dit-elle avec un pétillement malicieux dans les yeux. Je suis le proviseur Brazenhope.

— Et moi c'est...

— Charlie Benjamin. Oui, je sais. Je vous ai à l'œil depuis un bout de temps.

— Savez-vous, réussit enfin à articuler Drake, ce que cette petite créature a fait ?

— Bien sûr. Pourquoi croyez-vous donc que je sois là ? Pour une visite de courtoisie ? Dès que j'ai perçu toute cette agitation dans l'Outre-Monde, j'ai traversé jusqu'ici.

— Il veut faire Ratatiner le petit, madame le proviseur, dit Tabitha.

— Oh, eh bien, ça ne m'étonne guère. C'est un bureaucrate – un partisan du statu quo, un défenseur de la médiocrité et de la banalité. Il méprise tous ceux qui possèdent le Don car il en est dépourvu lui-même. Cette attitude, hélas, est largement répandue parmi les gens de son espèce.

— Épargnez-moi votre psychologie d'école primaire, madame la proviseur.

— Madame *le* proviseur, je vous prie. C'est un titre, comme celui de Docteur.

— Vous ne seriez pas un peu susceptible aujourd'hui ?

— Quel comble de la part d'un homme ne tolérant pas qu'on l'appelle « monsieur » tant il a honte de son passé de serveur au *Homard Jovial*.

— Il suffit, tempêta Drake, s'empourprant légèrement. Ce garçon sera Ratatiné, car il représente une menace de taille.

— On peut toujours compter sur vous, Reginald, pour détruire ce que vous ne comprenez pas. Je préférerais vous voir brûler *La Joconde* et raser les pyramides d'Égypte plutôt que de vous laisser toucher à une seule molécule du miraculeux cerveau de cet enfant.

— Ma décision est déjà prise.

— La mienne aussi. Ce garçon viendra avec moi à

l'École des Cauchemars pour y commencer son apprentissage.

Drake se leva.

— Je vous l'interdis. Ne me compliquez pas la tâche, Brazenhope. Je suis votre supérieur.

Il se tourna vers les Prestidigipasseurs :

— Emmenez ce garçon en Salle de Ratatinage immédiatement !

Ils se jetèrent des regards furtifs, ne sachant sur quel pied danser.

— Coogan, lança le proviseur à un grand gaillard aux cheveux roux. À qui préfères-tu obéir, au nouveau directeur... ou à ton ancien proviseur ? L'heure du choix a sonné, j'en ai bien peur.

Les Prestidigipasseurs regardèrent tour à tour l'homme irrité et la femme impassible.

— Désolé, monsieur le directeur, bredouilla enfin Coogan. Je suis sous votre autorité... mais je dois tout à madame Brazenhope.

Il sortit.

— Susan ? Grant ? Ryder ? poursuivit le proviseur en les dévisageant.

L'un après l'autre, sans piper mot, ils se retirèrent. Et bientôt, il ne resta plus que Tabitha.

— Vous connaissez ma position, déclara-t-elle.

Mme Brazenhope se tourna vers Drake.

— On dirait bien que vous êtes un général sans armée, Reginald. Bien sûr, c'est le prix à payer lorsqu'on inspire à ses sujets la crainte plutôt que le respect. Le directeur Goodnight l'avait compris.

— Goodnight n'est plus de ce monde.

— C'est exact. Et il en sera de même un jour pour vous. Rien ne dure, Reginald – cela vaut aussi pour votre règne de directeur. Vous finirez par vous en aller et cette Division retrouvera sa gloire passée. Je compte bien être encore de ce monde pour voir ça.

Elle le fixa d'un regard profondément méprisant.

— Ce garçon va venir avec moi.

Drake était furieux. Deux veines saillaient sur son front, sous l'effet de la colère.

— Emmenez-le, céda-t-il à regret, mais vous seule serez tenue pour responsable des conséquences.

— Je n'ai jamais eu l'intention de faire porter le chapeau à qui que ce soit.

— Vous vous en mordrez les doigts. Malgré votre prétendue autorité sur un apprenti, les Prestidigipasseurs et les Démonstriseurs chevronnés restent à l'évidence sous mon commandement. Aussi, à partir de maintenant, ces deux-là, ajouta-t-il en désignant Rex et Tabitha, sont suspendus de leurs fonctions sur le terrain.

— Quoi ? se récria Tabitha.

— C'est injuste, renchérit Rex. Nous n'y sommes pour rien. Madame le proviseur ?

— Débrouillez-vous sans moi, je suis d'accord avec le directeur.

— Vous n'êtes pas sérieuse ! s'exclama le cow-boy, consterné.

— Oh que si. Car si vous n'étiez pas suspendus, vous n'auriez pas le temps de venir à l'École des Cauchemars pour y dispenser tout votre beau savoir.

— Dispenser notre beau savoir ? répéta Rex. Je suis un homme de terrain. Pas un prof.

— Vous l'êtes, à présent. Vous deux. Et vous aussi, Pinch.

— Qu'est-ce que j'ai fait pour mériter ça ? grommela l'intéressé.

— Rien, l'interrompit Mme Brazenhope. C'est bien le problème.

Elle ouvrit un passage d'un geste imperceptible. Charlie était effaré par son aisance et sa rapidité – un contraste saisissant avec le temps et la concentration nécessaires à Tabitha.

— Allons-y, dit-elle. L'École des Cauchemars nous attend.

Une poignée de secondes plus tard, après une courte halte dans l'Outre-Monde, les cinq compères traversèrent un nouveau passage et débouchèrent dans une petite cabine au cœur de l'École. Le plancher et les murs en teck reflétaient la lueur d'une lampe à pétrole posée sur une malle patinée, où attendait un verre de lait chaud. Le tout était à portée de main d'un hamac, suspendu entre deux pans de la cabine, qui avait été cousu dans de vieux coupons de tissus colorés, avec une dominante de nuances rouges et ambrées. Il se balançait sous l'effet d'une douce brise tropicale qui se faufilait par une fenêtre circulaire en même temps que le clair de lune.

— Voici votre chambre, monsieur Benjamin, annonça Mme Brazenhope. Vous dormirez ici ce soir. Et dès demain vous commencerez votre apprentissage. Vous autres, venez avec moi, j'ai une foule de choses à vous dire.

Elle ouvrit la porte et escorta les trois adultes hors de la cabine.

— Madame le proviseur ? cria Charlie. Est-ce que je vais...

— ... faire un cauchemar cette nuit ?

— Oui...

Elle lui sourit gentiment.

— Non, la journée a été longue. Cette nuit ne sera que beaux rêves et apaisant sommeil. Buvez un peu de lait et allez vous coucher, monsieur Benjamin.

Sur quoi, elle s'en alla.

Charlie regarda par l'œil-de-bœuf pour tenter de situer précisément l'École des Cauchemars, mais seules quelques constellations d'étoiles chatoyantes perçaient l'obscurité au-dehors, brillant aussi intensément dans la nuit que des éclats de verre. Soudain, la fatigue de la journée l'enveloppa comme une lourde couverture. Il prit une gorgée de lait, grimpa dans le hamac douillet et accueillant, et éprouva un sentiment inconnu jusqu'alors.

Il avait l'impression d'être à sa place.

Bientôt, Charlie dormait à poings fermés, bercé par la brise et le ressac des vagues.

Mme Brazenhope tenait un conciliabule dans son bureau. L'École des Cauchemars était sombre et brumeuse. Un dédale confus d'escaliers et de passerelles menait aux plates-formes et aux étages supérieurs. L'endroit évoquait les entrailles d'un navire, aussi encombré et fantaisiste que la Division Cauchemar était dépouillée et ordonnée.

Le proviseur sirotait dans un verre en cristal un liquide rouge si foncé qu'il semblait presque noir.

— Le petit s'est fait un ennemi féroce, déclara-t-elle. Barakkas n'oubliera pas de sitôt celui qui lui a pris son bras.

— Il ne l'a pas volé, marmonna Rex.

— Pas faux. N'empêche qu'il pourchassera le petit sans relâche pour assouvir sa vengeance.

— Il ne peut pas traverser, cela dit, insista Tabitha. Seuls vous et Charlie êtes suffisamment forts pour ouvrir un passage dans le Cercle Intérieur. Et vous ne feriez jamais ça.

— Non, jamais. Mais ce garçon... il est imprévisible.

— Comme vous dites, marmonna Pinch.

— Auriez-vous quelque chose à ajouter, Edward ? Parlez.

Le barbu prit son courage à deux mains.

— C'était une erreur. Il aurait dû être Ratatiné. Pour notre bien à tous.

— Je m'étonne que ce soit vous, précisément, qui préconisiez cette procédure.

— J'essaie simplement d'être réaliste. Vous avez vu de quoi il est capable ! En ne le Ratatinant pas, nous mettons tout le monde en danger. Et pour ce qu'on en sait, il est peut-être en train d'ouvrir un passage dans l'antre de Barakkas à la minute où l'on parle.

— C'est peu probable. Il y avait un élixir de Gros Rompish dans son verre de lait. Il ne fera pas de cauchemar cette nuit.

— Vous voulez dire que vous avez gaspillé de l'élixir pour lui ? protesta Pinch. Pourquoi ne pas lui faire boire de l'or pendant que vous y étiez, ça nous aurait coûté moins cher !

— Après les épreuves qu'il a traversées aujourd'hui, il mérite au moins une nuit de repos.

Le barbu renifla et détourna le regard pour signifier son mécontentement.

— Avec un enseignement adéquat, poursuivit Mme Brazenhope, je suis certaine qu'il apprendra à contrôler ses pouvoirs de Prestidigipasseur. Et avec une bonne dose de précautions, ainsi qu'un soupçon de chance, nous maintiendrons Barakkas du bon côté de l'Outre-Monde, loin du jeune Charlie. Cela étant, Barakkas ne constitue pas la pire menace. Il en existe une autre, bien plus imminente.

— Vous parlez de Verminion ? demanda Rex.

Elle acquiesça :

— Quand ce poison d'Élu s'est infiltré sur Terre, il

s'est évanoui dans la nature. Nous savons qu'il a passé ces vingt dernières années à assembler une armée d'Outre-Créatures, il les attire à lui dès qu'elles traversent dans notre monde, mais nous ne savons pas où. Il est fort possible qu'il envoie ses monstres de main à la poursuite du petit... ou que Verminion s'en charge personnellement.

— Seulement s'il est au courant pour Charlie, objecta Rex.

— Oh, il sait déjà, croyez-moi. Lui et tous les Élus ont sans doute perçu la faille au cœur du Cercle Intérieur. Même moi je l'ai sentie.

— Ce qui ne veut pas dire que Verminion va se lancer aux trousses du gamin qui a estropié Barakkas, insista Rex. La seule chose qui intéresse ces gros balèzes, c'est leur pomme.

— S'il est vrai que Verminion et Barakkas sont tous deux des Élus, et qu'à ce titre ils n'ont pas l'un pour l'autre une affection particulière, Verminion est conscient qu'un individu assez puissant pour blesser gravement Barakkas pourrait se retourner contre lui. Il faut voir la vérité en face : Barakkas n'est pas en mesure d'atteindre Charlie pour l'instant, mais Verminion si, et il recourra à tous les stratagèmes possibles pour éliminer ce garçon.

Mme Brazenhope but une nouvelle gorgée.

— Il y a cependant une lueur d'espoir. S'il veut cet enfant, Verminion devra s'exposer au grand jour. Et ce pourrait être là l'occasion que nous guettons.

— Vous comptez utiliser Charlie comme appât ? tonna Rex.

— Non. Je n'ai pas l'intention de m'en servir comme appât. Il l'est déjà, que ça vous plaise ou non. Mais nous devons l'utiliser à bon escient.

— Enfin, si on part du principe que Verminion est au courant de ce que Charlie a fait à Barakkas, observa Tabitha. Qu'il sait combien le petit est puissant, et quelle menace sérieuse il représente. Et la seule manière pour lui de le savoir implique que les Élus ont un moyen de communiquer entre eux. Vous ne croyez pas ?

— Si, justement, répondit Mme Brazenhope, l'air sombre.

La Chambre du Grand Conseil s'embrasa sous l'effet de la lueur rouge émise par le bracelet qui enserrait toujours le poignet de Barakkas. Plusieurs employés en combinaison bleue s'apprêtaient à le placer sur un brancard afin de l'emporter au labo.

— À trois, cria le chef d'équipe, un homme replet qui devait avoir un bon coup de fourchette. Un, deux…

Ils soulevèrent le membre en poussant des grognements tant l'effort était intense. Non sans difficulté, ils réussirent à parcourir le mètre cinquante qui les séparait du brancard.

— Bon sang, souffla le chef d'équipe en épongeant la sueur de son front. C'est du lourd.

— Ce doit être ce bracelet, fit remarquer un de ses

subordonnés. Il pèse au moins une tonne. Je me demande en quel alliage il est fait.

Il tendit la main pour le toucher.

Aussitôt, une décharge rouge semblable à un éclair s'échappa du bracelet et l'embrasa. La lueur était si intense qu'elle aveugla momentanément tous les hommes ; lorsque les taches blanches qui dansaient devant leurs yeux finirent par se dissiper, ils constatèrent que leur collègue n'était plus qu'un petit tas de cendres sur le sol.

— Fuyez, beugla le chef qui prit ses jambes à son cou.

Cédant à la panique, les employés lui emboîtèrent le pas. Leurs ombres se mouvaient frénétiquement sur les murs qu'illuminait le bracelet par intermittence. Loin des regards, le visage gravé de Barakkas changea imperceptiblement d'expression.

On aurait dit qu'il souriait.

DEUXIÈME PARTIE
L'ÉCOLE DES CAUCHEMARS

CHAPITRE SEPT

DES BATEAUX DANS LES BRANCHES

Au réveil, Charlie se retrouva nez à nez avec une femme à la bouille toute ronde et aux pommettes rosées et rebondies. En fait, tout, chez elle, était rond. Sa chevelure grise était ramenée en un chignon tout rond. Sa robe de dentelle se tendait sur un ventre tout rond. Même ses épaules et ses genoux étaient ronds.

— Bienvenue chez nous, gentille marmotte, carillonna-t-elle avec un fort accent du Sud.

Charlie regarda autour de lui, la mine ahurie.

— Quoi ?

— Je m'appelle Mama Rose, dit-elle en souriant. Ne crois surtout pas que je serai là tous les matins pour satisfaire tes caprices, mais vu que c'est ton premier jour, j'ai voulu te faciliter un minimum la vie dans notre petit coin du monde. Tu as apporté des vêtements ?

— Quelques trucs, oui, répondit-il en désignant son baluchon.

Tandis que les brumes du sommeil s'estompaient peu

à peu, il prit conscience que quelque chose clochait. Il ne savait pas exactement quoi mais une sonnette d'alarme retentit dans son esprit.

— Si tu as besoin de chaussettes, de sous-vêtements ou autres, je suis sûre qu'on pourra te trouver ça.

— Merci, répondit Charlie, qui comprit tout à coup ce qui clochait.

La cannelle.

Cette femme sentait la cannelle.

La sonnette d'alarme se transforma en un gong qui résonnait sous son crâne.

« Oh non, pensa-t-il. Je suis seul avec elle. Qu'est-ce que je vais faire ? »

Tandis que la chose qui prétendait être Mama Rose débitait des histoires à n'en plus finir sur la séance d'orientation des nouveaux apprentis qui avait lieu dans une heure et l'emplacement exact de la cantine, Charlie chercha du regard ce qui pourrait lui faire office d'arme. Ses yeux s'arrêtèrent sur un cale-porte en forme de cochon.

Lorsque la chose lui tourna le dos, affairée à une tâche quelconque, il se glissa hors du hamac et fila à l'autre bout de la pièce pour s'emparer du cochon. En le soulevant, il constata qu'il était bien plus lourd qu'il en avait l'air. Il passa ses options en revue.

1. Lui donner un coup sur la tête et se faire la belle. Oui, mais s'il la manquait ? Ou si elle était plus forte que lui ?

2. Prendre ses jambes à son cou pour aller chercher de l'aide avant que cette Mama Rose ne le rattrape. Oui, mais si le couloir ne menait qu'à des portes closes ?

— Et voilà, dit la créature en faisant volte-face.

Plus le temps de réfléchir. Il fallait agir, et vite. Charlie hissa le cochon au-dessus de lui, prêt à frapper.

— Oh, mon Dieu ! s'écria Mama Rose qui bascula à la renverse.

Son plateau d'argent lui glissa des mains et se fracassa au sol dans un vacarme assourdissant, envoyant valser une montagne de tartines grillées et un pot de confiture.

À l'instant où Charlie abattait lestement le cochon sur la tête de la chose, un petit déclic se produisit dans son cerveau surchauffé.

Les tartines grillées étaient saupoudrées de cannelle.

Charlie pivota légèrement sur sa gauche à la seconde où le projectile quittait ses mains – un mouvement presque imperceptible mais suffisant. Le cale-porte dévia de sa trajectoire et finit sa course dans le mur à une cinquantaine de centimètres de la femme toute ronde.

— Pour l'amour du ciel, qu'est-ce qui te prend, petit ? s'égosilla-t-elle en protégeant son visage avec ses mains. Tu as failli me dévisser la tête !

— Je suis navré ! s'exclama Charlie en se précipitant vers elle pour l'aider à se relever. C'est juste que... j'ai senti une odeur de cannelle.

— Oui, celle des tartines grillées, qui sont perdues maintenant, tempêta Mama Rose en rajustant quelques mèches de sa chevelure grise dans la sphère ordonnée de son chignon. Fallait le dire que t'aimais pas les tartines.

— C'est pas ça, c'est juste que... la cannelle... quand je l'ai sentie, j'ai cru que vous étiez...

— Un Mimic ?

Charlie acquiesça.

— Petit futé ! répliqua-t-elle en souriant.

Tout à coup, la cabine se mit à tanguer d'avant en arrière avec une amplitude à couper le souffle.

— Qu'est-ce qui se passe ? s'affola Charlie en jetant des coups d'œil nerveux autour de lui.

Était-ce un tremblement de terre ? Sauf que ça ne faisait pas exactement le même effet. Le mouvement n'était pas assez brusque.

— Du calme, petit. C'est seulement le vent.

— Le vent ? répéta Charlie, abasourdi.

— Mon Dieu, souffla Mama Rose. Tu ne sais donc pas où on est ?

— Non, m'dame. Il faisait noir quand je suis arrivé et je me suis couché tout de suite.

Elle rit de bon cœur. D'un gros rire tout rond, comme elle.

— Suis-moi, dit-elle en ouvrant la porte de la cabine. Je parie que tu vas trouver ça très... intéressant.

C'était plus qu'intéressant. C'était spectaculaire.

Perchée autour d'un figuier géant, l'École des Cauchemars était la cabane la plus élaborée jamais construite dans un arbre. Des ponts et des rampes serpentaient au gré de branches si gigantesques qu'elles faisaient chacune la taille d'un arbre. Çà et là se nichaient d'imposants voiliers, reliés les uns aux autres par un dense réseau de passerelles et de filets. Certains, remarqua Charlie, n'étaient même pas entiers, ils constituaient des fragments grossiers – la coque d'une goélette, la poupe d'un bateau de pirates, le pont d'un vieux bâtiment de guerre – posés chacun sur une grosse branche, telles les pièces dépareillées d'un puzzle qui s'assemblaient pourtant à la perfection.

Des drapeaux de mille couleurs s'agitaient au souffle léger de la brise ; l'eau ruisselait en cascade et projetait de grandes gerbes au contact de chenaux qui allaient et venaient entre les multiples cabines pour alimenter l'ensemble de la structure. Et « alimenter » était le mot juste, se dit Charlie. L'École semblait bel et bien vivante. Malgré son aspect trop disparate et chaotique pour être l'œuvre d'un individu totalement sain d'esprit, quelqu'un s'était tout de même donné la peine de l'assembler pièce par pièce, toutes plus absurdes les unes que les autres – une proue ici, une planche là, une grand-voile gonflée par le vent tout en haut. Un jeu de construction fou et merveilleux qui n'aurait pas dû tenir debout, qui ne pouvait pas tenir debout, en fait. Mais, bizarrement, l'École des Cauchemars s'élevait sous ses yeux – depuis les mâts de misaine au faîte des branches jusqu'aux canots suspendus par de grosses cordes à la base du figuier.

— C'est incroyable, souffla Charlie en regardant autour de lui avec un sourire radieux.

— Ce n'est pas moi qui vais te contredire, répondit Mama Rose. J'ai beau être ici depuis très longtemps, je suis toujours émerveillée comme au premier jour.

La brise tropicale ébouriffa les palmiers de la plage de sable blanc qui s'étendait au pied de l'École. L'eau, un peu plus loin, était si limpide que Charlie avait l'impression de regarder à travers la vitre d'un aquarium. Des poissons batifolaient entre les barrières de corail finement dentelé et le soleil donnait à leurs écailles des reflets arc-en-ciel.

— C'est le plus bel endroit que j'aie jamais vu. Mais où est-ce qu'on est, au juste ?

— En lieu sûr. Tu n'as pas besoin d'en savoir plus pour le moment. Même si l'île est plutôt étendue et certains recoins encore sauvages, l'École est protégée. C'est un sanctuaire à l'abri des monstres de l'Outre-Monde.

Elle jeta un regard au loin vers une jungle obscure.

— Mais ce n'est pas le cas du reste de l'île, tu m'entends ? Ne t'égare pas.

— Non, m'dame, enfin... oui, m'dame. Je veux dire, oui, Mama Rose.

Elle lui sourit chaleureusement et lui fit signe de la suivre jusqu'à un canot amarré à la base du figuier.

— Accroche-toi. C'est l'heure de la séance d'orientation.

Elle abaissa un levier cloué au tronc et, d'un coup, le petit bateau fit un bond en l'air à la vitesse de la lumière, sous l'effet d'un contrepoids qui fila devant leurs yeux en direction du sol. Les feuilles et les branches fouettèrent le visage de Charlie jusqu'à ce que l'ascenseur le plus bizarroïde du monde s'immobilise brusquement.

— Dernier étage, terminus ! scanda Mama Rose.

Charlie sentit son estomac se nouer quand il prit conscience de la hauteur vertigineuse à laquelle ils se trouvaient. La jungle s'étendait à perte de vue sous leurs yeux. Si, par malheur, il tombait, il lui faudrait au moins plusieurs secondes avant de rencontrer la cime des autres arbres.

Il ferma les yeux et inspira à fond pour reprendre ses esprits, avant de poser le pied sur le pont d'un bateau de pirates. Sur plusieurs rangées de bancs de bois patinés s'entassait une foule d'enfants de son âge qui n'arrêtaient pas de gigoter. Manifestement, tout le monde était mal à l'aise et personne ne savait ce qu'il faisait là.

— T'inquiète pas, le rassura Mama Rose. Ils ne savent pas ce qui va se passer non plus. Tu es en bonne compagnie.

Elle tourna les talons.

— Vous partez ? demanda Charlie avec une pointe d'angoisse.

— Bien sûr. Tu n'as pas besoin de moi ici. Ne te bile pas, tout ira bien.

Sur ce, Mama Rose s'embarqua sur un autre canot, abaissa un levier et disparut dans la nature.

Non sans appréhension, Charlie s'assit sur un des bancs.

Il fixa un point droit devant lui, prenant bien soin de ne croiser aucun regard, évitant à tout prix d'attirer l'attention. Malgré ses efforts pour se faire le plus petit possible, il sentit une paire d'yeux braqués sur lui. Il changea de position, espérant que la personne cesserait de l'observer, mais ce regard invisible s'obstinait à le sonder. Finalement, Charlie tourna la tête et constata qu'un garçon étrange lui souriait de toutes ses dents.

Il était immense pour son âge, avec de longs bras maigrichons et de longues jambes filiformes, deux grandes dents de devant et une drôle de tignasse noire. On aurait dit une marionnette qui se serait débarrassée de ses fils. Il le fixait toujours.

— Quoi ? finit par demander Charlie.

— C'est toi, hein ? dit l'inconnu. Le cinglé, hein ?

— Ça m'étonnerait, répondit-il en regrettant déjà d'avoir ouvert la bouche.

— Ouais, c'est toi. Il paraît que tu as failli tuer tout le monde à la Division Cauchemar, hier soir.

— Tu en as *déjà* entendu parler ? rétorqua Charlie, incrédule.

— Ben ouais, fit l'autre dont le sourire s'élargit encore. Extra, totalement extra. Le chaos total. Incroyable. Incroyable. Je m'appelle Théodore, au fait. Pas

Théo, Théodore. Nom de famille, Dagget. Pas Baguette, mais Dagget, avec un *d*. Pigé ?

— Pigé.

Comme le garçon ne semblait pas décidé à lui serrer la main, il se garda bien de lui tendre la sienne.

— Moi c'est Charlie, Charlie Benjamin.

— Parfait. Je ne connais personne ici. Tu es le premier que je rencontre. J'ai comme l'impression qu'on devrait devenir meilleurs potes. Qu'est-ce que t'en penses ?

— Euh, bredouilla Charlie. J'imagine que oui...

Il ne savait pas trop quoi dire. Personne ne lui avait jamais témoigné une gentillesse si déconcertante.

— Très bien, décréta Théodore, voilà une bonne chose de faite. Alors tu crois que tu es quoi – un Démonstriseur ou un Prestidigipasseur ? Moi, je suis un Démonstriseur, c'est évident.

— Comment tu le sais ?

— Mais enfin, tu m'as bien regardé ou quoi ? s'exclama Théodore en se levant. Je suis un mec ! Taillé pour le combat !

Il n'avait pas du tout l'air taillé pour le combat, pensa Charlie. En fait, il ressemblait plutôt à un épouvantail un peu décati, la peau sur les os et tout anguleux.

— La vérité, c'est que les mecs font les meilleurs Démonstriseurs, sauf qu'ils ne l'avoueront jamais. Parce qu'ils veulent rester PC – politiquement corrects. Mais les Démonstriseurs sont de vrais combattants et le combat est inscrit dans leur ADN – l'acide désoxyribo-nucléique. Les filles, les minettes, elles sont plus faibles, plus émotives. T'as besoin d'un passage, demande à une fille. Tu veux renvoyer une créature dans l'Outre-Monde, c'est mon truc. Un TDM – un truc de mec.

— Ben voyons, siffla une voix dans leur dos.

Charlie et Théodore se retournèrent. Une jolie fille de leur âge, les cheveux attachés en queue-de-cheval, griffonnait distraitement sur un carnet à dessin. Elle portait un jean et un chemisier blanc avec de petites broderies roses sur le col.

Elle posa son crayon et regarda Théodore droit dans les yeux.

— Le fait est que *L'Outre-Manuel de la Division Cauchemar* précise qu'il y a autant de femmes que d'hommes Démonstriseurs. Et cela vaut aussi pour les Prestidigi-passeurs.

— Tu mens, protesta Théodore. Tu affabules, tu délires, tu rêves. Navré. Un point pour moi.

— Un point pour *moi*, rétorqua-t-elle en s'énervant. Les faits sont les faits.

— Les faits ne sont pas tout à fait les faits, répliqua-t-il du tac au tac. Ils admettent diverses interprétations et sont, par conséquent, extrêmement peu fiables et intrinsèquement sujets à caution.

— Est-ce que tu sais au moins de quoi tu parles ?

— Tu ferais mieux de ne pas te lancer dans ce genre de discussion avec moi, jeune fille. Je t'arracherai le cœur et je le piétinerai. Je te pulvériserai totalement.

— Maman, j'ai peur ! dit-elle en pouffant de rire.

— Ça c'est de la réplique ! C'est là toute l'étendue de ton arsenal linguistique ? Je parie que tu ne connais même pas un tiers des mots que je connais.

— Et il y a vraiment des gens qui t'apprécient ?

— Bien sûr que oui. Charlie ici présent m'aime bien. C'est mon meilleur pote. Pas vrai ?

— Ben, fit Charlie, écoute, on vient à peine de se rencontrer. Je crois qu'on pourrait tous être amis.

Il tendit la main. La fille lui tendit la sienne.

— Ravie de faire ta connaissance, Charlie. Moi, c'est Violette.

— T'aimes dessiner, à ce que je vois, poursuivit-il en désignant son carnet à dessin.

Elle fit oui de la tête et sa queue-de-cheval dodelina.

— Je suis sur un truc avec un dragon en ce moment.

Charlie observa le croquis de plus près. Il représentait dans ses moindres détails un dragon dont la longue queue s'enroulait autour d'un véritable butin.

— C'est impressionnant. Si seulement j'étais aussi doué que toi.

— Ça s'apprend. Il faut beaucoup de pratique, voilà tout. J'ai passé pas mal de temps à étudier les maîtres – Maitz, Whelan, Hickman, Targete.

— Qui ça ? demanda Théodore.

— Tiens, j'ai l'impression qu'on a enfin trouvé un sujet sur lequel tu n'es pas incollable. Don Maitz, Michael Whelan, Stephen Hickman, J.P. Targete – ils font partie des artistes les plus doués de l'école fantastique, un style que j'adore.

— Intéressant, remarqua Théodore. Il n'y a que des hommes.

— Ne m'oblige pas à te parler de Rowena Morrill et de Janny Wurts, ou tu irais pleurer dans les jupons de ta mère.

— Ouuuuh, j'ai trop peur.

Ils furent interrompus par un petit « plop ! ».

Ils levèrent le nez et virent un passage se matérialiser à la poupe du navire. Le proviseur apparut alors. La lumière du soleil à son zénith se réfléchissait sur sa robe d'été, dont les couleurs chatoyantes se détachaient nettement sur sa jolie peau foncée. Elle fit un petit geste de la main et le passage se volatilisa derrière elle.

— Bonjour, je suis le proviseur Brazenhope.

— Pas possible ! laissa échapper Théodore. Le dirlo est une gonzesse.

Interdite, Mme Brazenhope bougea imperceptiblement la main et un passage se forma sous les pieds de Théodore, qui fut happé dans l'Outre-Monde. D'un geste, elle referma le passage sur lui.

— D'autres commentaires ?

Tout le monde répondit par un non vigoureux de la tête.

— Parfait. Bienvenue à l'École des Cauchemars. Comme vous le voyez, c'est un endroit tout à fait insolite, mais parfaitement approprié selon moi. J'ai toujours pensé qu'il était plus facile d'apprendre les choses les plus obscures et les plus dangereuses dans un cadre réjouissant, et cette île est très réjouissante. Vous ne trouvez pas ?

Les élèves acquiescèrent instantanément.

— Maintenant, peut-être vous demandez-vous encore pourquoi nous avons choisi de vous former dans un environnement si extraordinaire : les bateaux dans les branches, les canots-ascenseurs et les mille et un coins et recoins que vous aurez tout le loisir de découvrir bientôt. Il y a deux raisons à cela. Pour la première, j'y viendrai dans un instant. Quant à la seconde, vous le saurez dès que vous serez assez mûrs pour comprendre.

Elle commença à marcher entre les rangs tout en poursuivant son discours.

— Si l'École des Cauchemars est étrange et insolite, c'est justement parce que l'étrange et l'insolite stimulent notre esprit. Rien n'est plus néfaste pour l'imagination que la monotonie ou la répétition, et c'est bien l'imagination, avant tout, que nous cherchons à développer ici. Et pourquoi ? me direz-vous.

La question n'en était pas vraiment une, personne ne hasarda de réponse, ce qui tombait bien, car elle reprit de plus belle sans attendre leur réaction.

— Parce que c'est l'imagination, mesdemoiselles et messieurs, qui vous permet d'accéder au Don. Malheureusement, au moins un tiers d'entre vous perdront ce muscle puissant au cours de leur apprentissage. Il va s'atrophier et se flétrir. C'est ce qui arrive à la majorité des enfants en grandissant et, même si c'est fort regrettable, certains n'y échapperont pas. Alors vous perdrez votre Don et vous ne serez plus en mesure de l'utiliser pour protéger l'humanité des créatures de l'Outre-Monde.

Elle tapa des mains pour ajouter un peu d'emphase. L'assemblée sursauta.

— Toutefois, la perte de ce Don ne signifie pas que vous ne pourrez plus servir notre cause. Votre savoir nous sera utile. Vous deviendrez alors des Facilitateurs et accompagnerez vos camarades qui possèdent encore le Don au cours de leurs missions. Votre tâche ne sera pas si aisée. Vous devrez planifier les interventions et ferez le lien entre la Division Cauchemar et les agents de terrain. Surtout, vous fournirez un troisième avis lorsque votre brigade se retrouvera à la merci des monstres et que les Démonstriseurs et les Prestidigipasseurs seront débordés par leurs propres responsabilités. Tout le monde a un rôle à jouer. Chaque élément est indispensable.

Dans la seconde, Charlie se souvint que Pinch s'était présenté comme un Facilitateur. Si le proviseur semblait éprouver le même respect à l'égard des Facilitateurs que pour les autres membres d'une brigade, il se demandait s'il n'était pas douloureux de se voir déposséder du Don. Ce phénomène semblait expliquer en partie l'attitude revêche du barbu et son insistance à faire Ratatiner les élèves les plus prometteurs. En somme, si Pinch ne pouvait plus faire appel au Don, pourquoi les autres devaient-ils en profiter ?

— Désormais, vous êtes ce que l'on appelle ici des Nouves, autrement dit des « nouveaux ». Un jour, lorsque vous serez suffisamment entraînés, vous passerez au grade supérieur des Caps, des « capables ». Enfin, lorsque vous ferez preuve des compétences nécessaires, vous deviendrez des Inits, des « initiés ». Mais pour l'heure, vous êtes des Nouves, et Nouves vous resterez.

Elle fit un petit geste de la main. Un passage se matérialisa dans les airs et Théodore dégringola du ciel en hurlant avant de s'écrouler sur son banc. Elle referma le passage et reprit son monologue comme si de rien n'était.

— Comme vous le savez peut-être déjà, vous serez formés pour devenir soit des Prestidigipasseurs, soit des Démonstriseurs, cela dépendra de la nature de votre Don.

— Hé, madame, lança Théodore, secoué, vous savez que vous m'avez envoyé dans l'Outre-Monde ?

— Oui, rétorqua-t-elle en remuant les doigts.

Un nouveau passage s'ouvrit sous Théodore qui fut happé de plus belle malgré ses hurlements.

Le proviseur referma le passage et reprit :

— Aujourd'hui, nous déterminerons sur quelle discipline s'axera votre apprentissage. Certains d'entre vous s'engageront sur la route sinueuse des Démonstriseurs, d'autres emprunteront le chemin tortueux des Prestidigipasseurs. L'un et l'autre sont également nobles et difficiles à maîtriser. Nous commencerons par vous, mademoiselle Sweet. Êtes-vous prête ?

Le figuier géant se balança doucement sous l'effet du vent. Dans la jungle lointaine, on entendit le cri perçant d'un oiseau.

Brusquement, Violette bondit sur ses deux pieds.

— Vous voulez dire, moi ?

— Votre nom est bien Violette Sweet, n'est-ce pas ?

— Oui, madame le proviseur. Je n'ai pas l'habitude qu'on m'appelle mademoiselle Sweet, c'est tout.

— Il faudra vous y faire. J'appellerai chacun d'entre vous mademoiselle et monsieur à partir de maintenant. Un, je sais qu'au fond vous aimez bien ça. Deux, si cette École est à première vue une école comme les autres, nous traitons en fait d'affaires plutôt sérieuses. Nous vous préparons à faire la guerre, mesdemoiselles et messieurs. Une guerre qui peut impliquer des pertes. Si vous êtes assez grands pour mettre vos vies au service d'une noble cause, vous l'êtes aussi pour que je vous traite en adultes. Et j'attends de vous le même comportement. Alors, je vous le répète : êtes-vous prête, mademoiselle Sweet ?

— Oui, madame le proviseur.

— Excellent. Venez par ici.

Violette s'avança et Mme Brazenhope ouvrit un passage dans le ciel d'un petit geste de la main. Encore une fois, Théodore se retrouva parachuté dans les airs et s'écrasa sur un banc en poussant un râle de douleur.

— Re-bonjour, monsieur Dagget. Vous arrivez juste à temps pour voir Mlle Sweet décider de son avenir.

— Ça fait super mal, bredouilla Théodore.

— Pauvre petit.

Elle fit un nouveau geste de la main et un immense passage se matérialisa derrière elle. Théodore tressaillit involontairement.

— Mesdemoiselles et messieurs, veuillez suivre Mlle Sweet et moi-même dans l'Outre-Monde. Son destin – et le vôtre – vous attendent.

Quelques instants plus tard, Charlie se retrouva au beau milieu d'un champ de fleurs jaunes et parfumées qui bordait un lac dont l'eau bleu cobalt était aussi lisse que la surface d'un miroir. Le lac était niché au cœur d'un vallon planté de pins odorants et cerné par des parois rocheuses si hautes qu'il ne distinguait pas ce qu'il y avait au-delà. L'endroit était merveilleux et protégé, mais surtout secret.

— Waouh, murmura-t-il.

— En effet, acquiesça Mme Brazenhope tandis que le dernier élève achevait de traverser par le passage qu'elle fit disparaître instantanément. Si l'Outre-Monde est le plus souvent dangereux et désolé, il existe des havres de paix comme celui-ci. Nous nous trouvons actuellement dans le Troisième Cercle. C'est une région montagneuse infestée de créatures qu'il ne faut pas sous-estimer, mais ce vallon perdu entre ces falaises est inhabité, et l'a toujours été. Il n'y a aucune créature de l'Outre-Monde ici... sauf une. Et pas des moindres.

Le proviseur arrêta son regard sur Violette.

— Mademoiselle Sweet, en vous concentrant, vous apercevrez une série de dalles qui mènent au milieu du lac.

Violette regarda attentivement et distingua un alignement de pierres blanches qui se terminait par un petit rocher.

— Je les vois.

— Parfait. Vous devez rejoindre le centre du lac et vous prononcer. Vous crierez « Je suis un Démonstriseur ! » ou « Je suis un Prestidigipasseur ! ».

— Mais comment je suis censée savoir ? Je n'ai aucune idée de ce que je suis.

— Suivez votre instinct. Dites simplement ce que vous pensez *vraiment* être.

— OK. Et qu'est-ce qui se passera ensuite ?

— Après, répondit Mme Brazenhope, l'œil malicieux, nous verrons si vous avez dit vrai. Allez-y, je vous prie.

Elle désigna le lac.

Après un regard inquiet aux autres élèves, Violette s'approcha du bord de l'eau. Les dalles qui affleuraient étaient minuscules et légèrement inclinées, si bien qu'elle faillit perdre l'équilibre à plusieurs reprises en passant de l'une à l'autre, avant d'atteindre le cœur du lac. Une fois campée sur le rocher blanc et érodé, elle sonda l'étendue liquide à l'affût du moindre mouvement, guettant le moindre signe de vie. Mais l'eau, aussi figée que du verre, ne reflétait que les parois abruptes alentour.

— Allez-y, mademoiselle Sweet, lui cria le proviseur. Prononcez-vous !

Violette avait eu beau soutenir que les filles pouvaient faire d'aussi bons Démonstriseurs que les garçons, elle savait au plus profond d'elle-même que son destin l'attendait au bout d'un tout autre chemin.

— Je suis un Prestidigipasseur ! s'écria-t-elle.

Ses paroles se réverbérèrent sur l'onde immobile et se répercutèrent sur les murs du canyon avec une intensité telle que l'écho la fit sursauter. En quelques secondes, le cri se dissipa et le silence revint. Violette scruta la surface opaque avec appréhension. Le lac était lisse et vitreux.

— Et maintenant ?

À peine eut-elle fini sa phrase qu'une veuve surgit du lac dans un raz de marée. Le poisson avait la taille d'un bus de ramassage scolaire, et ses écailles s'irisaient de reflets rouges, gris et verts. Il bondit par-dessus le rocher sur lequel se tenait Violette, la gobant au vol dans son énorme bouche, et replongea dans l'eau glacée. Le lac clapota violemment sous l'œil terrifié des novices.

Violette et la veuve géante qui l'avait avalée avaient disparu pour de bon.

— C'ét... c'était quoi, ça ? bredouilla Théodore, à la limite de se décrocher la mâchoire.

— Ça, répondit Mme Brazenhope, c'était la Veuve de Vérité.

CHAPITRE HUIT

LA VEUVE DE VÉRITÉ

— Où est-ce qu'elle est ? s'écria Charlie, affolé.
Où est Violette ? Elle ne va pas la dévorer
tout cru, non ?

La Veuve resurgit de l'eau près de la berge fleurie et,
dans un gargouillis humide, elle recracha Violette qui
voltigea dans les airs et tournoya comme une poupée de
chiffon avant de s'écraser aux pieds du proviseur, dans
un enchevêtrement confus de bras et de jambes. La
Veuve retourna furtivement sous la surface.

Charlie se précipita vers Violette pour l'aider à se
relever.

— Ça va ?

— Je... je ne sais pas, répondit-elle, tremblante.

Elle se frotta les joues pour ôter la vase et les algues
qui les maculaient. Un dépôt visqueux et peu ragoûtant
la recouvrait des pieds à la tête.

— Félicitations, mademoiselle Sweet ! s'exclama
Mme Brazenhope. Vous êtes un Démonstriseur.

— Comment vous le savez ? s'enquit Violette qui

essorait sa longue chevelure pour en extraire une substance gluante.

— Parce que, de toutes les créatures de l'Outre-Monde, seule la Veuve est capable de déterminer avec certitude si l'on dit ou non la vérité. Et comme vous venez de le constater, elle ne tolérera jamais une contre-vérité dans son lac et rejettera automatiquement la source du mensonge.

— Je n'ai pas menti.

— Non, pas consciemment. Vous avez annoncé que vous étiez un Prestidigipasseur et je suis certaine que c'est ce que votre cœur vous dictait, mais la Veuve ne s'en est pas laissé conter. Conclusion : si vous n'êtes pas un Prestidigipasseur, c'est que vous êtes un Démonstriseur.

— Êtes-vous sûre que la Veuve ne se trompe jamais ? Parce que je ne me sens pas vraiment l'âme d'un guerrier.

— Ça viendra, la Veuve a toujours vu juste.

Le regard du proviseur s'arrêta sur un autre novice.

— Monsieur Ramirez, avancez jusqu'au centre du lac, je vous prie. Voyons un peu ce que l'avenir vous réserve.

Alejandro Ramirez, un garçon trapu d'une douzaine d'années, rejoignit le rocher.

— Je suis un... un Prestidigipasseur, dit-il doucement en jetant des coups d'œil nerveux vers la surface immobile.

Aucune réaction de la Veuve.

— Excellent, monsieur Ramirez. Étant donné que vous n'avez pas été avalé tout rond, il semble que vous ayez dit la vérité. Cependant, j'aurais apprécié que vous fassiez preuve d'un peu plus de conviction. Félicitations, vous êtes le premier Prestidigipasseur de la journée.

Alejandro retourna vers le groupe à la hâte, visiblement soulagé de ne pas avoir été gobé par la Veuve, et le proviseur jeta son dévolu sur un autre novice.

— Monsieur Favrutti, avancez.

Le même cérémonial se répéta pendant près d'une heure.

Une vingtaine d'enfants s'annoncèrent devant la Veuve ; à peine la moitié d'entre eux avait vu juste. L'autre moitié fut immédiatement avalée par le poisson géant et recrachée sur la berge. Charlie constata que Violette avait dit vrai en affirmant que la proportion de Démonstriseurs et de Prestidigipasseurs était la même chez les filles que chez les garçons.

Finalement, Théodore fut appelé devant la Veuve.

— Oui ! brailla-t-il au garde-à-vous. Mon père est un Démonstriseur, vous le saviez ?

Le proviseur hocha la tête.

— Je me souviens de lui. Il était extrêmement intelligent et souvent très agaçant. Vous me faites penser à lui. Comment va-t-il ?

— Bien, j'imagine. Il est parti combattre les créatures de l'Outre-Monde. Il ne peut pas nous dire où. C'est une opé noire. Opé, ça veut dire opération, et une opé noire, ça veut dire...

— Je sais ce que cela signifie. Continuons, s'il vous plaît.

— D'accord. J'ai hâte que mon père rentre pour lui annoncer que je suis un guerrier comme lui.

Il sautilla en vitesse d'une pierre à l'autre et se retrouva perché sur le rocher au milieu du lac. Il s'éclaircit la gorge et annonça aussi fort et aussi fièrement que possible :

— Je suis un Démonstriseur !

La surface de l'eau demeura immobile.

— Ah ! Ah ! claironna Théodore en se tournant vers la berge. Qu'est-ce que je vous avais dit ?

À cet instant, la Veuve jaillit hors de l'eau et ne fit qu'une bouchée de lui. Quelques secondes plus tard, il se retrouva projeté dans les airs et atterrit lourdement aux pieds du proviseur.

— Je suis navrée, monsieur Dagget, déclara Mme Brazenhope tandis qu'il tentait de se remettre debout. Vous n'êtes pas un Démonstriseur. La Veuve vient de nous démontrer que vous étiez un Prestidigipasseur.

— Mensonge, répliqua-t-il en recrachant un peu de vase.

— Je vous demande pardon ?

— Sans vouloir vous offenser, m'dame, la Veuve se trompe. Elle se trompe grave. Il est impossible que je sois un Prestidigipasseur.

— La Veuve ne se trompe jamais. C'est vous qui vous trompez, monsieur Dagget.

— Écoutez, je ne dis pas que la Veuve s'est plantée intentionnellement. Je dis simplement qu'elle fait erreur. Tout le monde peut se tromper. Elle ne peut pas avoir tout bon chaque fois, non ? Elle a le Q.I. d'un poisson rouge.

— Eh bien, si vous en êtes si sûr, je vous invite à retenter votre chance.

— Carrément, répliqua Théodore qui retourna à pas lourds vers le centre du lac.

Il se cambra et cria vers le ciel :

— Je suis un Démonstriseur !

Moins de vingt secondes plus tard, la Veuve jaillit du lac, l'avala et le recracha sur la berge. Une nouvelle fois, Théodore se releva péniblement.

— Il y a un truc qui cloche chez cette Veuve. Peut-être qu'elle est patraque.

— Elle va très bien, lui assura Mme Brazenhope.

— Alors peut-être qu'elle est vieille, ou fatiguée. Croyez-moi, je ne peux pas être un Prestidigipasseur. C'est une IS – une intolérable situation ! Tous les hommes de ma famille sont des Démonstriseurs !

— Je suis désolée, rétorqua Mme Brazenhope qui perdait manifestement patience. Je sais que vous rêviez de devenir un Démonstriseur mais vous êtes, sans doute aucun, un Prestidigipasseur.

— Non. Cette Veuve est tarée, point.

— Elle a parlé deux fois.

— Eh bien, elle s'est trompée deux fois ! Peut-être

qu'elle a besoin d'une nouvelle chance pour comprendre que j'ai raison.

Sur ce, il tourna les talons et piqua un sprint jusqu'au centre du lac.

— Je suis un Démonstriseur ! s'époumona-t-il.

La Veuve jaillit du lac et le goba.

Charlie souffla à l'oreille de Violette :

— On parie ? Combien de fois il va recommencer avant de renoncer ?

— Quatre, répondit-elle sans hésiter.

— Je dirais cinq.

Au mépris des pronostics, c'est seulement après avoir été avalé à sept reprises par la Veuve de Vérité que Théodore rendit les armes. Il empestait le poisson et était recouvert de bave de la tête aux pieds.

— Maudite Veuve ! s'exclama-t-il en fauchant les fleurs sur la berge avant de se remettre debout.

— Monsieur Dagget, l'implora Mme Brazenhope avec un soupçon de lassitude dans la voix, acceptez simplement le fait que vous êtes un Prestidigipasseur. C'est une vocation tout à fait honorable, ni plus ni moins que celle de Démonstriseur, et je vous conseille vivement de vous habituer à cette idée.

— Je ne m'y habituerai jamais.

Il ne décolérait pas, tapait des pieds en maugréant contre « l'injuste Veuve », « le stupide poisson », et évoquait une « dernière tentative ».

Mme Brazenhope l'ignora et se tourna vers le reste des novices.

— Voilà qui clôt notre séance d'orientation. Nous allons maintenant retourner à l'École des Cauchemars où vous ferez la connaissance de la gouvernante Mama Rose. Elle vous distribuera vos emplois du temps et vos programmes.

Charlie leva la main.

— Madame le proviseur ? Pardon de vous interrompre, mais je ne suis pas encore passé.

— Ah, monsieur Benjamin. Nos aventures de la nuit dernière nous ont déjà montré votre voie. Une personne capable d'ouvrir un passage dans le Cercle Intérieur est à l'évidence un Prestidigipasseur. Un Démonstriseur n'aurait jamais pu réaliser une telle prouesse.

— Oh, d'accord, murmura Charlie.

— Hé ! protesta Alejandro Ramirez. On a tous dû s'annoncer devant la Veuve. Pourquoi il s'en tirerait aussi facilement ?

— Parce que, comme je viens de le dire, nous connaissons déjà sa destinée.

— Je trouve que c'est pas juste, bougonna-t-il.

— Il a raison, insista Charlie qui ne voulait pas de traitement de faveur. Je devrais y aller aussi.

Quelques instants plus tard, Charlie se retrouva juché sur le rocher au milieu de l'eau, les joues piquées par un vent glacial. Comment le lac pouvait-il abriter une créature aussi imposante que la Veuve de Vérité ?

Il ferma les yeux, prit une grande inspiration et s'écria :

— Je suis un Prestidigipasseur !

Comme de bien entendu, il n'y eut aucune réaction de la part du poisson. Charlie avait dit la vérité. Il poussa un soupir de soulagement et rebroussa chemin vers la berge.

— Vous aviez raison, dit-il à Mme Brazenhope en sautillant d'une pierre à l'autre, je ne suis pas un Démonstriseur.

À peine eut-il fini sa phrase que la Veuve surgit des eaux et scella ses lèvres humides autour de lui, le confinant dans une obscurité moite et nauséabonde. Il fut ballotté violemment dans le ventre visqueux de la créature ancestrale tandis qu'elle replongeait dans les eaux pour regagner la berge. Une poignée de secondes plus tard, la lumière du jour l'aveugla lorsque le poisson l'expulsa de ses entrailles. Il tournoya dans les airs avant d'atterrir brutalement sur la rive.

Les autres élèves le regardèrent, stupéfaits.

— Tout va bien ? lui demanda Violette en accourant. Charlie se releva.

— Ouais. C'est juste que je m'y attendais pas.

— Parce que ça n'a absolument aucun sens ! vociféra Théodore. Vous voyez, je vous avais bien dit que cette Veuve était cinglée ! Elle l'a approuvé quand il a dit qu'il était un Prestidigipasseur et elle l'a traité de menteur quand il a dit qu'il n'était pas un Démonstriseur. Elle a tout faux – on ne peut pas être un Prestidigipasseur *et* un Démonstriseur !

— Exact, acquiesça Mme Brazenhope. À moins d'être un *Double-Trouble*.

Les élèves échangèrent des coups d'œil furtifs.

— Qu'est-ce que c'est ? se risqua Violette.

— Une personne qui est à la fois un Démonstriseur et un Prestidigipasseur. Il y en a très peu, en fait, peut-être un tous les vingt à trente ans.

Mme Brazenhope regarda Charlie droit dans les yeux.

— Vous êtes décidément très surprenant, monsieur Benjamin.

Charlie était sans voix.

Un tous les vingt à trente ans.

Toute personne normalement constituée aurait été flattée de posséder des pouvoirs aussi exceptionnels mais, pour Charlie, c'était comme s'entendre dire qu'il était un veau à deux têtes ou une anguille sur pattes. Il s'était toujours senti exclu. À présent, il avait l'impression de l'être doublement.

— Terrible ! s'exclama Théodore. Charlie le Double-Trouble ! Charlie le DT !

— Ne m'appelle pas comme ça, grommela Charlie, qui commençait à comprendre que Théodore s'emballait toujours pour de mauvaises raisons.

— Hé, madame le proviseur, continua Théodore, est-ce que vous êtes un DT ?

— Ne m'appelez pas comme ça. Et pour répondre à votre question, oui, je suis un Double-Trouble, mais ce n'est pas aussi formidable que ça en a l'air. Je peux en effet renvoyer les créatures dans l'Outre-Monde et ouvrir des passages. Cependant, ce sont des aptitudes fondamentalement différentes, et chacune requiert une telle attention et une telle concentration qu'il est impossible de les exécuter en même temps.

— Oh, fit Théodore déçu, c'est comme avoir une Aston Martin et une Ferrari : on peut en conduire qu'une à la fois. Alors, quel intérêt ?

— L'intérêt, c'est que la variété est le sel de la vie. Mieux, c'est le piment de la mienne !

Elle ouvrit un passage donnant directement sur le pont supérieur de l'École.

— C'est tout pour aujourd'hui. Vous pouvez disposer.

Quelques minutes plus tard, Charlie descendait une des nombreuses rampes qui s'enroulaient autour du tronc du figuier géant lorsque Théodore le rattrapa, excité comme une puce.

— Même si ça n'a pas d'intérêt, c'est quand même rare. C'est trop bien. Tu as entendu le proviseur ? Seulement un tous les vingt à trente ans. On est tous un peu exceptionnels – enfin je veux dire que, allez, deux ou trois pour cent de la population seulement possèdent le Don – mais toi, mon pote, tu es un mutant. Mon meilleur pote est un monstre de la nature.

— Tu vas arrêter un peu, intervint Violette. Tu vois bien que tu le mets mal à l'aise.

— Non, pas du tout, mademoiselle Je-sais-tout. T'es mal à l'aise, Charlie ? Est-ce que je te mets mal à l'aise ?

— Je ne crois pas, dit Charlie, visiblement embarrassé.

— Tu vois, claironna Théodore d'un air triomphant, on est des mecs. On est pas aussi pleurnichards et émotifs que vous autres pauvres filles.

Violette fixa Charlie du regard.

— Alors, tu ne vas pas lui dire ce que tu ressens vraiment ?

Charlie voulait répondre à Théodore, lui expliquer que sa vie durant il avait eu le sentiment d'être un paria et que, maintenant qu'il était entouré d'enfants exactement comme lui, entendre qu'il était différent des autres était bien la dernière chose dont il avait envie. Mais il ne pouvait pas s'y résoudre. Théodore, malgré ses défauts, lui témoignait de l'amitié, et Charlie ne tenait pas à tuer cette relation dans l'œuf.

— Ça va, insista-t-il auprès de Violette. Vraiment.

— Pouah ! Eh bien, si t'es pas capable de te défendre tout seul, je ne vois pas pourquoi je m'en mêlerais.

Elle accéléra le pas et continua son chemin.

— Je peux me défendre tout seul, vociféra-t-il lâchement, mais Violette s'était déjà éclipsée.

Une voix hargneuse siffla dans leur dos :

— Le voilà, le taré qui a failli anéantir la Division Cauchemar !

CHAPITRE NEUF

LA SIGNIFICATION DE L.P.A.N.

Charlie et Théodore firent volte-face. Une fille élancée d'une quinzaine d'années fondait sur eux comme une furie. Elle était d'une beauté à couper le souffle. Ses cheveux longs, blonds comme les blés, étaient impeccablement coiffés. De fait, tout chez elle était étudié ; de son maquillage soigné à sa tenue coordonnée, elle était la plus élégante des apprentis de l'École.

Derrière elle, comme un toutou en laisse, un beau gosse de son âge ne la lâchait pas d'une semelle. Il était large d'épaules et musclé, avec des cheveux blonds et des yeux bleus. Sa seule faiblesse, selon Charlie, était la moustache timide qu'il essayait de faire pousser sans grand succès.

— C'est toi le Charlie Benjamin dont tout le monde parle, hein ? demanda la fille.

— Faut croire, répondit Charlie.

Des sentiments contradictoires faisaient rage en lui. À l'évidence, la fille mijotait quelque chose et il devait rester sur ses gardes. Mais elle était si jolie qu'il en avait presque le tournis. Lui qui n'avait jamais eu de petite amie, qui n'était jamais allé à un rendez-vous galant et n'avait jamais tenu la main d'une fille dans la sienne, voilà que la plus jolie d'entre toutes n'avait d'yeux que pour lui.

Malheureusement, il était clair qu'elle n'était pas là pour lui déclarer son amour, mais pour lui déclarer la guerre.

— Moi, c'est Brooke Brighton, dit-elle d'un ton qui laissait entendre qu'il aurait déjà dû le savoir. Je suis un Facilitateur. Et voici mon petit ami, Geoff Lench. Lui aussi est un Facilitateur.

Geoff se pencha vers Charlie, caressant sa moustache embryonnaire pour se donner de grands airs.

— Il paraît que tu étais à deux doigts de faire traverser un Élu en plein milieu de la Chambre du Grand Conseil hier soir, espèce de Nouve, siffla-t-il.

— C'était pas ma faute, répondit Charlie mollement.

— Pas ta faute ? répliqua Brooke qui se planta devant lui. Et c'est ce que tu as dit au directeur Drake après avoir failli faire tuer tout le monde ? Que c'était pas ta faute ?

Dans le tourbillon d'émotions auxquelles Charlie était en proie, un sentiment prit finalement le dessus. Brooke était peut-être jolie, mais l'attirance qu'il ressentait vis-à-vis d'elle céda rapidement le pas à une colère noire.

— Moi, si j'étais ton Facilitateur, poursuivit-elle, je veillerais à ce que tu sois suspendu et soumis à une enquête en application de l'article 36 de l'arrêté de la DC, avant d'être Ratatiné. Qu'est-ce que t'en dis ?

— Ce que j'en dis, rétorqua Charlie, blessé, c'est que tu es folle de rage parce que je possède encore le Don, contrairement à toi. C'est bien pour ça que tu es un Facilitateur, non ?

Les apprentis qui déambulaient sur la rampe s'arrêtèrent net et échangèrent des regards furtifs. À l'évidence, il était allé un peu trop loin.

— Répète-moi ça ! souffla Brooke.

Charlie reprit du poil de la bête.

— Je me demande simplement pourquoi tu as perdu le Don. Peut-être que tu t'es intéressée d'un peu trop près à la mode ? À la télé ? Ou aux garçons ?

Soudain, Geoff attrapa Charlie par le col.

— Surveille tes paroles, petit Nouve de rien du tout, ou je te jette du haut de l'École pour voir si tu sais voler. Pigé ?

Sans crier gare, Théodore tendit ses lunettes à Charlie et commanda :

— Tiens-moi ça.

Pivotant légèrement sur lui-même, il écrasa son poing sur le minois hâlé de Geoff, qui s'étala de tout son long.

— C'est pas juste ! s'écria Brooke. Tu l'as pris en traître, espèce de tricheur !

Le visage de Théodore, agité de tics nerveux, vira au rouge écarlate sous l'effet de l'adrénaline.

— Je n'hésiterai pas à recommencer si vous embêtez Charlie Benjamin ! Je vous pulvériserai ! Tous les deux ! Je dévorerai votre âme et je me délecterai de vos os ! Je...

Brusquement, Geoff lui sauta dessus. Théodore bascula à la renverse et sa tête heurta le tronc du figuier. S'il avait marqué le premier point, le blondinet mesurait une tête de plus que lui et faisait deux fois son poids. Il le roua de coups de plus en plus violents.

— Arrête ! cria Charlie. Tu lui fais mal !

— La ferme, maudit Nouve ! hurla Geoff, enragé. Je te réglerai ton compte après.

— GEOFF LENCH, ARRÊTE ÇA TOUT DE SUITE ! tonna quelqu'un à l'autre bout de la rampe.

Charlie tourna la tête. Mama Rose fondit sur eux comme un boulet de canon, envoyant valser au passage ceux qui n'avaient pas déguerpi assez rapidement, comme de vulgaires quilles sur une piste de bowling.

— C'est lui qui a commencé, gémit Geoff. Il m'a frappé le premier.

— Il t'a peut-être frappé le premier, mais ce n'est pas lui qui a commencé, rétorqua Mama Rose. C'est pas la première fois que tu t'attires des ennuis cette année, Geoff Lench. Zut, mais j'y pense, c'est pas la première fois que tu t'attires des ennuis cette *semaine*.

— Il faut bien que je me défende, protesta-t-il.

— Je t'en prie, répliqua Mama Rose d'un ton dédaigneux. Regarde-le. Il est enflé comme un cure-dent. Tu te rappelles ce qui s'est passé la dernière fois que tu as enfreint le règlement et que tu t'es retrouvé devant Mme Brazenhope ?

— Elle m'a expédié dans l'Outre-Monde, fit-il, penaud.

— Dans quel Cercle ?

— Le Deuxième.

— Et qu'est-ce qui t'est arrivé ?

Geoff, mal à l'aise, lança des coups d'œil à droite et à gauche.

— Une perche m'a mordu le gros orteil.

— Elle t'a boulotté le gros orteil, oui, mugit Mama Rose. Et est-ce que ce gros orteil a repoussé depuis, Geoff Lench ?

— Non.

— Bien sûr que non, parce que les doigts de pied des humains ne sont pas des queues de lézard ! Ils ne repoussent pas ! Alors maintenant, à moins que tu aies envie de refaire un tour dans l'Outre-Monde – peut-être dans le Troisième Cercle cette fois, où les Outre-Créatures pourraient bien raffoler de choses plus tendres et plus raffinées qu'un gros orteil –, je te suggère de débarrasser le plancher et de laisser ces Nouves tranquilles.

— Oui, Mama Rose, acquiesça Geoff, blême à la pensée de perdre les choses tendres et raffinées auxquelles elle avait fait allusion.

Il détala le long de la rampe.

— Et toi, la gravure de mode, lança Mama Rose à Brooke, je te conseille vivement et sincèrement de rester à bonne distance de Charlie Benjamin.

— Je n'ai rien fait, répondit Brooke avec candeur. C'est Geoff qui l'a frappé, pas moi.

— Je ne suis pas née de la dernière pluie, ma petite demoiselle ! Ce gros bêta n'est qu'une marionnette que tu agites dans tous les sens avec tes petites ruses d'allumeuse. Il est trop stupide pour se rendre compte de sa stupidité. Maintenant, fiche-moi le camp.

L'œil mauvais, Brooke s'éloigna. Théodore avait le nez en sang et sa lèvre supérieure avait déjà doublé de volume. Charlie l'aida à se relever.

— Tu sais où se trouve l'infirmerie, mon garçon ? demanda Mama Rose.

— Voui, fit Théodore qui peinait à articuler. Mais ve vais bien.

— Non, tu ne vas pas bien. Tu as l'air aussi vaillant qu'un castor dans un broyeur à bois. Rends-toi à l'infirmerie et ensuite tu fileras en classe – le Cours Préparatoire des Prestidigipasseurs commence dans trois heures. Et écoute-moi bien, mon garçon.

Mama Rose colla son visage à quelques centimètres du sien.

— La prochaine fois que tu envoies un crochet du droit, accompagne le mouvement avec ton corps. Tu te bats comme une fillette.

Sur ce, la tête haute, elle planta là les apprentis médusés.

Une vaste tente juchée sur une plate-forme à mi-hauteur du figuier géant abritait l'infirmerie. La toile, une épaisse voile de bateau couleur ivoire, ondoyait doucement sous l'effet de la brise. Théodore maintenait une poche de glace contre sa lèvre boursouflée, tandis qu'une infirmière enduisait ses ecchymoses de crème antibiotique. Sa figure enflée lui donnait meilleure mine : il n'avait plus l'air si rachitique.

— Pourquoi tu as fait ça ? demanda Charlie. Il mesure deux fois ta taille.

— Parce qu'il t'embêtait, répondit Théodore, la bouche pâteuse.

— Eh bien, la prochaine fois, laisse-moi régler le problème moi-même, d'accord ? C'est pas comme si je pouvais pas me défendre.

Théodore haussa les épaules.

— Je ne peux rien te promettre. C'est automatique. Quand mon meilleur pote est en danger, mes poings se mettent à distribuer des coups. Ils se changent en armes de destruction massive. En instruments de mort.

— Tu peux y aller, maintenant, déclara l'infirmière en revissant le tube. Et essaie de garder ces instruments de mort bien rangés dans ta salle d'armes jusqu'à ce que les bleus se résorbent un peu, ajouta-t-elle avec un sourire narquois.

— Je ferai de mon mieux, ronchonna Théodore en lui tendant la poche à glace. Mais il arrive que mes mains partent avant mes pieds – c'est comme ça que ça marche.

Charlie était soufflé par l'assurance de Théodore, il était incroyablement *sûr* de lui. Si Charlie avait éprouvé pendant des années une envie irrépressible de s'échapper de sa prison dorée et recherché désespérément la compagnie des enfants de son âge, maintenant qu'on lui avait rappelé combien certains d'entre eux pouvaient être méchants, il était rongé par le doute. Alors qu'il avait eu parfois le sentiment d'être étouffé par des parents surprotecteurs, l'amour qu'ils lui avaient témoigné était cependant indéfectible et ils avaient partagé des moments de pur bonheur. Charlie sourit en se remémorant leur sortie au parc d'attractions à l'occasion de son dernier anniversaire. Sa mère avait catégoriquement refusé de s'approcher de près ou de loin des montagnes russes, mais son père et lui en avaient fait un tour dans une hystérie jubilatoire.

« Les Benjamin regardent la peur en face ! avait fièrement claironné Barrington pendant la longue et lente ascension du wagon avant son premier et délicieux piqué. Les Benjamin ne tremblent pas ! »

Et soudain, ils avaient levé les bras au ciel avant de plonger brusquement, hurlant de concert dans un ravissement d'effroi.

Charlie éprouva un petit pincement. Toute cette nostalgie lui fit l'effet d'un coup de poignard en plein cœur.

— Ça va ? lui demanda Théodore qui le dévisageait avec inquiétude.

Charlie se secoua pour sortir de sa rêverie.

— Je vais bien. Je viens juste de me rappeler un truc. Il faut que j'y aille, en fait. Le Cours de Démonstrisation pour Débutants commence dans cinq minutes.

— J'aimerais trop y assister, mais il faut que je patiente jusqu'à ce stupide Cours Préparatoire pour Prestidigipasseurs.

— J'y serai aussi quand j'aurai fini mon premier cours.

— Double-Trouble est synonyme de double dose de travail, hein ? le taquina Théodore.

— Ça m'en a tout l'air.

— Bonne chance. Je parie que je te rejoindrai bientôt... dès que le proviseur aura compris la tragique méprise dont j'ai été victime.

Charlie approuva d'un hochement de tête.

— J'ouvrirai bien les oreilles, comme ça je pourrai te refiler tous les tuyaux. À plus tard.

Le Cours de Démonstrisation pour Débutants avait lieu dans une arène taillée à même la roche d'une grotte calcaire située sur le littoral, assez loin de l'École. En son centre, une aire sablonneuse était entourée de gradins qui donnaient aux spectateurs une vue imprenable sur le terrain. Cet endroit paraissait si ancien que Charlie se surprit à imaginer des gladiateurs s'affrontant l'arme au poing.

— Te voilà, toi, gazouilla une voix familière dans son dos.

Charlie se retourna et vit Violette sur un des bancs de pierre, en compagnie d'une quinzaine de novices. Elle dessinait dans son carnet.

— J'ai entendu dire que tu t'étais bagarré.

— En fait, c'est Théodore qui s'est battu, rectifia Charlie en la rejoignant. Enfin, c'est lui qui a distribué et reçu les coups.

— Il aime la castagne, hein ?

— Son père est un Démonstriseur – peut-être qu'il a ça dans le sang. Cette envie de se battre, je veux dire, pas l'aptitude.

Violette se pencha à son oreille et lui avoua, sur le ton de la confidence :

— Ne t'avise pas de le lui répéter, mais c'est lui qui devrait être ici à ma place. Me battre ne m'intéresse pas le moins du monde... Je préférerais dessiner.

— Tu travailles sur quoi ?

Elle lui montra son carnet. Le dessin, extrêmement détaillé, représentait un dragon en plein ciel, qui enserrait un œuf entre ses griffes et crachait des flammes en direction d'un autre dragon lancé à sa poursuite.

— Je l'ai appelé *Le voleur d'œuf*. Ce dragon a subtilisé l'œuf de la dragonne en arrière-plan et elle est furax. Qu'est-ce que t'en penses ?

— C'est fantastique ! La scène a l'air si réelle...

— Merci. J'ai encore beaucoup à apprendre avant de pouvoir me mesurer aux pros, assura Violette en battant l'air d'une main dédaigneuse, mais visiblement touchée par le compliment.

Soudain, les imposantes portes de bois donnant sur le terrain s'ouvrirent et Rex apparut, la foulée alerte, le chapeau de cow-boy vissé sur la tête, son lasso et son épée bringuebalant à son ceinturon.

— Bon, allez, qu'on en finisse une bonne fois pour toutes. Le dernier arrivé se prend cinquante coups de fouet.

Les apprentis se ruèrent vers l'arène, dégringolant les gradins cahin-caha. Personne ne voulait être le dernier.

Rex les jaugea avec une moue sceptique.

— C'est donc vous les futurs fureteurs de la DC, hein ? Miséricorde ! Nous voilà dans de beaux draps !

— Monsieur ? demanda Violette.

— Rex, ça suffira. Quoi ?

— Vous nous avez appelés les « fureteurs ». Je croyais que nous étions des Démonstriseurs.

— Fureteurs, Démonstriseurs, c'est du pareil au même ! Écoutez, le fond du problème, c'est que j'ai aucune envie d'être là. Je suis un homme de terrain, pas une baby-sitter pour une bande de Nouves qui ont encore la morve au nez, pigé ?

Les Nouves en question firent oui de la tête.

— Cela dit, me voici me voilà et j'ai comme l'impression que je ne bougerai pas d'ici tant que leur sale politique aura cours, alors autant ne pas gâcher notre plaisir. Et plus tôt on s'y met, plus vite on a fini, alors let's go. Qui connaît la signification de L.P.A.N. ?

Les apprentis ne pipèrent mot.

— Personne, vraiment ? reprit Rex, déconcerté. Pas un seul d'entre vous ne connaît la règle la plus élémentaire de Démonstrisation ? Waouh. OK, bon, L.P.A.N. signifie Le Point d'Absolue Noireté. Si seulement j'avais un tableau noir ou un truc dans le genre, je

141

pourrais vous le griffonner. Enfin bref, ce que ça veut dire c'est qu'une Outre-Bestiole – ou une Outre-Créature si tu préfères la terminologie cent pour cent correcte, mademoiselle Un-Mot-Pour-Chaque-Chose.

Il fixa Violette du regard. Qui devint instantanément rouge comme une pivoine.

— Ce que j'essaie de vous expliquer, poursuivit-il, c'est que le croque-mitaine de base cherche presque *toujours* l'endroit le plus sombre une fois infiltré dans notre monde. Comme ils se radinent en général grâce à un cauchemar et que les cauchemars se produisent le plus souvent au lit la nuit, on retrouve quatre-vingts pour cent des bébêtes lambda dans les recoins les plus sombres d'une chambre de gamin. Et où se trouvent les recoins les plus sombres ? Des idées, quelqu'un ?

Un tout petit gars leva timidement la main.

— Yes ? fit Rex en pointant l'index sur lui.

— Sous le lit ? suggéra le garçon.

— Sous le lit, pardi ! Un bon point pour toi – enfin, pas vraiment, mais tu vois où je veux en venir. Combien de fois vous avez entendu parler des monstres sous le lit ? Eh bien, c'est parce que la moitié du temps, bon sang de bonsoir, *c'est là qu'ils se cachent* ! Citez-moi un autre endroit.

Quelques novices, enhardis par le succès du premier, levèrent la main à leur tour. Rex désigna une fillette au visage poupin qui portait des couettes.

— Toi, madame Couette-Couette, vas-y.

— Dans le placard, dit-elle, la gorge serrée.

— Dans le placard, bon sang de bonsoir, merci ! Une créature sous le lit, un croque-mitaine dans le placard et un fantôme au grenier – on entend ce genre de trucs tous les jours parce que ce ne sont pas des légendes. Donc lorsque vous aurez à intervenir pour la première fois dans une maison où il y a suspicion d'invasion, vous commencerez d'abord par chercher quoi ?

— Le Point d'Absolue Noireté ! répondit la classe en chœur.

— Ventre de biche, y aurait-il encore une lueur d'espoir pour vous, mes enfants ? s'esclaffa Rex. Bon, avant de nous donner des tapes dans le dos, entrons dans le vif du sujet.

Il se dirigea vers une table en bois, sur laquelle était disposé un attirail d'armes bonnes pour la casse : épées émoussées, haches rouillées, massues vermoulues...

— Je sais que ces vieilleries semblent droit sorties d'une poubelle – c'est exactement de là qu'elles viennent, en effet –, mais vous ne méritez pas mieux, enfin pas tant que vous ne saurez pas manier une arme digne de ce nom. Même si elles ont l'air nulles, elles sont fichtrement plus utiles que les armes d'aujourd'hui – pour ce qu'on fait, en tout cas. Elles ont été fabriquées à partir de matériaux de l'Outre-Monde – minerai de fer, corde et tutti quanti –, pour répondre uniquement à ceux qui ont le Don. Maintenant, approchez et faites votre marché.

Les apprentis s'avancèrent en hâte. Violette choisit une petite dague à l'aspect inoffensif dont le manche était rafistolé avec de l'adhésif. Elle émit une lueur bleue lorsqu'elle la saisit.

Charlie, quant à lui, jeta son dévolu sur une rapière longue et effilée. Elle n'avait pas la prise en main d'une épée mais sa légèreté la rendait plus maniable. Il fendit l'air en tous sens, produisant une traînée d'étincelles bleutées. Quand les Démonstriseurs en herbe eurent tous fait leur choix, il ne resta plus sur la table qu'un bric-à-brac insolite : une chaîne en métal, un pied-de-biche, une torche électrique et un décapsuleur.

— Aucun candidat pour le décapsuleur, hein ? demanda Rex. Vous êtes sûrs ? Parce qu'on a toujours besoin d'un bon vieux décapsuleur.

Personne ne se manifesta. Comme chaque année, les Nouves n'avaient d'yeux que pour les armes les plus ostensiblement meurtrières.

— En garde ! s'exclama Charlie en provoquant un de ses camarades en duel.

Ils firent semblant de s'affronter et la classe entière les imita aussitôt dans un cliquetis d'épées et de massues, un fracas de haches et de hallebardes.

— Holà ! hurla Rex. Baissez vos armes avant qu'on perde un nez ou une jambe dans la bataille. C'est pas la cour de récré ici, c'est du sérieux ce bizness.

Ils obéirent à contrecœur.

— Maintenant, voyons un peu comment vous allez vous dépêtrer de votre première Outre-Créature.

Les portes de bois s'ouvrirent brusquement et une Gigarachnide de la taille d'un minibus se glissa dans l'arène sur ses huit pattes agiles. Les novices, pris au dépourvu devant l'invitée surprise, battirent en retraite. Aucun ne s'attendait à une chose pareille pour un premier cours.

— Bonne chance, lança le cow-boy, fier de son coup, avant de filer à l'autre bout du terrain.

Arrivé à la hauteur de Charlie, il lui souffla :

— Au fait, gamin, la réponse est quatre.

— La réponse à quoi ? balbutia Charlie.

Voyant l'araignée géante se rapprocher dangereusement, les apprentis levèrent leurs armes de fortune, projetant sur la bête féroce une faible lueur bleue. L'araignée les fixa de ses grands yeux noirs, renversa la tête en arrière... et se tordit de rire.

— À quoi vous jouez ? s'écria-t-elle, hilare.

CHAPITRE DIX

LA MUTATION DU SNARK

— Qu'est-ce... Qu'est-ce qu'elle a dit ? demanda Mme Couette-Couette, perplexe.

— *Elle*, répliqua l'araignée géante avec emphase, a dit : « À quoi vous jouez ? » Probablement parce qu'*elle* trouve ça plutôt drôle de voir des Nouves brandir leurs armes devant *elle*.

Rex réapparut et tapota affectueusement une des pattes velues de la créature.

— *Elle* a un nom, je vous signale. Je vous présente le professeur Xixclix, déjà Maître ès Créatures du temps où j'étais moi-même un Nouve. Ça biche, Xix ?

— On fait aller, répondit l'araignée avec un large sourire. Sauf que j'ai l'impression de me faire de plus en plus vieux alors qu'eux ne prennent pas une ride.

— Eh ben, faut croire que les années finissent toujours par rattraper même les meilleurs d'entre nous, déclara Rex sur le ton de la complicité.

Il se tourna vers la classe.

— Voici maintenant une nouvelle leçon. Toutes les

146

créatures de l'Outre-Monde sont pas que des bébêtes baveuses avec un pois chiche dans la tête. Certaines sont plutôt futées. Dans le cas de notre cher Xix ici présent, c'est un des rares qui ont accepté de changer de camp pour nous filer un coup de paluche. Grâce à son expérience particulière, Xix nous fournira toutes les créatures de l'Outre-Monde dont on aura besoin dans ce cours.

Xix s'avança. Les apprentis reculèrent.

— Parfaitement. Bon, vous savez tous que je suis une Gigarachnide, mais qui peut me dire à quelle Catégorie j'appartiens ?

Silence dans les rangs. Puis Charlie se souvint de la remarque de Rex : *La réponse est quatre.*

— Quatre ! s'exclama-t-il.

— Bravo ! fit Xix. Pour déterminer la Catégorie d'une Gigarachnide, il vous suffit de compter le nombre de ses pédoncules oculaires.

Charlie observa Xix et constata qu'il avait bien quatre pédoncules.

— Voici une autre colle. D'après vous, en vieillissant, une Outre-Créature passe-t-elle dans la Catégorie supérieure ou reste-t-elle à vie dans la même Catégorie ?

Violette leva timidement la main.

— Je t'écoute, dit Xix.

— Elle passe dans la Catégorie supérieure ? se hasarda-t-elle.

— Tout juste. Et qu'est-ce qui te fait dire ça ?

— J'ai remarqué que vous aviez un cinquième pédoncule sur le point d'éclore, ce qui signifie que vous êtes en train de passer dans la Catégorie 5.

— Excellent ! Finement observé. Lorsque j'ai rejoint l'École des Cauchemars, j'étais un Catégorie 3. Il y a quelques années, je suis passé à la Catégorie 4 et d'ici peu j'appartiendrai à la Catégorie 5. Tu as de bons yeux, jeune Démonstriseur.

— Merci, dit Violette, les joues légèrement empourprées.

— Bon, ne bougez pas, je reviens dans une petite seconde pour votre première épreuve.

Il quitta l'arène.

— En attendant, annonça Rex, reprenant les rênes, j'aimerais vous présenter Kyoko. C'est un Prestidigipasseur de grade Init qui va nous assister aujourd'hui pour créer un passage.

Une svelte Asiatique d'environ dix-sept ans descendit de la galerie. Ses longs cheveux noirs et raides encadraient parfaitement son visage de porcelaine.

Elle sourit aux Nouves.

— Salut, tout le monde ! J'ouvre un passage, professeur ?

— Nan, tu l'ouvriras quand Xix se radinera avec les bestioles que ces Nouves vont devoir démonstriser. Et appelle-moi Rex.

— OK, lui répondit-elle en gloussant

« Elle en pince pour lui », se dit Charlie, amusé.

Xix réapparut bientôt avec un sac en toile d'araignée tout remuant. On aurait dit un cocon. Il le déposa sur le sable.

— Permettez-moi de vous présenter un Ectobog de Catégorie 1, dit-il avant de trancher les fils de soie.

Une masse verte de la taille d'un doberman et de la consistance d'une méduse se répandit hors du cocon. En son centre, Charlie distingua des fragments d'os, une boucle de ceinture et un Ipod... les restes de son dernier repas !

— Charlie, à toi, cria Rex en levant le pouce dans sa direction.

— Qu'est-ce que je dois faire ? s'affola Charlie.

— Le bannir dans l'Outre-Monde, normal, répondit Rex d'un ton désinvolte.

Il se tourna vers Kyoko.

— Tu nous ouvres un passage, please ?

Kyoko ferma les yeux et se concentra de toutes ses forces. Des flammes violettes crépitèrent sur son corps et, en quelques secondes, elle créa un petit passage au centre de l'arène.

— Heu, fit Charlie, indécis.

— Allez, gamin, il va pas se démonstriser tout seul.

Charlie se dirigea timidement vers l'Ectobog. Il tendait sa rapière droit devant lui et sondait prudemment l'air, comme un aveugle tâtonne sur le sol avec sa canne. À mesure qu'il s'avançait, les reflets bleus de son épée s'intensifiaient.

— Voyez, la lueur est plus vive quand on est à portée d'une bébête, expliqua Rex. D'ailleurs, on peut s'en servir comme d'un détecteur pour deviner si un monstre vous prépare un mauvais coup.

La classe opina, mais Charlie, concentré sur l'amas gluant devant lui, n'entendit pas un mot. Lorsqu'il fut à moins d'un mètre d'elle, la créature sembla prendre conscience de sa présence et se répandit légèrement vers lui. Sa peau miroitait comme une flaque d'essence après un orage.

— Et maintenant ?

— Qu'est-ce que j'en sais, moi ? s'esclaffa le cow-boy. C'est toi, le Démonstriseur.

— Super…, marmonna Charlie.

Plus il s'approchait de sa proie, plus elle se dérobait.

— Reviens ! ordonna-t-il en fendant l'air.

Et, à sa grande surprise, il trancha l'Ectobog en deux.

— Cool ! s'exclama-t-il.

La classe l'acclama. Charlie, fier de sa réussite et de la reconnaissance de ses camarades, retrouva le sourire.

— Vive Charlie ! clama Violette.

Il leur adressa un salut.

Tandis qu'il avait le dos tourné, un phénomène étrange se produisit. Les deux moitiés d'Ectobog se mirent à trembler comme de la gelée et doublèrent de volume, formant ainsi deux créatures identiques de la taille du spécimen original.

Les deux Ectobogs fondirent sur Charlie, laissant une traînée visqueuse dans leur sillage.

— Attention ! hurla Violette.

Charlie fit volte-face.

— Qu'est-ce que je fais, brailla-t-il, si elles se dédoublent quand je les attaque !

— Ventre de biche, c'est vraiment fâcheux, le taquina Rex.

À cet instant, un des Ectobogs se faufila sous son jean et remonta le long de sa jambe, froid et moite comme une huître.

— Il est sur moi ! beugla Charlie qui, par instinct de survie, le trancha avec sa rapière.

L'Ectobog se divisa en deux moitiés bien nettes. Au bout de quelques secondes elles se mirent à frémir et achevèrent leur croissance en un temps record. Elles grouillèrent aussitôt vers le ventre de Charlie et celle qui était dans son pantalon ne tarda pas à les rattraper.

Il en avait maintenant trois sur lui.

— Oh oh, fit Rex sans s'alarmer. Je crois que quelqu'un devrait intervenir. Avant que ça tourne au vinaigre.

Les novices se lancèrent des coups d'œil nerveux. Personne ne savait quoi faire. Comment vaincre un adversaire dont la force croissait à chaque offensive ?

— Attendez ! exulta Violette.

Elle laissa tomber sa dague et fila jusqu'à la table. Elle fouilla à la hâte dans le bric-à-brac, dénicha la lampe torche et l'alluma. L'ampoule projeta une vive lumière blanche et la lampe s'anima d'une lueur bleue. Violette

151

en promena le faisceau sur les Ectobogs qui remontaient maintenant sur le torse de Charlie en direction de sa tête.

— Lâchez-le ! vociféra-t-elle.

Les Ectobogs réagirent instantanément à la lumière, comme piqués au vif. Ils dégoulinèrent le long de Charlie et battirent en retraite. Violette persévéra, utilisant le rai de lumière pour mener le troupeau vers le passage béant.

— Ouste ! Du balai !

Un dernier coup de torche, et les Ectobogs se replièrent dans l'Outre-Monde.

— Je peux fermer le passage ? demanda Kyoko, le corps parcouru de flammes.

— S'il te plaît, la pressa Violette dont le cœur battait à se rompre.

D'un petit geste de la main, Kyoko fit disparaître le passage, bannissant les Ectobogs dans l'Outre-Monde. Il y eut un silence, puis une salve d'applaudissements retentit. Rex frappa dans ses mains.

— Et voilà le travail, conclut-il. Qu'est-ce qui t'a fait penser à la torche, Violette ?

— Eh bien, c'est ce que vous avez dit plus tôt à propos du Point d'Absolue Noireté – que les Outre-Créatures n'aiment pas la lumière.

— Exactement, dit Rex qui la rejoignit à petits bonds. Vous voyez, la Démonstrisation n'est pas qu'une affaire de castagne et de biscotos, il faut surtout avoir de la jugeote. « Faut faire marcher son ciboulot », comme disait ma chère mère. Un fureteur qui garde son sang-froid et qui fait preuve de bon sens est un fureteur qui vivra un jour de plus pour démonstriser encore et toujours. Félicitations, gamine.

Il lui décocha un clin d'œil complice.

Violette sortit du cours sur un petit nuage.

— Peut-être que je suis faite pour ça, après tout, dit-elle tandis qu'ils longeaient l'océan qui rejetait ses déferlantes sur le sable. C'est pas qu'un truc de gros bras réservé aux garçons. Il faut être astucieux aussi.

— Ouais, super, maugréa Charlie.

— Ça ne va pas ?

— Je suis vraiment passé pour un idiot, là !

— Mais non, j'aurais pas su quoi faire si j'y étais allée la première. Quelqu'un devait attaquer l'Ectobog pour qu'on comprenne comment ça marche.

— Peut-être, admit Charlie sans grande conviction.

— Te voilà, DT ! cria une voix lointaine.

Charlie et Violette se retournèrent et aperçurent Théodore qui courait vers eux en sautillant, le visage encore rouge et gonflé. L'École s'élevait derrière lui.

— Alors, c'était comment, le Cours de Démonstrisation pour Débutants ?

— Super ! claironna Violette.

— Horrible, marmonna Charlie.

— Je vois, fit Théodore en les regardant tour à tour. GDDO – autrement dit, grande divergence d'opinion.

— Ne fais pas attention à Charlie, déclara Violette

avec un sourire malicieux. Il est un peu bougon parce qu'il n'a pas pu montrer au monde qu'il est le plus grand Démonstriseur de tous les temps.

— C'est pas vrai, rétorqua Charlie. J'ai pas envie d'être le plus grand Démonstriseur de tous les temps – j'ai juste pas envie d'être le plus grand raté de tous les temps.

Théodore lui donna une tape amicale dans le dos.

— La bonne nouvelle, c'est que tu vas pouvoir te rattraper, le consola-t-il. C'est l'heure du Cours Préparatoire pour Prestidigipasseurs.

Il faisait toujours noir dans cette classe. Sombre et mystérieuse, la salle, creusée à même le tronc du figuier géant, était nichée au cœur de l'École et accessible uniquement par un pont de corde branlant. Théodore et Charlie entrèrent dans la pièce où attendaient déjà une foule d'apprentis surexcités qui jacassaient comme des pies. Lorsque le duo apparut, les bavardages s'interrompirent net.

— Oh, non, ils parlent de nous, chuchota Charlie.

— Laisse-les causer, fit Théodore, non sans fierté. C'est pas tous les jours qu'on a la chance de voir un Double-Trouble et une machine de guerre ensemble.

— Tu penses vraiment ça de toi, hein ?

— Bien sûr. Si je crois pas en moi, qui le fera ?

Charlie ne put s'empêcher de rire. L'assurance de Théodore tenait du prodige.

— Tu as sûrement raison.

Il regarda le plafond, constellé d'étoiles. Et contrairement aux étoiles phosphorescentes de sa chambre, celles-là avaient l'air réelles. Une comète traça un sillon solitaire à travers le ciel et s'enflamma avant d'atteindre le mur.

— Des hologrammes, obligé, expliqua Théodore en désignant l'incroyable paysage qui s'étendait au-dessus d'eux. Certainement une projection par transparence. Super système. Le top du top.

— C'est clair, acquiesça Charlie qui n'en savait trop rien.

Les étoiles et les planètes qui scintillaient au plafond semblaient si vraies qu'on aurait pu partir à leur conquête.

Ils entendirent un petit « plop ! » et un passage s'ouvrit sur l'estrade en face de l'assemblée. Tabitha traversa et referma le passage derrière elle.

— Bonjour, tout le monde, dit-elle en tripotant nerveusement ses bijoux. Je m'appelle Tabitha Greenstreet. Mais Mme Brazenhope souhaite que vous m'appeliez *professeur* Greenstreet, donc je crois qu'il vaudrait mieux faire ce qu'elle nous demande. C'est votre premier Cours Préparatoire de Prestidigipasseurs et c'est mon premier jour d'enseignement, alors on va essayer d'y aller doucement, d'accord ?

Les novices acquiescèrent.

— Bien. Le Prestidigipasseur maîtrise l'art d'ouvrir des passages pour entrer dans l'Outre-Monde et en sortir et, oui, c'est tout un art. Aujourd'hui, vous en êtes tous capables, sinon vous ne seriez pas là. Sauf que, pour l'instant, vous ne savez le faire ni sur commande ni avec précision. Le monde est plein d'enfants qui ouvrent involontairement des passages durant leur sommeil. À notre avis, vous seuls êtes en mesure d'en ouvrir lorsque vous êtes éveillés, et à des endroits bien précis. Et qu'est-ce qui vous permet de le faire ?

— Le Don, répondit Alejandro Ramirez du tac au tac.

— En effet. Et si c'est bien notre imagination qui nous donne accès au Don, à quelle émotion devons-nous faire appel pour nous en servir ? De quoi se nourrit-il ?

— De la peur, dit Charlie sans réfléchir.

Il piqua un fard lorsqu'il comprit qu'il avait parlé tout haut.

— Très juste, Charlie. La peur est notre meilleure alliée. Toutefois, elle est aussi notre pire ennemie. Nous en avons besoin pour exécuter correctement notre travail mais, dans le même temps, si on n'apprend pas à la contrôler et à la canaliser, on prend ses jambes à son cou au moment où on en a le plus besoin. Alors la première question que vous devez vous poser est la suivante : « Comment se faire peur ? » Comment peut-on se faire suffisamment peur pour ouvrir un passage à un instant précis. C'est facile la nuit, lorsqu'on cauchemarde, mais comment le faire éveillé, sur commande ?

Silence dans la salle. Tabitha regarda Charlie.

— Dis-moi, Charlie, tu as réussi hier soir, rudement bien d'ailleurs. Je t'ai aidé. Mais comment ?

— Vous m'avez dit que j'étais au sommet d'un gratte-ciel.

Tabitha acquiesça :

— Voilà. Le vertige. Continue.

— Vous m'avez dit que je tombais.

— La chute. Et ensuite ?

— Euh... Je ne m'en souviens pas...

— Je crois que si, insista-t-elle. Nous allons partager des émotions très personnelles dans cette classe. Cela vous embarrassera peut-être, mais c'est nécessaire. Alors, je te le redemande... Que s'est-il passé ensuite ?

Charlie reprit son récit, même si c'était douloureux pour lui.

— Vous m'avez dit que mes parents pouvaient me sauver s'ils le voulaient... Or ils ne le voulaient pas.

— Oui, Charlie. Merci. La peur de l'abandon. Continue.

— Vous m'avez dit qu'il y avait aussi des enfants qui pouvaient m'aider... Ils ne le voulaient pas non plus.

— La peur du rejet. Un vrai cauchemar. Mais tu as oublié un détail, non ? Le sol se ruait sur toi et qu'est-ce que je t'ai dit à ce moment-là ?

— Que j'allais mourir, murmura Charlie.

— La peur de la mort. Récapitulons : le vertige, l'abandon, la chute, le rejet, la mort. C'est l'une ou peut-être toutes ces peurs réunies qui ont permis à Charlie d'accéder au Don et d'ouvrir un passage.

— Et pas n'importe lequel ! s'exclama Théodore. Le plus gigantesque de tous les temps.

— Oui, admit Tabitha. Mais c'est uniquement parce que Charlie n'a qu'une maîtrise rudimentaire et partielle de son Don. Dans ce cours, nous apprendrons à le contrôler. En résumé, pour aider Charlie à créer un passage, j'ai joué sur une multitude de peurs connues de tous en espérant que l'une d'elles provoquerait un déclic. Toutes les peurs ne se valent pas, voyez-vous. Dans la plupart des cas, il faut trouver une peur très *intime*, quelque chose qui vous effraie au plus profond de vous, pour que vous réussissiez à ouvrir un passage. C'est exactement ce que nous essaierons de déterminer dans les cours à venir afin que vous puissiez y faire appel le moment venu.

— C'est impossible, protesta Alejandro Ramirez. Comment on peut se faire peur tout seul ?

— Et comment fait un acteur pour pleurer ? répliqua Tabitha. Quand le réalisateur dit « Action », comment fait-il pour verser de vraies larmes ? Il pense à quelque chose qui le rend triste, un souvenir personnel, qui réveille des émotions enfouies.

Charlie regarda autour de lui. Il pouvait lire l'incertitude et la nervosité sur le visage des autres novices. Des sentiments qu'il connaissait par cœur.

— Je ne vais pas vous raconter des salades, continua Tabitha en se rapprochant d'eux. Le chemin qui vous attend est long et difficile. Chaque jour, vous devrez faire face à vos peurs les plus secrètes. La plupart des gens passent leur vie à les éviter, mais vous, vous devrez les traquer. L'exercice pourra vous sembler un peu pénible au début, cruel même, mais il est nécessaire.

Elle se planta devant Théodore.

— Dis-moi, jeune homme, de quoi as-tu peur ?

— J'ai peur de rien, lui assura-t-il en se redressant sur sa chaise. Normalement je devrais être un Démonstriseur parce que j'ai peur de rien en fait. Mon père lui-même en est un, ajouta-t-il, pas peu fier.

— Très bien, nous allons commencer par toi.

Théodore s'assit face à la classe.

— Ça va pas marcher, dit-il en croisant les bras.

— Détends-toi, lui conseilla Tabitha d'une voix rassurante. Je voudrais te présenter quelqu'un, une créature de l'Outre-Monde.

Elle s'approcha d'une petite cage posée sur une table sculptée dans le tronc du figuier et recouverte d'un tissu de velours noir.

Elle passa la main dessous et en ressortit quelque chose.

— C'est ce qu'on appelle un Snark.

Les novices se penchèrent en avant et aperçurent une minuscule boule de poils chétive avec de grands yeux tout ronds et une sorte de bec.

La créature émit un petit gazouillis.

— Oh, c'est trop mignon ! s'exclama une fille.

— Un Snark se nourrit de la peur comme un moustique se nourrit de sang, expliqua Tabitha. Lorsqu'un moustique vous suce le sang, il grossit. Et le Snark, lorsqu'il détecte la peur, se transforme aussi.

— En quoi ? s'enquit Théodore.

— Tu verras bien, dit-elle en posant la créature sur son épaule.

Le Snark, léger comme une plume, se cramponna à lui avec ses pattes grêles.

— À présent, reprit Tabitha, ferme les yeux.

Théodore obtempéra.

— Alors, comme ça, tu n'as peur de rien ?

— Non. Depuis toujours. Je suis une vraie machine de guerre, rien ne m'émeut, je suis la force incarnée.

— Comme ton père ?

— Exactement. C'est l'un des meilleurs Démonstriseurs. Il est en opé noire en ce moment. Vous savez ce que c'est ?

— Oui, merci.

Le Snark couina et pépia gentiment sur l'épaule de Théodore.

— Il a dû être fier lorsqu'il a appris que tu avais été accepté à l'École des Cauchemars.

— C'est clair. Tel père tel fils.

— Enfin, pas tout à fait, non ? Comment réagira-t-il lorsqu'il découvrira que tu n'es pas un Démonstriseur comme lui ?

— Mais je *suis* un Démonstriseur. C'est juste qu'il y a eu un problème avec cette maudite Veuve, ce dont j'ai immédiatement avisé Mme Brazenhope. Ce stupide poisson n'était pas dans son assiette.

— Ton père n'a pas eu ce genre de problème, lui ?

— Je ne crois pas, admit Théodore qui commençait à s'agiter sur sa chaise. Mais je ne vois pas comment notre vie entière pourrait être déterminée par ce poisson débile qui...

— La vérité, c'est que tu n'es pas un Démonstriseur, le coupa Tabitha. Tu aurais voulu, ton père aurait voulu, mais tu n'en es pas un. Tu n'es pas assez fort, en fait ?

— Bien sûr que si, tempêta Théodore.

Soudain, le Snark se mit à gonfler, à se boursoufler. Il perdit son duvet jaune, révélant sa peau grise. Une queue toute drue lui poussa et une bouche se forma à la place de son bec – une grande mâchoire pleine de crocs acérés.

À la vue de ce spectacle, Tabitha enfonça le clou.

— Tu l'as déçu.

— Non...

— Tout ce qu'il voulait, c'était un fils qui lui ressemble, un jeune homme invincible, une machine de guerre qui prendrait la relève et qui ferait sa fierté. À la place, il t'a eu, toi, un petit Prestidigipasseur de rien du tout.

Théodore était au bord des larmes.

Le Snark était désormais aussi gros qu'un vautour. Des ailes de chauve-souris noir de jais lui transpercèrent le dos et cinglèrent l'air au-dessus de Théodore avec un vrombissement sinistre. Sous ses yeux globuleux dépourvus de paupières, il dardait une langue serpentine, comme s'il se repaissait de la peur qui emplissait l'atmosphère.

— Peut-être que ça lui est égal…, déclara Théodore à voix basse en se balançant d'avant en arrière sur sa chaise. Peut-être qu'il sera quand même fier de moi.

— Mais tu n'y crois pas trop, dans le fond ? Tu penses que ça ne lui sera pas vraiment égal. Et s'il ne voulait plus de son fils ? Et s'il ne supportait même plus de te regarder en face ?

— S'il avait honte de moi ?! hurla tout à coup Théodore qui rouvrit les yeux, complètement affolé. S'il ne m'aimait plus ?

Sur ce, le Snark atteignit la taille d'une hyène. Sa langue fourchue humait avidement l'air, comme un plongeur rescapé de la noyade qui reprend sa première bouffée d'oxygène.

— Stop ! cria Charlie à Tabitha.

Il se tourna vers Théodore.

— Ne crois pas ce qu'elle te dit ! C'est faux et tu le sais.

Théodore ne l'entendait plus.

Sa peur céda la place à une véritable panique, telle une boule de neige qui grossit à mesure qu'elle dévale une pente. Soudain, un léger « plop ! » retentit, et un passage cerclé de flammèches violettes, pas plus grand qu'une roue de vélo, se matérialisa devant lui. Au travers, Théodore devina les plaines désolées de l'Outre-Monde et reconnut un troupeau de Gremlins. Tout effarouchés, ils se dispersèrent loin du passage béant pour se réfugier dans les anfractuosités sombres des rochers.

— C'est très bien, dit Tabitha qui prit le visage de Théodore dans ses mains pour le forcer à focaliser son attention sur elle. Tu as réussi.

— Quoi ? bégaya-t-il, hébété, comme s'il émergeait d'une longue nuit de sommeil.

— Tu as ouvert un passage vers l'Outre-Monde, dans le Premier Cercle.

Théodore contempla avec des yeux ahuris le passage qui crépitait sous ses yeux.

— C'est moi qui ai fait ça ?

Tabitha acquiesça d'un hochement de tête et lui sourit chaleureusement.

— Félicitations... jeune Prestidigipasseur.

Théodore recouvra peu à peu son souffle et un sourire se dessina sur ses lèvres. Le passage vacilla dans les airs un moment, semblable à un mirage, et disparut.

Au-dessus de sa tête, le Snark commença à rapetisser. Sa mâchoire acérée se replia dans sa gueule, sa queue et ses ailes de chauve-souris se rétractèrent dans sa chair et, aussi vite qu'il était tombé, son duvet jaune repoussa jusqu'à ce que la créature redevienne une adorable petite boule de poils délicatement perchée sur l'épaule de Théodore.

Il couina doucement sous les yeux d'une assemblée médusée.

— Waouh ! s'exclama Alejandro.

— J'ai comme l'impression que nous avons trouvé la clef, Théodore, annonça Tabitha. Cette peur intime qui, avec un peu d'entraînement, te servira à ouvrir des passages dès que tu en auras besoin. On croit souvent que les Démonstriseurs sont des durs à cuire, mais nous savons que les choses les plus effrayantes ne sont pas là, au-dehors... mais ici, dans notre tête. Et nous devons les affronter tous les jours. Je suis fière de toi.

— Merci, professeur Greenstreet, répondit simplement Théodore avant de sauter de sa chaise.

— Alors... À qui le tour ?

Pas un novice ne leva la main.

Tabitha eut une moue contrariée.

— Nerveux ? Je ne vous en veux pas. Je vous ai déjà dit que notre travail serait difficile, voire cruel. Mais il est nécessaire pour réussir à maîtriser pleinement vos pouvoirs. Et tout le monde va y passer. Toi...

Elle invita une jeune fille menue aux cheveux châtains qui hésita un instant avant de gagner l'estrade.

Le même cérémonial se répéta pendant près de deux heures.

Les novices se succédèrent un à un sur la chaise avec, chaque fois, un nouveau Snark sur l'épaule. Tabitha les interrogeait gentiment au début, guidée par les réactions de la créature ainsi que par sa propre expérience. Elle sondait leurs peurs comme un dentiste examine une bouche à la recherche d'un nerf enflammé.

Certains novices réussirent à percer à jour leurs peurs inavouées et à créer ainsi de petits passages qui chancelaient fébrilement dans les airs l'espace de quelques secondes avant de disparaître. D'autres s'arrêtèrent à mi-chemin – leurs craintes étaient enfouies trop profondément ou ils ne maîtrisaient pas suffisamment leur Don pour pouvoir les exploiter. Au final, tout le monde y passa.

Tout le monde, sauf Charlie.

— Eh bien, il ne reste plus que moi, observa Charlie.

— En effet, acquiesça Tabitha, réticente.

— Vous ne voulez pas que j'y aille, c'est ça ? fit-il dans un éclair de lucidité. Vous craignez que je... fasse quelque chose de mal encore une fois.

Il avait raison, se dit Tabitha, et pourtant, comment pouvait-il apprendre, sinon ?

— Nous allons commencer tout doucement, ajouta-t-elle d'un ton rassurant. Viens là.

Charlie prit place sur la chaise à côté d'elle. La jeune femme glissa la main dans la cage, en ressortit un Snark et le posa sur son épaule.

— Ferme les yeux, commanda-t-elle.

Charlie s'exécuta. Malgré eux, les novices eurent un léger mouvement de recul, effarouchés à l'idée de ce que Charlie pourrait faire.

— Bien, le but du jeu n'est pas tant d'ouvrir le plus grand passage, dans les cercles les plus reculés... que de se contrôler. Examinons si nous pouvons exploiter une petite peur et ouvrir un passage qui n'aille pas au-delà du Premier Cercle.

— OK, acquiesça Charlie.

Le Snark se nicha au creux de son épaule et lui chatouilla le cou.

— Combien de personnes reçoivent le Don, Charlie ?

— Deux pour cent.

— Et combien d'entre elles sont des Double-Troubles ?

Il hésita. Il comprenait exactement où elle voulait en venir et n'était pas disposé à se laisser embarquer dans cette voie.

— Charlie ?

— Une tous les vingt à trente ans, admit-il enfin.

Il sentit une gêne monter en lui comme une marée noire. Le Snark commença à se transformer – il perdit son duvet d'un coup et sa peau se boursoufla instantanément.

La rapidité de sa mutation stupéfia Tabitha.

— Je crois que nous devrions nous arrêter là pour aujourd'hui.

Mais Charlie l'ignora.

— Je suis un monstre, murmura-t-il.

Son esprit s'était engouffré dans un cul-de-sac.

— Et ça ne changera jamais, même ici.

— Non, Charlie, protesta Tabitha. Tu es différent, voilà tout. Spécial.

— Spécial, c'est juste une manière déguisée de dire « raté » !

Il avait des haut-le-cœur, un goût âcre dans la bouche, et sa respiration devenait saccadée.

— Je croyais avoir trouvé une deuxième maison, un endroit où je me sente à ma place avec des gens exactement comme moi, or ils ne sont pas vraiment comme moi. Je serai toujours seul.

— C'est faux, Charlie ! se récria Tabitha qui observait le Snark avec angoisse.

Il muait à une vitesse folle à présent, les yeux comme des soucoupes, les griffes aussi longues que des tenailles...

— Je ne serai jamais normal, continua Charlie.

Sa panique monta d'un cran, ainsi qu'une flamme attisée par un courant d'air.

— Je ne trouverai jamais ma place.

Soudain, le Snark se transforma en une créature monstrueuse. Il s'envola, tournoyant au-dessus de Charlie comme un petit dragon. Sa queue effilée faisait près de trois mètres, tout comme l'envergure de ses ailes. Des centaines de crocs brillants et acérés surgirent dans sa gueule.

Tabitha battit en retraite.

— Ça suffit, Charlie ! Arrête !

Charlie ne l'entendait plus. Il avait le tournis, conscient que la force de son Don le séparait des autres novices aussi sûrement que les barreaux d'une prison.

« Même au milieu de ces monstres, je suis un paria. Je serai toujours seul », pensa-t-il.

Dans un fracas assourdissant, un immense passage se matérialisa devant Charlie, plus grand encore que celui de la Division Cauchemar.

Les novices, sous le choc, tombèrent à la renverse.

— Non, haleta Tabitha.

Un bruit de rafale, pareil à un tir nourri de canon, s'intensifia. Charlie le rattacha vaguement au martèlement des sabots de Barakkas sur la roche volcanique de son royaume de l'Outre-Monde. Enfin, l'Élu apparut ; des étincelles embrasaient l'air à chacun de ses pas.

Il leva le moignon qui lui restait de son bras droit et sourit.

— Content de te revoir, Charlie Benjamin.

CHAPITRE ONZE

UNE VISITE IMPROMPTUE

Charlie, le souffle court, ne pouvait détacher les yeux du moignon répugnant que Barakkas agitait.

— Je ne sens presque plus la douleur, déclara la créature. À vrai dire, je me suis habitué à vivre sans mon bras. Étrange... C'est arrivé si vite.

L'odeur nauséabonde qui s'exhalait de son antre crasseux rendait Charlie nauséeux.

— Charlie, ferme le passage. Tout de suite ! s'époumona Tabitha, mais sa voix n'était plus qu'un chuchotis perdu dans une contrée reculée.

— Je ne voulais pas vous faire de mal, dit Charlie à Barakkas. C'était un accident.

— Oh, je sais bien. Tu ne ferais jamais une chose pareille intentionnellement. Et pourtant... tu l'as faite. J'ai souffert le martyre. Et j'aurai toujours mal.

— Je suis désolé.

— J'imagine. On le serait à moins. Cela étant, il y a une sacrée différence entre *dire* qu'on est désolé et le *montrer*.

— Qu'attendez-vous de moi ?

— Tu ne t'es pas contenté de me priver de ma main, poursuivit Barakkas qui s'approcha encore du passage béant. Tu m'as pris quelque chose de bien plus précieux. Mon bracelet. Tu t'en souviens ?

Charlie se repassa mentalement les images de leur première rencontre à la Division Cauchemar. Il revit alors le large bracelet de métal qui enserrait le poignet du géant et projetait des reflets rouge sang sur les murs du Grand Conseil.

— Oui, parfaitement.

— Je veux que tu me le rendes. Ce n'est pas trop demander, n'est-ce pas ?

Sa voix était si apaisante... si pondérée...

— Je ne l'ai pas. Ils le gardent à la Division Cauchemar.

— Pourquoi n'y ferions-nous pas un saut, pour le reprendre ?

Sur ce, la bête immonde voulut emprunter le passage. Aussitôt, elle poussa un râle déchirant et s'effondra avec la violence d'un immeuble balayé par un séisme.

— Qu'est-ce qui se passe ? s'écria Charlie, abasourdi.

Barakkas jetait des regards éperdus autour de lui.

— C'est quoi, cet endroit ? brailla-t-il.

— C'est l'École des Cauchemars, répondit Charlie en reculant, terrorisé.

Même terrassé par la douleur, Barakkas dégageait des ondes extrêmement néfastes. En vérité, il semblait encore plus dangereux maintenant, comme un animal acculé qui n'a plus d'autre choix que de tuer pour survivre.

— Qu'est-ce qui vous arrive ? murmura Charlie.

Il repensa alors à ce que Mama Rose lui avait dit plus tôt – que l'École était un endroit sûr, un sanctuaire protégeant les apprentis des créatures de l'Outre-Monde.

Il comprenait, à présent.

L'École elle-même paralysait Barakkas : une sorte de rayonnement émanait de ses branchages. C'était certainement ce que Mme Brazenhope avait voulu dire en expliquant qu'il y avait deux raisons de former les novices ici. Stimuler l'imagination était la première.

Tabitha désigna Barakkas.

— Ferme le passage ! Si tu le fermes maintenant, tu le tueras. Vas-y !

— Moi ? protesta Charlie. Tu veux que *je* le tue ?

Barakkas, dans un ultime sursaut d'énergie, se traîna à grand-peine hors du passage pour se replier dans son antre de ténèbres.

— Traîtresse ! grogna-t-il.

Il recouvrait ses forces à vue d'œil maintenant qu'il était protégé des effets de l'École.

Il se releva. Telle la statue d'une divinité courroucée, il dominait le groupe de novices pétrifiés.

— Je n'ai pas dit mon dernier mot. Je ne peux peut-être pas traverser ici, mais je finirai par trouver un autre endroit un jour.

Il décocha un sourire effrayant à Charlie.

— Crois-moi, mon garçon, quand j'affirme que je n'ai rien contre toi... à condition que tu me rendes mon bracelet.

— Mais je ne peux pas.

— Si, tu peux. Il t'obéira. Très peu de gens ont le pouvoir de le contrôler. C'est un objet très ancien, un Artefact de l'Outre-Monde. Je considérerai que tu te seras acquitté de ta dette lorsque tu me l'auras rapporté ici même. En échange, je te laisserai la vie sauve.

— Pourquoi je vous ferais confiance ?

— Parce que je t'en donne ma parole. Mais c'est plutôt moi qui devrais me méfier, non ? C'est moi qui ai souffert le martyre. Et qui ai perdu un bras.

Il frotta son moignon, qui cicatrisait à peine. D'un coup d'ongle, il écorcha la plaie et un filet de sang noir en suinta.

Charlie tressaillit.

— Je ne suis pas un assassin, poursuivit la créature en lançant un regard furieux à Tabitha. Qui t'a incité au meurtre ? Pas moi. Non, s'il y a quelqu'un de raisonnable ici, c'est moi, Charlie Benjamin. Je veux simplement remettre les choses en ordre. Alors... me rapporteras-tu ce que tu m'as pris ?

Charlie pesa le pour et le contre.

— Non, déclara-t-il enfin.

Barakkas le dévisagea un instant, ses yeux orange flamboyèrent.

— On ne dit jamais non à Barakkas !

Sa voix était si puissante que Charlie sentit ses dents vibrer. Sous l'effet de la colère, le corps de l'Élu se contracta et ses muscles saillirent, les griffes de sa main gauche se plantèrent dans sa paume et l'entaillèrent profondément.

Charlie blêmit en repensant à la mise en garde de Rex – si, en surface, Barakkas semblait d'un calme olympien, ses accès de colère étaient légendaires.

— Je suis désolé, dit-il d'unc voix entrecoupée.

La colère de Barakkas reflua d'un coup, tel un orage aussi bref que violent. Il inspira à fond, et toute la tension retomba.

— Inutile de t'excuser, dit-il d'une voix posée. Je suppose que tu ne mesures pas à quel point cet Artefact de l'Outre-Monde est important et comme ta dette envers moi est grande.

— Il en est parfaitement conscient, déclara quelqu'un près de Charlie. Et il a dit non.

Charlie tourna la tête et aperçut Mme Brazenhope.

— Madame le proviseur ? s'écria-t-il, éberlué.

— Bonjour, Charlie. Au revoir, Barakkas.

Elle fit un petit geste de la main, et le passage géant que Charlie avait créé se referma dans un claquement assourdissant, les isolant des hurlements de rage de la créature.

— Cet événement ne présage rien de bon, s'inquiéta Mme Brazenhope ce soir-là pendant le conciliabule que Rex, Tabitha et Pinch tinrent dans son bureau. Je ne m'attendais pas à que ce garçon retourne si tôt dans le palais de Barakkas. Si les défenses de l'École n'avaient pas résisté, nous aurions vécu une véritable tragédie. Au moins, nous savons que le Gardien a toujours bon pied, bon œil.

— Tout s'est passé si vite, s'écria Tabitha. Je n'ai jamais vu quelqu'un capable d'accéder aussi rapidement à ses pires cauchemars. Et vous avez vu le Snark ?

Mme Brazenhope opina.

— Ce garçon est extrêmement puissant.

— C'est pourquoi, décréta Pinch, comme je l'ai déjà préconisé, il devrait être…

— Il ne sera pas Ratatiné, rétorqua Rex d'un ton brusque en se tournant vers le barbu. En tout cas, pas tant que je serai là pour vous en empêcher.

— Ce n'est plus vraiment le problème, à présent, dit Mme Brazenhope avec calme. Les forces des ténèbres ont été piquées au vif et nous devons nous en préoccuper. Résumons ce que nous savons déjà : Barakkas veut récupérer son bracelet, ce qui conforte notre théorie – il est d'une importance capitale pour lui.

— Il a dit qu'il fallait un pouvoir extraordinaire pour le contrôler, ajouta Tabitha. Il appelle ça un Artefact de l'Outre-Monde.

— Oui, il y en a quatre, expliqua Mme Brazenhope. Chaque Élu en possède un. Si nous ignorons au juste à quoi ils servent, une chose est sûre, nous devons empêcher Barakkas de mettre la main sur un objet qu'il convoite aussi ardemment.

— Pourquoi il a demandé au gamin de le lui rapporter ? s'interrogea Rex à haute voix.

— Parce que seul Charlie en est capable, répondit Tabitha. Barakkas a dit que le bracelet obéirait à Charlie et, hormis Mme Brazenhope, Charlie est la seule personne suffisamment forte pour ouvrir un passage dans le Cercle Intérieur et le lui restituer. Il a déjà réussi à l'atteindre deux fois. Et plus on ouvre de passages dans un lieu donné, plus il est facile d'y accéder de nouveau. Il y a gros à parier que Charlie recommencera dès qu'il sera sous pression.

— Exact, acquiesça Mme Brazenhope. C'est pour cette raison que nous devons garder un œil sur le jeune Benjamin.

Rex se renfrogna.

— C'est dingue ! Vous pensez vraiment que Charlie lui refilerait le bracelet ?

— Oui, affirma Pinch, car s'il est extrêmement puissant, ce n'est encore qu'un enfant. Et il manque d'assurance, par-dessus le marché. Des novices s'en sont pris à lui, il a été tourné en ridicule dans ton cours, et avec ce nouveau désastre en Cours Préparatoire de Prestidigipasseurs, il a compris qu'il aurait beau faire tous les efforts du monde, il ne trouverait jamais sa place. Cette situation le rend influençable.

— Très juste, approuva Mme Brazenhope. Cela dit, je ne crois pas qu'il se retournera contre nous. Certes, il manque d'assurance et il se sent isolé – mais il ne

175

tient qu'à nous de lui redonner confiance, de lui montrer que nous sommes sa famille.

— Encore faut-il qu'il nous accepte, remarqua Tabitha. Souvenez-vous, il a déjà une famille.

Les yeux bleus de Mme Brazenhope s'écarquillèrent.

— Oui, en effet, dit-elle. Venez, nous courons un grand danger.

— Je suis une menace vivante, marmonna Charlie.

Il fixait, le regard vide, le mur de la cabine de Violette, recouvert de reproductions célèbres de grands maîtres de l'école fantastique.

— Je n'arrive pas à croire que j'ai encore ouvert un passage dans le Cercle Intérieur.

— Qu'est-ce que tu racontes, à la fin ? bougonna Théodore qui s'escrimait à faire muter un Snark.

La créature, perchée sur son épaule, gazouillait doucement.

— Je donnerais n'importe quoi pour ouvrir un passage comme ça. Mais je ne parviens même pas à faire gonfler ce stupide Snark.

— Quand je pense que tu l'as volé ! s'exclama Violette.

— Je ne l'ai pas volé. Je l'ai emprunté.

— Sans demander la permission. C'est ce qu'on appelle un vol qualifié.

— Et comment je suis censé m'améliorer si je ne peux pas m'entraîner ? C'est pas aussi facile que ça en a l'air, crois-moi, même si les prouesses de « Maître ès Passages » ici présent tendent à prouver le contraire.

Il leva le pouce en direction de Charlie, ferma les yeux, et, le visage tordu dans une étrange grimace, il vociféra :

— Fous-toi les jetons, Théodore ! Fais-toi peur ! Fais-toi très peur !

Le Snark roucoula tranquillement sans changer d'un poil.

— Je n'y arriverai jamais, gémit le garçon.

— C'est parce que tu te forces, lui fit remarquer Charlie. Repense à ce que tu as fait en cours de Prestidigi-passage. Essaie de trouver quelque chose qui t'effraie vraiment et concentre-toi là-dessus.

— Ce qui m'effraie le plus, là, c'est de ne pas pouvoir trouver un truc qui m'effraie.

— Eh bien, sers-toi de ça, dit Charlie. Mince, alors, j'aimerais bien avoir ce genre de problème. Un, j'ai failli tous nous faire tuer par Barakkas, et deux, j'ai eu une occasion de le liquider mais je me suis dégonflé.

— Un, corrigea Théodore, tu ne t'es pas dégonflé. Cette sale bête s'est carapatée dans l'Outre-Monde avant même que tu puisses la hacher menu. Et deux, elle a même pas réussi à s'approcher de nous. À la seconde où elle a essayé, elle était par terre en train de pleurnicher comme un bébé... même si j'ai toujours du mal à comprendre pourquoi.

— À mon avis, ça vient de cet endroit, avoua Charlie. Il est toxique pour les créatures de l'Outre-Monde.

— S'il est toxique, répliqua Violette, pourquoi il ne fait aucun effet à Xix et aux Ectobogs ?

— Ils sont à l'abri dans les grottes de Démonstrisation, loin de l'École. Je ne sais pas ce qui nous protège, mais je ne pense pas que ça aille jusque-là.

— Mais ça arrive jusqu'ici. Et le Snark de Théo a l'air en pleine forme.

— Un, fit Théodore, ne m'appelle jamais Théo. Et deux...

Il marqua une pause, réfléchit un moment et regarda Charlie dans les yeux.

— Ouais, elle a raison. Pourquoi ça ne fait rien au Snark ?

Charlie haussa les épaules.

— Peut-être qu'il n'est pas assez fort. Plus les créatures sont puissantes, plus l'École les affecte. Il y a tellement de trucs que j'ignore, que j'ignore même le nombre de trucs que j'ignore.

— Tu peux répéter ça dix fois plus vite ? dit Théodore avec un large sourire.

Charlie éclata de rire. Ça faisait du bien. Il promena son regard sur les affiches au mur et en désigna une.

— Je crois que c'est ma préférée.

La reproduction montrait un écuyer sur un cheval de trait rachitique, une lance cabossée à la main. Il avait les yeux rivés sur un effroyable dragon que l'on devinait à peine dans le ciel au-dessus de lui, sa gueule pleine de crocs dissimulée par un nuage de fumée jaunâtre.

L'affrontement imminent était, sans aucun doute, perdu d'avance.

— C'est ma préférée aussi, dit Violette. C'est de Don Maitz et ça s'appelle *Trouver le courage*. C'est à peu près ce que j'ai ressenti le jour où ma mère est morte – j'étais complètement débordée par les dragons autour de moi.

Il y eut un long silence. Charlie, ne sachant que dire, jeta un coup d'œil à Théodore ; mal à l'aise, son camarade regardait autour de lui.

— Désolé, Violette, dit enfin Charlie. Ce doit être terrible.

— C'était il y a longtemps, fit-elle d'une petite voix. Je crois que c'est pour ça que j'aime autant dessiner des dragons. Ce sont des bêtes diaboliques, qui risquent de surgir à n'importe quel moment... Avec des crayons, je peux les contrôler. Je leur fais faire ce que je veux, pas le contraire. J'ai passé trop de temps à me sentir seule et vulnérable, conclut-elle en souriant.

— Je comprends ce que tu veux dire, approuva Charlie, qui lui rendit son sourire.

— Moi aussi, acquiesça Théodore à voix basse.

Brusquement, Charlie se rendit compte qu'il s'était trompé sur toute la ligne. Le lien indéfectible qui unissait tous les apprentis de l'École, ce n'était pas le Don, c'était la solitude.

— Faisons un pacte, déclara finalement Violette. Promettons-nous de toujours nous entraider tous les trois. Comme ça, on ne sera plus jamais seuls.

Elle tendit la main. Après un court instant, Charlie posa la sienne dessus.

— Promis, fit-il.

— Promis, répéta Théodore qui joignit sa main aux leurs. Et soit dit en passant, je suis sûr que je pourrais battre ce dragon sur l'affiche.

— Bien sûr que oui, dit Charlie tout sourires.

Soudain, un passage se matérialisa dans la cabine et Mme Brazenhope traversa précipitamment.

— Venez avec moi sur-le-champ, ordonna-t-elle à Charlie. J'ai bien peur que quelque chose de grave ne soit arrivé. Vous devez vous préparer. Ça risque de ne pas être très agréable.

Vu du dehors, le modèle 3 semblait intact. À l'intérieur, cependant, c'était une autre histoire. Le papier peint, en lambeaux, pendouillait des murs. Des éclats de verre jonchaient la moquette déchiquetée et l'on devinait par endroits le contreplaqué en dessous. Le réfrigérateur était renversé, son contenu éparpillé sur le sol de la cuisine – ketchup, cornichons, œufs et anchois formaient une mixture peu ragoûtante.

Ce n'était pas une scène de crime, mais un champ de bataille.

— Où sont mes parents ? gémit Charlie, qui fouillait les lieux d'un regard consterné.

— On les a enlevés, dit Mme Brazenhope. Suivez-moi.

Elle emmena Charlie à l'étage. Rex, Tabitha et Pinch fermaient la marche, faisant tanguer la rampe disloquée de l'escalier. Des fragments de verre crissaient sous leurs pieds.

Charlie aperçut le message dès qu'il entra dans son ancienne chambre. Sur le molleton qui recouvrait les murs, quelqu'un avait écrit ces quelques mots :

RENDS-MOI L'ARTEFACT
ET TES PARENTS VIVRONT

De grandes lettres que l'on avait barbouillées avec un liquide rouge foncé... Du sang ?

— Tes parents servent de monnaie d'échange, expliqua Mme Brazenhope, pour te forcer à dérober le bracelet à la Division Cauchemar et le rapporter à Barakkas.

— Mais alors, qu'est-ce qu'on va faire ? balbutia Charlie. On doit absolument réagir.

— On va trouver une solution, lui assura Rex. On va les retrouver et les sortir de là.

— Comment ? demanda Charlie qui commençait à perdre pied. Et s'il les tuait ?

— Calmez-vous, lui ordonna Mme Brazenhope. Un passage vers le Cercle Intérieur est bien la dernière chose dont nous ayons besoin en ce moment. Nous sommes hors de portée du rayonnement de l'École.

Charlie inspira à fond pour tenter de retrouver son sang-froid.

— Promettez-moi qu'il ne leur arrivera rien !

— Je vous promets que nous ferons l'impossible, jura Mme Brazenhope.

— Ce n'est pas du tout la même chose ! Si vous ne pouvez pas me promettre de les sauver, alors nous devons rendre le bracelet à Barakkas !

— Hors de question, rétorqua Pinch. Cet artefact ne quittera pas l'enceinte de la Division Cauchemar.

— Ça m'écorche les lèvres de le dire, mais Pinch a raison, fit Rex. Quand Barakkas tient autant à quelque chose, c'est bien trop risqué de lui donner gain de cause.

— Mais à quoi peut bien servir ce bracelet ? s'enquit Charlie.

— Il lui sert au moins à communiquer avec les autres Élus, chose que nous ne pouvons pas cautionner, quels que soient les enjeux, expliqua le barbu.

Charlie s'éloigna, totalement abasourdi. Un flot de souvenirs lui revint tandis qu'il déambulait dans la maison dévastée. Accrochée au mur, une dinde de Thanksgiving faite à partir d'une empreinte de sa main lorsqu'il avait cinq ans. Il éprouvait presque la sensation de la peinture froide et visqueuse sur sa paume. Sa mère était venue assister la maîtresse à l'école ce jour-là. Elle venait souvent en fait, juste pour « s'assurer que tout allait bien ».

Eh bien, tout foutait le camp, à présent.

Une créature venue d'ailleurs avait saccagé son foyer et retenait dans une contrée effrayante les deux êtres qu'il aimait le plus au monde... tout ça, parce qu'il avait reçu un Don qu'il était incapable de contrôler !

Ce n'était pas un Don mais une malédiction. Et il ne le supportait plus.

Sur la table de la cuisine, une grande enveloppe kraft portant la mention « Charlie Benjamin, aux bons soins de l'École des Cauchemars » attira son attention. C'était une des enveloppes préremplies que Pinch avait données à ses parents pour qu'ils puissent échanger des nouvelles. Lorsque Charlie en vida le contenu, il découvrit un sachet de cookies maison aux pépites de chocolat et un mot qui disait : « Nous sommes très fiers de toi et nous t'aimerons toujours. Maman. »

Il y avait aussi une photo prise sur les montagnes russes surnommées Goliath. Charlie et son père souriaient jusqu'aux oreilles et, les bras en l'air, retenaient leur souffle en attendant le grand plongeon.

Au bas du cliché, son père avait inscrit de sa petite écriture caractéristique : « Les Benjamin regardent la peur en face ! » Et il concluait par : « Je t'aime, fiston. Fais attention à toi. »

Charlie éclata en sanglots.

— Hé, gamin, fit Rex en s'approchant.

Charlie essuya ses larmes ; tout un torrent menaçait à l'intérieur.

— Je sais que c'est un coup dur, mais on s'en sortira, je te promets.

— C'est une promesse impossible. On ne sait pas où ils se trouvent. On ne sait même pas ce qui peut leur arriver. On ne sait rien. Et tout ça, c'est ma faute.

— Tu as raison, approuva Rex contre toute attente. Si tu n'avais pas reçu le Don, on ne serait pas dans un tel pétrin. Alors on peut rester là à discuter et à se dire que la vie est injuste ou on peut utiliser ce Don pour récupérer tes parents.

— Je ne veux plus m'en servir. Si on m'avait Ratatiné, tout le monde serait content.

— Quelle bonne idée ! On va te transformer en neuneu et anéantir la seule chance qu'on a de ramener tes parents chez eux sains et saufs. D'ailleurs, je propose qu'on file directement à la Division Cauchemar pour t'enlever ce lobe frontal. Tu signeras l'arrêt de mort de tes parents, mais cela ne te fera ni chaud ni froid car tu seras trop bête pour t'en rendre compte. C'est ce que tu veux ?

— Tu sais bien que non, admit Charlie.

Il se tut un instant.

— C'est marrant, reprit-il en promenant son regard sur sa maison mise à sac, j'ai toujours rêvé de quitter cet endroit, de quitter mes parents, parce que j'avais l'impression qu'ils me couveraient jusqu'à ma mort. Mais là... j'ai juste envie d'être avec eux à nouveau.

— Je comprends ce que tu ressens. Mes parents étaient pareils. Ils ne sont plus de ce monde, mais de leur vivant, bon sang, j'ai jamais pu les empêcher de se faire du mouron. Ça me rendait fou.

— Tu les aimais ?

— Plus que tout. Parfois, dans des moments difficiles, je me revois petit garçon cloué au lit avec une fièvre de cheval, et je sens la main incroyablement rafraîchissante de ma mère sur mon front.

— Ouais, je vois ce que tu veux dire.

— Mes parents sont partis. Et vu où ils sont, ils ne se repointeront pas de sitôt. Tout ce qui me reste, c'est mes souvenirs. Mais tes parents... On peut les sauver, Charlie. Et on va y arriver. Tu dois juste me faire confiance.

— D'accord. Tu as un plan ?

— Bien sûr que j'en ai un ! Tu crois vraiment que je me lancerais dans un truc sans réfléchir ?

— Tu tiens à ce que je te réponde franchement ?

Rex sourit.

— Écoute, ça va pas être de la tarte. Et il faudra peut-être qu'on fasse des trucs pas très... catholiques.

— Je m'en fiche.

— Tu sais pas de quoi ils sont capables. Tu ne t'en ficheras peut-être pas sur le coup.

— Non, lui assura Charlie.

Rex le dévisagea.

— Je prends ça pour un vrai non, alors. Bon, écoute. Déjà, on se radine à l'École... Et après on file dans l'Outre-Monde.

— Pourquoi ?

— Les Sorcières, fit Rex. Les Sorcières du Vide.

CHAPITRE DOUZE

LES SORCIÈRES DU VIDE

— J e vais devoir rester ici combien de temps ? demanda le professeur Xix qui se frottait un œil avec les deux pattes avant.

— Je n'en sais rien, répondit Mme Brazenhope. Jusqu'à notre retour, si ça ne vous ennuie pas trop.

— Je ne vois pas très bien pourquoi la Gigarachnide fait partie de cette opération, grimaça Pinch en s'approchant d'eux. Qu'est-ce qu'elle a donc que nous n'avons pas ?

— *Il* n'est pas humain, rétorqua Rex. Et ça pourrait être utile là où on va.

— Et depuis quand dépendons-nous des créatures non humaines ?

— Depuis qu'on a découvert que les créatures *humaines* comme toi sont odieuses et nuisibles.

— On peut y aller, là ? les interrompit Charlie qui ne voulait pas attendre une minute de plus pour se lancer à la recherche de ses parents.

— Cet enfant a raison, renchérit Xix. Je suis parfaitement conscient des objections de Pinch quant à ma contribution à l'École des Cauchemars, mais ce n'est pas le moment d'en débattre.

— Ce sont plus que des objections, rétorqua le barbu d'un ton cassant. Je ne comprends pas pourquoi nous avons autorisé un ennemi à aller et venir librement dans ce joyau qu'est notre centre de formation.

— Parce que je lui fais confiance, répondit simplement Mme Brazenhope en rajustant sa robe. Le professeur Xix est un ami fidèle de notre famille depuis un grand nombre d'années, et un allié précieux, de surcroît. Et je souhaite qu'il en soit ainsi encore longtemps.

— En plus, je trouve qu'il est charmant, ajouta Tabitha avec un sourire. J'ai toujours été attirée par les hommes sombres et mystérieux.

— La flatterie mène à tout, ma chère, dit Xix.

— Ça me dégoûte, grogna Pinch.

— Sur ces belles paroles, déclara Mme Brazenhope, mettons-nous en route, voulez-vous ?

Elle esquissa un petit geste de la main et fit apparaître un passage au cœur de l'arène de Démonstrisation.

— Traversez, je vous prie, et restez sur vos gardes. Le Vide est tout sauf un endroit où l'on voyage à la légère.

Ils se retrouvèrent au beau milieu d'un champ de roseaux. Pourpres et recouverts d'une substance cristalline qui miroitait à la lumière rougeoyante de la colonne de feu, ils étaient si hauts que Charlie ne pouvait pas voir au-dessus.

— Soyez très vigilants, les avertit Mme Brazenhope qui se faufilait lestement entre les roseaux sur ses longues jambes agiles. Bien que ces tiges ressemblent à s'y méprendre à des végétaux, ce sont en fait des cheveux. Et extrêmement fragiles, avec ça. Si l'un d'entre eux se brise, on va... déguster.

— Qu'est-ce qui va se passer ? demanda Charlie qui fit un pas en avant.

Il reposa le pied à la base d'un épais cheveu et le sectionna net.

— Bien joué, gros malin, soupira Pinch.

En un clin d'œil, le champ se mit à vibrer frénétiquement, emplissant l'air d'une poussière transparente. L'atmosphère devint si dense que Charlie ne distinguait plus le bout de ses doigts.

— Ferme les yeux, vociféra Tabitha. Et ne les rouvre pas ou tu perdras la vue.

Charlie obéit. Trop tard ! Il sentait déjà comme des bris de verre sous ses paupières, et frotter celles-ci n'arrangeait rien. Il voulut appeler les autres à la rescousse ; plus aucun son ne sortait de sa gorge à cause de la poussière qui lui encrassait les bronches et l'empêchait de respirer.

— Couvre-toi le nez et la bouche avec ta chemise ! cria Rex qui devait se trouver quelque part sur sa gauche.

Charlie suivit son conseil. C'était mieux... mais pas encore ça.

Un hurlement strident retentit dans le ciel au-dessus d'eux, à mi-chemin entre les couinements d'un chat de gouttière et le crissement d'un ongle sur un tableau noir.

— Qu'est-ce que c'est ? balbutia Charlie.

— Les Sorcières, répondit Mme Brazenhope. Elles approchent.

— Je fais quoi ? s'écria-t-il, pris de panique.

— Rien. N'essayez pas de résister.

Les cris étaient si perçants que Charlie se demanda si son crâne n'allait pas exploser. On aurait dit que des centaines d'oiseaux battaient frénétiquement des ailes pour prendre leur envol. Une odeur de pourriture et de vomi le prit à la gorge et, soudain, des griffes lui labourèrent les épaules. On l'arracha sans ménagement à la terre ferme et il se retrouva dans les airs, ballotté aussi violemment que sur des montagnes russes emballées, emporté à travers les nues par des créatures qu'il ne pouvait ni voir ni même se représenter. Finalement, les griffes se desserrèrent et il atterrit sur une surface de roche dure.

Il se releva tant bien que mal, les joues baignées de larmes. Était-ce la peur ou la colère qui le faisait pleurer ? En fait, ni l'une ni l'autre – c'était le moyen le plus élémentaire que son corps ait trouvé pour laver ses yeux de cette maudite poussière.

Chose étonnante, la recette fonctionnait. En l'espace de quelques instants, il réussit à distinguer presque nettement le monde qui tournoyait autour de lui. Il s'essuya les yeux et devina les silhouettes toutes proches de Rex,

Tabitha, Pinch et Mme Brazenhope qui séchaient leurs larmes. Enfin, sa vue s'éclaircit assez pour qu'il profite du spectacle qui s'offrait à lui.

Et ce n'était pas très beau à voir.

Ils étaient dans les ruines d'une maison délabrée où vivaient ces créatures que le proviseur appelait les « Sorcières ». Elles devaient appartenir à la gent féminine – si tant est qu'une peau verdâtre et crevassée, une tignasse bleue et filandreuse et des ailerons cendreux recouverts d'écailles soient l'apanage des femmes. Leur bouche goulue était bardée de chicots aiguisés comme des lames de rasoir et elles portaient des robes déguenillées et crasseuses. Leur odeur était plus répugnante encore que leur apparence.

— Et voilà pourquoi on ne doit pas… casser… les cheveux, ânonna Rex.

La rapière de Charlie se mit à frémir d'un halo saphir.

— Conduisez-nous à la Reine, commanda Mme Brazenhope à la créature la plus proche.

— En quel honneur ? s'enquit cette dernière d'une voix râpeuse.

Tout se passa si vite que Charlie se demanda si les images qui venaient de défiler devant ses yeux étaient bien réelles. Mais force était de constater qu'une demi-seconde plus tard, celle qui avait osé répondre au proviseur n'était plus qu'un petit tas de viande tressaillant d'où suintait un liquide noirâtre et purulent.

Mme Brazenhope baissa la longue baguette de métal qu'elle avait déployée comme par magie et l'essuya sur la robe de la défunte sorcière. Finement ciselé de runes, l'objet émettait une lueur bleu électrique bien plus vive que celle de la rapière de Charlie. Le proviseur secoua le poignet et la baguette se rétracta pour ne plus mesurer qu'une trentaine de centimètres.

— Waouh ! s'exclama Charlie.

Sans lui prêter attention, Mme Brazenhope glissa la baguette dans un des plis de sa robe et posa son regard sur un autre spécimen.

— Bon, fit-elle, nous aurons peut-être plus de chance avec vous. Conduisez-nous à la Reine.

La Sorcière hésita, dévisageant le proviseur. Elle tourna brusquement les talons et s'engagea dans un couloir sombre en traînant les pieds.

Mme Brazenhope lui emboîta le pas.

— En route !

La Reine des Sorcières était la créature la plus laide que Charlie avait jamais vue, même si l'intéressée ne partageait pas son opinion. Juchée au sommet du grand escalier délabré d'une salle de bal dont elle avait fait ses appartements, elle admirait ses ongles noirs excessivement longs et torsadés. Puis elle renifla ses aisselles, se délectant manifestement du fumet qui s'en dégageait. Sa robe en haillons était encore plus crasseuse que celles de ses suivantes.

— J'apprends que vous avez tué une de mes filles, croassa-t-elle en volant tranquillement vers eux.

— Ouais, c'est regrettable, répliqua Rex, mais elle refusait de nous mener jusqu'à vous et on ne supportait pas d'être privés une minute de plus du spectacle de votre beauté.

La Reine s'esclaffa. Les rares cristaux qui ornaient encore les lustres tintèrent sinistrement sous l'effet de sa voix stridente.

— Vous êtes un beau parleur ! s'exclama-t-elle.

— Non, juste un type qui sait apprécier… l'exotisme, répondit le cow-boy, souriant de toutes ses dents.

— Incorrigible, avec ça. Bien. Quel bon vent vous amène aux portes de la mort ?

— Nous avons besoin d'une Ombre, expliqua Mme Brazenhope.

— Une *Ombre*, roucoula la Reine. Quelle requête extravagante. Pour qui, je vous prie ?

— Cet enfant.

La Reine se tourna vers Charlie et le toisa des pieds à la tête. Elle plissa les yeux.

— Il a quelque chose de spécial, pas vrai ?

Mme Brazenhope haussa les épaules.

— Ce n'est qu'un enfant.

— Ah, c'est fâcheux. S'il veut obtenir une Ombre, il vaudrait mieux qu'il en vaille la peine. Que cherches-tu, mon enfant ?

— Mes parents, déclara Charlie, la gorge serrée.

Même à distance, l'haleine fétide de la Reine lui donnait des haut-le-cœur.

— Ah, les parents. Exquis. Tout à fait exquis.

Elle pourlécha ses babines bistrées avec une langue anormalement longue.

— Et qui va payer ?

— Moi, firent Rex et Tabitha de concert en s'avançant vers elle.

— Vous êtes tous si dévoués, observa la Reine qui papillonna paisiblement vers Rex en battant l'air de ses grands ailerons tannés. Mais je crois que ce beau mâle ici présent s'acquittera de la dette. Avez-vous quelque chose de goûteux pour moi ?

— Très certainement, lui assura le cow-boy, qui ne put réprimer un léger frémissement.

Voyant sa réaction, la Reine ferma les yeux et sourit, se délectant de l'aversion qu'elle lui inspirait.

— Laissez-moi réfléchir. Si vous voulez une Ombre pour aider le petit à retrouver ses parents, alors en échange, j'exige...

Elle rouvrit les yeux et fusilla Rex du regard.

— ... tes parents.

Elle se pourlécha à nouveau les babines.

— Quoi ? s'écria Charlie, perplexe. C'est impossible. Ses parents sont déjà morts.

La Reine rit.

— Le petit ne comprend pas ce que nous désirons. Ce dont nous nous nourrissons.

Charlie se tourna vers Rex.

— Que veut-elle dire ?

— Elles se nourrissent de souvenirs, gamin. Elles les aspirent de notre cerveau et se tapent un vrai gueuleton.

Et quand elles sont rassasiées, tu ne te souviens plus de rien.

— Tu ne peux pas accepter ! Tes souvenirs sont la seule chose qui te reste de tes parents.

— J'ai des photos, ainsi que des lettres. Ça fera l'affaire.

— Ce n'est pas pareil ! Tu m'as raconté que tu repensais à ta mère, dans les moments difficiles. Tu sais, la sensation de sa main sur ton front quand tu étais malade. Tout ça n'existera plus.

— Ça va, gamin, fit Rex en lui souriant doucement.

— Non !

Rex le repoussa pour se frayer un passage jusqu'à la Reine.

— Finissons-en, ma beauté.

Enveloppé dans ses ailes immenses, Rex se retrouva plaqué contre la chose qui voulait lui prendre sa famille. La Reine faisait deux bonnes têtes de plus que lui et il sentait l'étreinte de son corps sec et squameux contre son dos. Son odeur pestilentielle lui piquait les yeux et le faisait larmoyer.

— Merveilleux ! s'extasia-t-elle avant de darder sa langue serpentine.

Elle pencha la tête au creux de son épaule et lui léchouilla l'oreille. Rex sentit son estomac se soulever.

— Dis au revoir à Papa et Maman, croassa-t-elle juste avant de coller ses lèvres poisseuses sur son oreille pour y glisser la langue.

Rex la sentit se faufiler à l'intérieur de son crâne, dans les méandres de son cerveau, avide de souvenirs. La Reine commença à aspirer les plus récents – son père à l'agonie.

Ses dernière paroles : « ... mon grand gaillard. »
Envolées.

— Miam..., marmonna la Sorcière avant de puiser plus loin.

Rex portant un toast à ses parents pour leur quarantième anniversaire de mariage.
Envolé.

Une sortie en rafting sur la Kern lors de vacances en Californie et Rex qui se moquait de sa mère parce qu'elle criait comme une fillette.
Envolée.

Les innombrables fêtes de Noël et d'anniversaire, les cadeaux, les gâteaux, les décorations du sapin. Ses matchs de football, leur fierté après la victoire, leur réconfort après la défaite. Les heures passées à jouer au train électrique, à rigoler devant des films ou à pleurer la mort de leur chien Gus.
Envolés aussi.

Même la fraîcheur de cette main sur son front brûlant fut aspirée goulûment par la Sorcière et sa soif insatiable pour les joies et les peines des autres. Elle le relâcha et se lécha les lèvres comme un homme qui vient de s'empiffrer après des jours de privations.

— Délicieux, dit-elle. Des morceaux de choix.

Rex tomba à genoux sur les dalles fissurées de la salle de bal et Tabitha accourut pour le relever.

— C'est fini ? demanda-t-il, affaibli.

— Oui.

— Que voulait-elle ?

— Tes parents.

Il la regarda, l'air ébahi.

— Qui ça ?

Elle le soutint contre elle pendant que la Reine des Sorcières papillonnait à la rencontre du proviseur.

— Vous êtes satisfaite ? s'enquit Mme Brazenhope.

— C'était… un sacré festin, répondit la Reine avec un frémissement de plaisir. Vous avez droit à votre Ombre.

— Prenez bien soin de cet enfant, nous avons payé le prix fort. Au moindre faux pas, je tue chacune des créatures ici présentes, à commencer par vous.

— Je croyais que vous me trouviez irrésistible, croassa la Reine avec un sourire sinistre.

— Vous n'êtes qu'une crapule. Maintenant, remplissez votre part du marché.

La Sorcière se tourna vers Charlie, encore sous le choc après ce que Rex venait d'endurer.

— Viens, mon petit. Je vais te mener jusqu'au Labyrinthe des Gorgones.

— Qu'est-ce que je suis censé faire ? demanda-t-il à Mme Brazenhope.

— Suivez-la. Vous trouverez l'Ombre au bout du Labyrinthe. Maintenant, écoutez-moi bien, monsieur

Benjamin : ne regardez jamais les Gorgones dans les yeux. Si vous croisez leur regard, vous serez transformé en pierre sur-le-champ.

Charlie se souvint du pauvre bougre qu'il avait vu passer sur un brancard à l'École des Cauchemars, la peau aussi dure et blanche que du marbre. Et dire qu'hier encore il n'avait jamais mis les pieds à l'École. Il avait l'impression d'y avoir passé sa vie.

— Je serai prudent, lui assura-t-il. Mais qu'est-ce que je dois faire une fois que j'aurai trouvé l'Ombre ?

— Elle vous parlera. Ouvrez la bouche et laissez-la vous envahir. Elle se chargera du reste.

Charlie frémit. *Ouvrez la bouche et laissez-la vous envahir.* Il en avait autant envie que de se pendre.

— Et, monsieur Benjamin, dites-vous bien que dans une situation désespérée, vous ne serez jamais seul.

Elle le regarda droit dans les yeux.

— Oui, m'dame.

Passant à la hauteur de Rex, que Tabitha soutenait toujours, Charlie murmura :

— Je suis désolé, je ne voulais pas que tu renonces à tout ça pour moi.

— Que je renonce à quoi ? demanda le cow-boy.

C'était beaucoup trop dur à supporter pour Charlie. Il suivit la Reine dans l'obscurité.

Le Labyrinthe des Gorgones scintillait de mille feux, les cristaux qui recouvraient les murs luisaient de l'intérieur. Du rouge rubis côtoyait du bleu azur et du vert émeraude – des couleurs si chatoyantes qu'elles en étaient presque aveuglantes.

— Bonne chance, mon chou, dit la Reine des Sorcières, même s'il te faudra certainement plus que de la chance pour trouver ton chemin. Je suis certaine que tu rejoindras bientôt l'exposition permanente de « babioles » de mon Labyrinthe.

Elle se gaussa d'un rire suraigu.

Charlie rassembla tout son courage.

— Où est-ce que je peux trouver l'Ombre ?

Le visage de la Sorcière s'illumina.

— Petit insolent. Le proviseur m'avait pourtant affirmé que tu n'étais pas si spécial. Elle ment.

D'un battement d'ailes, elle s'envola dans le ciel.

— Laisse-toi guider par le vert.

Elle s'éloigna dans les airs, semant dans son sillage un nuage de poussière.

Charlie fit volte-face et pénétra dans le labyrinthe arc-en-ciel. Les murs étaient hauts, lisses et satinés – il n'y avait aucun moyen de jeter un coup d'œil par-dessus ni même de les escalader pour se repérer. Il se demandait à quoi pouvait bien ressembler l'Ombre et dans quelle mesure elle l'aiderait à retrouver ses parents. Le guiderait-elle là où ils étaient retenus, ou les lui amènerait-elle ? Il passa en revue les différentes options tout en s'enfonçant un peu plus dans les méandres, choisissant sa direction au hasard, toujours à l'affût de la moindre trace de vert. Après tout, c'était bien ce que la Reine lui avait dit, non ? Qu'il devait se laisser guider par le vert ?

Il arriva à une bifurcation et observa attentivement chacun des sentiers. Devant lui, une dominante de rouge chatoyant. À gauche, le bleu, somptueux, brillait comme un ciel d'été. À droite, le vert – profond et mystérieux comme la cité d'Émeraude du Magicien d'Oz. Il prit à droite, puis un autre tournant et tout à coup il poussa un hurlement.

Devant lui, un homme brandissait une lance, la tête rentrée dans les épaules, recroquevillé sur lui-même, le visage figé dans une expression d'effroi. Il était tout de pierre – un marbre blanc et pur qui reflétait les lueurs vertes des murs. Une fois remis de ses émotions, Charlie examina le malheureux de plus près. Ce n'était pas une statue, il en était sûr. Les détails étaient d'un réalisme déconcertant, chaque pore de la peau, chaque poil de la barbe étaient sculptés dans la pierre avec une extrême minutie. Et ce rictus... il était si épouvantable, si réel, si criant de vérité...

Pourtant, aucun son ne sortait de sa bouche. Il avait été pétrifié par une Gorgone après avoir croisé son regard et il faisait maintenant partie de l'exposition permanente de « babioles » de la Reine des Sorcières.

« Mais comment lutter contre les Gorgones si je ne peux même pas les regarder ? » pensa Charlie.

Il eut à peine le temps de réfléchir à une solution qu'il perçut des sifflements qui se réverbéraient sur les murs. D'où provenaient-ils ? De devant, de derrière ?

De la gauche, de la droite ? De toutes ces directions à la fois ? Plus Charlie avançait, plus les sifflements étaient forts et distincts, et il comprit enfin ce qui faisait ce bruit.

Des serpents. Des centaines de serpents. Des *milliers* même.

Les pensées se bousculaient dans son esprit et il manqua de trébucher sur une autre statue – une femme étendue sur le dos, terrorisée par quelque chose au-dessus d'elle. Les sifflements, insupportables, bourdonnaient à ses oreilles comme la neige sur un écran de télévision. Les murs du labyrinthe étaient d'un vert immaculé maintenant et s'il ignorait où se trouvait l'Ombre, il savait cependant qu'il s'en rapprochait à grands pas.

Il jeta un coup d'œil à droite et, à sa grande stupeur, il vit sa première Gorgone.

Elle était de l'autre côté d'un mur de cristal transparent. Il ne la regardait pas directement – et c'était d'ailleurs ce qui l'avait sauvé. Les Gorgones, comme les Sorcières, étaient d'imposantes créatures humanoïdes, dont la chevelure était constituée de serpents qui sifflaient sans relâche.

La Gorgone était suivie de près par une autre créature de son espèce.

Et encore une autre.

— De la chair fraîche…, siffla l'une d'elles. Fraîche et tendre…

Elles l'encerclaient de toutes parts et Charlie commença à paniquer. Comment allait-il se tirer d'affaire ? Il se remémora alors les dernières paroles du proviseur.

Vous ne serez jamais seul.

Il ferma les yeux, étendit la main droite et tenta pour la première fois de sa vie, et sans l'aide de quiconque, de créer un passage en étant éveillé. Faisant abstraction du concert de sifflements, il se représenta l'arène de Démonstrisation. Elle apparut distinctement dans son esprit, ainsi que tous les endroits par lesquels il avait traversé et retraversé – le Grand Conseil, la salle de cours de Tabitha, le repaire de Barakkas.

Il focalisa son attention sur l'arène.

Il vit les bancs de pierre érodés et sentit l'odeur crayeuse du sol. Une fois sa destination en tête, il se concentra sur la peur, cette peur toute personnelle qui semblait nourrir ses talents de Prestidigipasseur.

« Si j'arrive à trouver l'Ombre et à la laisser prendre possession de moi, ça fera ça de plus à mon palmarès de déjanté », se dit-il.

S'il ne voyait pas les Gorgones, il les entendait. Pire, il les sentait. Elles exhalaient une odeur de feuilles mortes et de terre, comme celle des abris sombres et frais où se réfugient les serpents pour échapper à la chaleur, qui lui donnait des haut-le-cœur.

« Pierre par pierre, s'intima-t-il, je construis un mur autour de moi. Bientôt, je serai coupé du reste des novices. Je serai intouchable. Je serai seul. »

Seul.

Le déclic.

Aussi sûrement qu'une clef ouvre une porte, Charlie canalisa sa peur jusqu'à ce qu'un passage s'ouvre sur l'arène de Démonstrisation, alors que les Gorgones n'étaient plus qu'à un mètre de lui. Le professeur Xix était là, attendant patiemment sur ses huit pattes géantes.

— Ah ! Ce n'est pas trop tôt ! s'écria-t-il.

— Vous pouvez m'aider ? demanda Charlie, les yeux toujours clos.

— Affirmatif, répondit Xix en analysant la scène. Des Gorgones. Excellent. J'avais justement besoin d'un réassort. Il y a toujours un ou deux apprentis Démonstriseurs assez bêtes pour aller jeter un coup d'œil aux Gorgones, malgré mes mises en garde, et je suis bien obligé de leur couper la tête pour ramener les novices à la vie. Ça fait des ravages dans mon stock. Ne rouvre pas les yeux, Charlie, tant que je ne t'aurai pas donné mon feu vert.

Aveugle à ce qui se passait, Charlie tendait l'oreille. Et dans le tumulte de sifflements hystériques, il perçut comme le bruissement d'un fil de pêche, suivi d'un bruit sourd.

« Il les enveloppe d'un cocon », se dit-il avec une joie sinistre.

De temps à autre, les poils drus des pattes de Xix lui chatouillaient le visage. Enfin, comme par enchantement, les sifflements se turent.

— Tu peux rouvrir les yeux, lui déclara le professeur. Avec précaution, Charlie obtempéra. Il était encerclé de cocons d'araignée encore frémissants. Une bonne vingtaine de Gorgones étaient totalement pelotonnées.

— Belle pêche, siffla l'araignée gaiement. Je suis tranquille pour un bout de temps. C'est un des avantages de ne pas être humain : les regarder ne me fait rien.

— Merci, bredouilla Charlie.

— À ton service, répliqua la Gigarachnide qui finissait de transporter les créatures prises au piège du Labyrinthe vers l'arène. Je ne sens plus aucune Gorgone dans les environs, la voie est libre. Tu peux refermer le passage.

— OK.

Il fallait une sacrée dose de courage pour se laisser volontairement coincer dans l'Outre-Monde et tirer un trait sur l'unique issue de secours. Charlie serra les dents puis referma le passage.

Et il s'enfonça un peu plus dans le dédale.

Les murs de cristaux verts brillaient avec une intensité aveuglante. Tout à coup, Charlie s'arrêta net, il crut entendre sa mère.

— Charlie... Où es-tu, mon chéri ?

— Maman ! s'écria-t-il en pressant le pas, guidé par le son de sa voix.

Il arriva à un tournant et vit sa mère adossée au mur d'une impasse.

— Te voilà enfin, tu m'as retrouvée.

— Maman, c'est toi ?

Il brûlait de la serrer dans ses bras – mais ça ne pouvait pas être sa mère, c'était impossible. Qu'est-ce qu'elle pouvait bien fabriquer au fin fond du Labyrinthe des Gorgones ?

— Bien sûr que oui, lui assura Olga.

À cet instant, un phénomène étrange se produisit.

Son image se flouta dans une lumière chatoyante et elle disparut, comme aspirée par la volute de fumée noire qui ondoyait maintenant à sa place et se détachait nettement sur les murs émeraude.

La fumée se densifia et Barrington apparut.

— Bonjour, fiston, dit l'entité qui avait pris l'apparence de son père. Ce serait tellement bien d'être de nouveau ensemble.

Charlie s'avança prudemment vers cette chose non identifiée et tendit le bras pour la toucher. Sa main passa au travers et l'image de son père se volatilisa aussitôt dans un tourbillon de fumée noire.

— C'est vous, l'Ombre ? demanda Charlie.

Pas de réponse.

— Vous pouvez m'aider à retrouver mes parents ?

Toujours pas de réponse.

Il repensa aux recommandations du proviseur.

Ouvre la bouche et laisse-la t'envahir. Elle se chargera du reste.

Charlie ouvrit la bouche.

Peu à peu, le nuage noir prit une forme tubulaire et s'introduisit dans sa gorge. Un frisson lui parcourut le corps à mesure que les volutes cendrées s'infiltraient dans ses moindres recoins – de son cœur à ses poumons, jusqu'à son petit orteil.

Puis la sensation de froid s'estompa, comme si elle n'avait jamais existé. Mais l'Ombre qui ondulait devant lui quelques minutes auparavant avait disparu.

À l'intérieur de Charlie.

CHAPITRE TREIZE

LE CHEMIN DE L'OMBRE

Après plusieurs tentatives infructueuses Charlie réussit à ouvrir un passage vers l'arène de Démonstrisation où l'attendaient, à son profond soulagement, Rex, Tabitha, Pinch et Mme Brazenhope.

— Tu as réussi ! hurla Tabitha en le serrant fort dans ses bras. Tu n'as rien ?

— Pas une égratignure. Où est le professeur Xix ? Je voudrais le remercier.

— Oh, on dirait un gamin le matin de Noël, ricana Rex. Il fait déjà mumuse avec sa nouvelle moisson de Gorgones. On ne risque pas de le revoir de sitôt.

— Avez-vous trouvé l'Ombre ? demanda Mme Brazenhope.

Charlie opina.

— Et vous l'avez avalée ?

— C'était tout froid, précisa-t-il.

— J'ai entendu dire que c'était normal, même si je n'en ai jamais fait personnellement l'expérience. Elles sont extrêmement rares et puissantes.

— À quoi servent-elles, au juste ? l'interrogea Charlie.

Elle esquissa un sourire.

— Suivez-moi dehors, je vais vous montrer.

La brise tropicale sur son visage lui fit l'effet d'une caresse – une sensation si agréable après un séjour prolongé dans l'Outre-Monde. Charlie savoura la douceur de l'atmosphère et inspira une grande goulée d'air qui le réchauffa de l'intérieur.

— Vous voyez le soleil ? dit Mme Brazenhope qui montrait l'astre du doigt.

Charlie tourna la tête. Le soleil déclinait dans le ciel à l'ouest juste derrière lui.

— Maintenant, regardez votre ombre.

Charlie regarda devant ses pieds, par réflexe. Il ne vit rien.

— Hein ?

— Cherchez bien.

Charlie tourna la tête encore une fois et découvrit que son ombre s'étirait derrière lui : elle pointait dans la direction du soleil.

— Mais c'est impossible. Une ombre ne va pas vers le soleil, elle est censée s'en éloigner.

— Sauf que ce n'est pas votre ombre. La vôtre a disparu. Elle a été remplacée par *cette* Ombre et *cette* Ombre pointera toujours en direction de ce qui vous est le plus cher – en l'occurrence, vos parents. Elle nous guidera droit vers eux.

— Super ! Allons-y. Il faut partir à leur recherche avant la tombée de la nuit.

— Tu es sûr d'être prêt pour ça ? s'inquiéta Tabitha. Tu viens de traverser une rude épreuve.

— Mes parents en traversent une bien plus rude. J'ignore ce qu'ils endurent au juste, mais je sais qu'au mieux c'est insupportable.

— Bien, déclara Mme Brazenhope. Votre Ombre pointe vers l'ouest. Nous allons donc suivre cette direction et nous ajusterons notre cap en fonction de ses indications jusqu'à ce que l'on définisse leur position exacte.

Elle ouvrit un passage.

— Allons-y.

Après une brève halte dans un paysage désolé de l'Outre-Monde, le proviseur rouvrit un passage sur Terre et ils se retrouvèrent dans le lit d'un ravin poussiéreux truffé de cactus et d'armoise. Au loin, on distinguait des ruines au pied d'une pyramide branlante. Des hommes à cheval affublés de sombreros pour se protéger du soleil brûlant ramenaient un troupeau de bétail vers le village décrépit.

— Nous sommes au Mexique, expliqua Mme Brazenhope. Ce sont les ruines de Cholula. Une cité magnifique avant que le conquistador Cortés ne la ravage. Je pensais qu'avec un peu de chance nous trouverions nos otages par ici.

Elle jeta un coup d'œil à l'Ombre qui pointait toujours vers l'ouest, droit sur le soleil.

— J'ai comme l'intuition qu'on n'est pas allés assez loin, observa Charlie.

— En effet, approuva-t-elle. Continuons.

Après un nouveau tour dans l'Outre-Monde, elle rouvrit un passage sur Terre et ils se retrouvèrent sur une plage, au beau milieu de centaines de touristes qui surfaient sur les vagues et se prélassaient sous des parasols. Des hôtels majestueux se dressaient en bordure du littoral et une odeur d'huile de coco, de crème solaire et d'iode les prit à la gorge.

— Bienvenue à Hawaii, carillonna Mme Brazenhope, sur l'île d'Oahu, pour être exacte. Légèrement surpeuplée à mon goût, mais il en faut pour tout le monde, n'est-ce pas ? Bon, que dit l'Ombre à présent ?

Charlie regarda à ses pieds.

— On doit continuer vers l'ouest.

— Très bien. Auriez-vous l'obligeance de nous ramener dans l'Outre-Monde ?

— Moi ? fit-il, un brin angoissé.

— Vous êtes bien un Prestidigipasseur, n'est-ce pas ?

— Voui, mais ce serait plus rapide si vous vous en chargiez.

— J'en conviens. C'est la raison pour laquelle je n'ai pas besoin de pratique. Allez-y, je vous prie.

— D'accord, dit-il en fermant les yeux.

Il leva la main droite et essaya de faire abstraction des rires et des cris, ce qui n'était pas si aisé.

— Je ne sais pas si je vais y arriver, finit-il par admettre. J'ai l'impression que tout le monde me regarde.

— Ce n'est pas qu'une impression, murmura Tabitha à son oreille. Sers-toi de ça, exploite ce malaise pour accéder à ta peur.

— Je craignais justement que tu me dises un truc de ce genre, maugréa-t-il en suivant néanmoins son conseil.

Il imagina des centaines de paires d'yeux rivées sur lui, le raté de la plage, qui attendaient patiemment qu'il échoue misérablement...

Ironie du sort, c'est en se servant de la peur de l'échec que Charlie réussit. Des flammèches violettes se mirent à danser sur son corps et un passage se matérialisa avec un petit bruit sec.

— Excellent, observa Mme Brazenhope. Vous progressez à vue d'œil.

Sur ce, la troupe regagna l'Outre-Monde.

— Pouah, des Gremlins, pesta Mme Brazenhope avec une mine dégoûtée.

Ils étaient cernés par des centaines et des centaines de petites créatures aux feulements suraigus qui s'entassaient dans cette partie de l'Outre-Monde à la manière des baigneurs sur la plage d'Oahu.

— Pinch, vous avez votre portable ?

— Bien sûr. Cependant, je crains qu'il n'y ait pas de réseau, par ici.

— Donnez-le-moi, je vous prie.

Le barbu lui tendit son téléphone.

— Tenez, mais, comme je vous l'ai dit, vous ne capterez rien avant de retraverser sur...

Stupéfait, Pinch vit Mme Brazenhope envoyer valser l'appareil aussi loin qu'elle le put. Les Gremlins se ruèrent avidement dessus en se battant comme des chiffonniers pour obtenir une bouchée de charge électrique.

— Hé ! brailla Pinch.

— Ils sont attirés comme des mouches, dit-elle. Et comme les mouches, je les trouve particulièrement agaçants. Ce petit amuse-gueule devrait les occuper quelques minutes.

— Mais c'était mon portable, grommela le Facilitateur.

Tandis qu'il bougonnait, Tabitha demanda à Charlie :

— Nous sommes dans le Premier Cercle. Pourquoi as-tu choisi cet endroit ?

— Je ne l'ai pas vraiment fait exprès, avoua-t-il en haussant les épaules, je voulais juste ne pas aller trop loin... là où il y a tous ces trucs horribles.

— Tu commences à te contrôler, dit-elle avec un grand sourire. C'est impressionnant en si peu de temps.

— Bah, c'est pas grand-chose, rétorqua Charlie, qui rougit de fierté.

— S'il vous plaît ? demanda Pinch en s'avançant. Pourrait-on sortir de là avant que les Gremlins me fassent les poches ?

— Si vous insistez, répondit Mme Brazenhope.

Elle rouvrit un passage et ils décampèrent.

211

Ils retraversèrent, en Chine cette fois, et se retrouvèrent enfoncés jusqu'aux genoux dans une rizière. Des paysans, trop occupés à leur récolte, ne les remarquèrent même pas.

— Berk, gémit Tabitha. Vous auriez pu nous prévenir.

— Ça va sécher, ironisa Mme Brazenhope. Qu'est-ce que ça dit, monsieur Benjamin ?

Charlie regarda autour de lui.

— L'Ombre pointe vers le sud. J'imagine qu'on est suffisamment à l'ouest maintenant.

— Bien. Il y a du progrès.

D'un geste de la main, elle les rapatria dans l'Outre-Monde puis, par un autre passage, les fit retraverser dans une rue animée. Un klaxon braillard retentit.

— Attention ! s'écria Rex.

Ils bondirent sur le côté, évitant de justesse un bus lancé à toute allure.

— Ah, la jolie ville de Perth ! s'exclama Mme Brazenhope. J'ai toujours aimé l'Australie. Sans doute parce que, enfant, je voulais un kangourou. Je m'imaginais vivre dans sa poche, bien au chaud et en sécurité, tandis qu'il m'emmènerait d'un endroit à un autre en sautillant. Je l'aurais appelé Monsieur Câlin.

— On en sait presque trop, là, marmonna Rex.

— Quel ronchon, le taquina-t-elle.

— Excusez-moi de vous interrompre, dit Charlie en observant l'Ombre qui pointait vers le nord, mais on est allés trop loin.

— Intéressant, observa Mme Brazenhope. Nous cherchons donc un endroit au sud de la Chine et au nord de l'Australie. Des idées ?

— Il n'y a rien, là-bas, remarqua Rex. À part l'océan.

— Rien, en effet, hormis les milliers d'îles de l'Indonésie et des Philippines, objecta Pinch, sarcastique.

— Tiens, tiens, on ne m'avait pas prévenu que monsieur Je-sais-tout était du voyage. La géographie a jamais été mon domaine de prédilection.

— Parce que tu as vraiment un domaine de prédilection ?

— Oui, distribuer des claques aux Facilitateurs. J'ai toujours été très doué pour ça.

— Cette violence verbale est tout à fait déplacée ! s'écria Pinch.

— Est-ce qu'on pourrait se concentrer sur mes parents, s'il vous plaît ? intervint Charlie. Je suis sûr qu'ils sont morts de peur à l'heure qu'il est.

— Tout à fait, renchérit Mme Brazenhope. Nous cherchons un endroit isolé, probablement sous terre, invisible.

— Bornéo, peut-être, proposa Tabitha. C'est isolé.

— Très juste, mais ce n'est pas assez lugubre. Verminion a toujours eu un goût prononcé pour le tragique.

— Krakatoa ! s'exclama Charlie.

Tout le monde se tourna vers lui.

— Pourquoi pas l'île de Krakatoa, sous le volcan ? Ma mère m'en a parlé en leçon de géographie. C'est isolé, caché, et complètement lugubre.

— En effet, approuva Mme Brazenhope. Vérifions si tu as raison.

Elle ouvrit immédiatement un passage et ils s'y engouffrèrent.

Sans s'attarder dans l'Outre-Monde, le proviseur ouvrit un autre passage qu'ils empruntèrent sur-le-champ, pour se retrouver au bord du volcan le plus célèbre du monde, faisant fuir un troupeau de chamois effarouchés. L'énorme cavité au centre du cratère s'étirait à perte de vue et de la vapeur s'échappait par de petits orifices dans la roche cendreuse.

— Le Perbuatan. Sa dernière éruption remonte à 1883 mais cela ne veut pas dire qu'il est endormi. Dans quelle direction pointe l'Ombre ?

— Vers le bas, répondit Charlie en montrant du doigt le cœur du volcan qui s'ouvrait sous leurs pieds.

— Excellent, nous y sommes. Maintenant, comme nous ne connaissons pas la position exacte de vos parents, je vais ouvrir une série de passages. Pas question de traverser, cependant, tant que nous ne les aurons pas clairement identifiés.

— Et ensuite ? demanda Charlie.

— On va pouvoir s'amuser un peu, sourit Rex. On va se battre.

— Tenez-vous prêts, les exhorta Mme Brazenhope. On va commencer.

Ils retournèrent dans l'Outre-Monde, où le proviseur ouvrit un premier passage vers les grottes, par lequel ils virent une galerie gigantesque de la taille d'un tunnel, taillée à même la roche. De la lave s'écoulait dans une tranchée à droite, où baignaient des Outre-Créatures dans un halo rouge feu. Charlie recensa des dizaines d'Alumignobles, tous de Catégories 4 et 5, et deux fois plus de Gigarachnides qui allaient et venaient frénétiquement dans la lumière diffuse.

— Oh, mon Dieu…, souffla Tabitha en reculant. Il y en a des millions.

— On a trouvé leur ruche, s'écria Rex. C'est la base de Verminion. C'est ici qu'il assemble son armée.

Une à une, les créatures se figèrent sur place à la vue du passage béant.

— Vos parents, s'enquit Mme Brazenhope, vous les voyez ?

Charlie balaya la grotte du regard.

— Non.

— Alors continuons.

Voyant les créatures fondre sur eux, elle referma le passage brutalement et en ouvrit un autre presque aussitôt dans les entrailles du volcan.

— Dépêchez-vous. Nous devons nous hâter à présent qu'ils nous ont repérés.

Charlie jeta un coup d'œil par le passage et aperçut un lac de lave scintillant parsemé de rocs qui surnageaient à la surface comme de petites croûtes. Il était si vaste que les créatures qui le survolaient semblaient minuscules. Il y avait surtout des Sorcières, mais aussi d'autres spécimens – des monstres que Charlie n'avait

jamais vus, des gros moustiques dotés de trompes démesurément longues, parfaites pour vous transpercer l'épiderme et vous sucer le sang.

— Waouh ! s'exclama-t-il. Cet endroit est énorme.

Les créatures tournèrent la tête, avisèrent le passage... et se mirent à vrombir dans leur direction.

— Monsieur Benjamin, vociféra Mme Brazenhope
pour tirer Charlie de sa rêverie. Vous les voyez ?

— Euh... non.

— Alors continuons.

Elle ferma le passage et en ouvrit un autre.

Celui-là donnait sur une gigantesque grotte de la taille
d'un stade. De la lave bouillonnait dans des mares
éparses et cascadait des murs raboteux en ruisseaux
ardents. Avec ces veines rougeoyantes, la grotte ressemblait à un être vivant, un organe qui battait à intervalles
réguliers, comme si elle constituait le cœur même du
volcan. Des ondes de chaleur faisaient miroiter l'air et
brouillaient les silhouettes des Outre-Créatures qui
voletaient dans ses recoins les plus sombres.

— Là-bas ! s'écria Rex, l'index pointé.

De l'autre côté de la grotte, Charlie aperçut ses
parents, pendus au plafond, emprisonnés dans le cocon
d'une Gigarachnide. Seule leur tête dépassait. Ils semblaient inconscients.

— Maman ! Papa ! hurla-t-il.

Les créatures firent volte-face.

— Bien joué, ricana Pinch.

— En avant ! brailla Mme Brazenhope.

Elle bondit à travers le passage et les autres la suivirent.

La chaleur de la lave s'abattit sur Charlie comme une enclume, absorbant la moindre molécule d'eau de son épiderme, le vidant de son énergie comme un vampire.

— Par là, beugla Rex qui défit son lasso tout en piquant un sprint à travers la grotte.

Il bondissait au-dessus des mares de lave et contournait les plus grosses. Mais c'est le proviseur qui surprit Charlie. En dépit de son âge, elle était d'une incroyable rapidité. Elle filait à la vitesse d'un guépard et enjambait les coulées de lave avec la grâce d'une gazelle.

Dans sa course, elle retira d'un des replis de sa robe bariolée la petite baguette qu'elle avait utilisée pour réduire la Sorcière en bouillie. Elle secoua le poignet, et la baguette télescopique se déploya jusqu'à atteindre la longueur d'une perche. Elle s'embrasa d'un bleu vif si intense qu'elle brillait comme une balise dans la brume vaporeuse.

— Attention ! hurla Pinch.

Charlie se retourna et vit des Gigarachnides se ruer sur eux de tous côtés.

— Des Catégorie 5 ! cria-t-il en comptant vite fait le nombre de pédoncules qui dansaient macabrement sur leur tête.

Rex fit volte-face et, dans un mouvement d'une fluidité irréelle, il fit claquer son lasso devant l'araignée la plus proche. La corde s'enroula autour des deux pattes antérieures de la créature, qui culbuta en avant et se retrouva sur le dos, exposant ses pédoncules délicats.

— Coupe-les ! ordonna Rex à Charlie. Avec ta rapière !

Sans réfléchir, Charlie sortit son épée et trancha net les cinq pédoncules.

L'araignée poussa un cri perçant et se remit sur ses pattes, avant de basculer dans une mare de lave, où elle grilla dans un nuage de fumée.

— Joli travail, gamin. Allez, plus qu'un million à tuer. Enfin... neuf cent quatre-vingt-dix-neuf mille neuf cent quatre-vingt-dix-neuf.

De son côté, le proviseur taillait en pièces les Gigarachnides qui osaient s'aventurer vers elle. Elle faisait sans cesse tournoyer sa perche de métal comme la lame d'un robot mixeur, laissant dans son redoutable sillage un tas d'araignées démantibulées. Des gerbes de liquide purulent fusaient en tous sens et des touffes de poils drus voletaient dans l'air.

— Waouh, souffla Charlie, impressionné.

— Je sais, fit le cow-boy, elle est ridicule, hein ?

— Attention ! cria Pinch en jetant des regards éperdus à la déferlante d'Outre-Créatures qui approchaient. Elles sortent de partout !

— Laisse-les venir, répliqua Rex en montrant les dents.

Si le Démonstriseur paraissait confiant, Charlie, lui, commençait à douter sérieusement. Ils auraient beau tuer quelques monstres – peut-être même beaucoup –, ils ne parviendraient jamais à décimer la horde. Des centaines de bêtes féroces fonçaient sur eux comme un nuage noir. Certaines volaient, d'autres filaient sur leurs pattes, d'autres ondulaient comme des serpents, mais elles progressaient toutes à une allure vertigineuse.

— Tabitha, ouvre un passage ! commanda Mme Brazenhope tout en fendant le crâne d'un Crachacide. Ils sont trop nombreux. Nous devons battre en retraite.

— Mais mes parents ! s'écria Charlie.

— Elle a raison, gamin, beugla Rex à son tour. C'est pas quand on sera entre quatre planches qu'on pourra les aider.

À cet instant, un rire retentit. Rauque... profond... primal – ce rire devait provenir d'une chose cruelle et féroce pour trouver le massacre imminent aussi... amusant.

Charlie se retourna. Une bête titanesque apparut dans la grotte sur six pattes longues et osseuses. Comme la plupart des créatures de l'Outre-Monde, le monstre était une version démente d'un animal familier – dans ce cas précis, un crabe. Il écartait ses deux énormes pinces et les refermait dans un concert de claquements assourdissants. Elles saillaient d'un corps gris et cartilagineux en forme de soucoupe, veiné d'ambre éclatant. Sa tête de gargouille sortait de sa carapace et ses yeux rouges ne cillaient pas.

— Bienvenue, proviseur, s'écria le crustacé avec un grand sourire, en ponctuant sa phrase d'un effroyable claquement de pinces.

— Bonjour, Verminion, répondit Mme Brazenhope.

CHAPITRE QUATORZE

VERMINION LE FOURBE

— Hors de ma vue ! commanda Verminion à ses créatures.

Elles reculèrent instantanément et se replièrent dans les recoins les plus sombres de la grotte.

— C'est donc là que vous vous terriez ces vingt dernières années, observa Mme Brazenhope. C'est douillet.

— Ce n'est pas tout à fait le luxe auquel je suis habitué.

— Alors pourquoi ne pas retourner dans votre palais de l'Outre-Monde ? Je serais ravie de vous y raccompagner.

— Je n'en doute pas une seconde. Malheureusement, ma mission requiert ma présence sur Terre. Avez-vous le bracelet de Barakkas ?

Le bracelet.

Charlie remarqua à cet instant que Verminion portait un collier gravé de motifs rouges en tout point identiques à ceux du bracelet de Barakkas. Y avait-il un lien entre ces deux objets ? Était-ce l'un des Artefacts de l'Outre-Monde que Barakkas avait évoqués ?

— De quel bracelet parlez-vous ? demanda Mme Brazenhope d'une voix douce.

— Je vois, soupira Verminion. Vous voulez jouer à ce petit jeu ? Dommage. J'aurais beaucoup aimé rendre à ce petit ses parents en vie.

— De qui vous moquez-vous ? Vous les auriez laissés sains et saufs si Charlie vous avait apporté ce que vous vouliez ?

— Bien sûr.

Le proviseur sourit.

— C'est vrai que vous êtes la loyauté incarnée. Pourquoi le bracelet de Barakkas vous intéresse-t-il tant ?

— Il a demandé à ce que l'on me le confie.

— Vous espérez qu'il se fraye un chemin sur Terre, donc ?

— Tout juste, répondit Verminion, l'air détaché. Il se joindra à nous en temps voulu.

— J'aimerais beaucoup savoir comment. Il est reclus dans l'Outre-Monde et nous n'avons aucune intention de le faire traverser.

— Autant que je m'en souvienne, vous n'avez jamais eu l'intention de me laisser traverser non plus. Et pourtant, je suis là... grâce à ce bon Edward.

La créature fit pivoter sa formidable tête vers Pinch, qui blêmit.

— Quel plaisir de te revoir, Edward ! Comme tu as grandi !

— Ça fait longtemps, fit Pinch à deux doigts de l'évanouissement.

— Quoi ? s'exclama Charlie, bouche bée. C'est Pinch qui vous a fait venir sur Terre ?

— Oh que oui, répondit le crabe qui se rapprocha lentement de la petite troupe sur ses six pattes gigantesques. Il devait avoir ton âge, à l'époque. N'est-ce pas, Edward ?

— Oui, acquiesça le barbu qui recula de trois pas.

— Il possédait un Don incroyable. Un « Double-Trouble », si je me souviens bien. Et notre petit comité de l'Outre-Monde, ceux que vous appelez les « Élus », s'est intéressé de près à son développement... tout comme au vôtre, jeune Prestidigipasseur.

Charlie sentit sa gorge se serrer.

— Garde tes distances, Verminion, l'avertit Rex, qui s'empara de son lasso et de son épée. M'oblige pas à te transformer en Salade de la Mer.

— Ouuuh j'ai peur, ricana la bête avec un petit geste dédaigneux de la pince.

Charlie constata cependant qu'il s'était arrêté net.

— C'est vrai, admit Mme Brazenhope, Pinch a commis une terrible erreur dans sa jeunesse, et il l'a payé cher.

— Qu'est-ce qui s'est passé ? interrogea Charlie.

— J'ai été Ratatiné, avoua Pinch d'une voix presque inaudible. Le directeur Dryer – le prédécesseur de Goodnight – a décrété que j'étais « une abomination de la nature, un monstre que l'on devait mater ».

Tout s'expliquait enfin. Le Facilitateur n'avait pas perdu le Don. On l'en avait privé. Il comptait parmi les plus puissants – un Double-Trouble, comme Charlie et le proviseur – mais, contrairement à eux, on avait enlevé ce Don à Pinch alors qu'il n'était encore qu'un enfant.

Pas étonnant qu'il soit si grincheux.

« Il doit se sentir tellement seul, se dit Charlie. Lui qui était le plus fort, il doit être si malheureux entouré de tous ces gens qui utilisent chaque jour le Don. »

— Bon sang ! s'écria Verminion, faussement compatissant. Ils ont fait de toi un humain comme les autres, n'est-ce pas, Edward ? Banal et faible. La chute doit être rude lorsqu'on tombe de si haut.

— C'est ta faute, tu m'as menti ! tonitrua soudain Pinch. Je t'ai cru quand tu m'as dit que tu me vengerais de ceux qui me tourmentaient.

— Oh, le garçon et le crabe, j'adore cette histoire.

— En parlant de ceux qui m'ont martyrisé, continua le Facilitateur en se tournant vers le cow-boy, tu étais déjà le pire de tous, Rexford, à l'époque où nous n'étions que des Nouves.

— Tu le méritais, rétorqua Rex.

— Pourquoi donc ? Qu'est-ce que j'ai bien pu faire pour que tu me haïsses à ce point ? Pour que vous me haïssiez *tous* à ce point ?

— On ne te haïssait pas, on ne t'aimait pas. Nuance.

— Je ne te permets pas de t'exprimer en mon nom, intervint Tabitha. Je n'ai jamais été méchante avec toi, Edward. Je t'ai toujours bien traité.

— Oui, ça te donnait l'impression d'être supérieure, riposta-t-il. Jette à ce cinglé de Pinch quelques miettes de gentillesse et il viendra t'en redemander comme un bon chien.

— Ça suffit ! s'écria Rex. Tu veux récrire l'histoire, là. Tu étais arrogant et vaniteux. Tu n'as jamais voulu te mélanger à nous, tu te croyais trop bien pour nous.

— Non, souffla le barbu. C'est ce que vous pensiez parce que j'étais toujours tout seul – mais c'est uniquement parce que personne ne comprenait ce que je traversais.

« M'en parle pas », se dit Charlie.

— Je me sentais tellement à l'écart. Je n'ai jamais demandé à être différent ou exceptionnellement Doué. Je voulais juste être comme tout le monde.

— C'est chose faite, dit Verminion d'une voix suave.

Pinch blêmit, le cœur brisé par la remarque. Il y eut un long silence, qu'il se décida finalement à rompre.

— Oui, c'est chose faite. Et j'assume ma part de responsabilité dans cette histoire. J'ai commis de graves erreurs. J'étais perdu et seul en ce temps-là puis j'ai voulu m'enfuir de l'École des Cauchemars en ouvrant un passage directement chez mes parents – et c'est là que c'est arrivé.

— Tu as ouvert un passage vers le Cercle Intérieur, c'est ça ? chuchota Charlie.

Pinch acquiesça.

— Dans le palais de Verminion. C'était totalement fortuit.

— Oh, je suis certain que Charlie sait exactement de quoi tu veux parler, railla le crabe avec un nouveau claquement de pinces.

— Il a commencé à m'embobiner, continua Pinch. Il m'a promis monts et merveilles... si j'acceptais de le faire passer sur Terre.

— Et tu l'as *fait*, non ? roucoula l'Élu. Bon sang, ce que tu étais *fort*, à l'époque !

— Qu'est-il arrivé, ensuite ? demanda Charlie.

— Un véritable massacre, répondit Rex, d'une voix chevrotante. Verminion a tué tout le monde dans la maison et tout le monde en ville, tout le monde... sauf Pinch.

— Pourquoi m'avoir laissé la vie sauve ? gémit le barbu. Tu as massacré mes parents sous mes yeux. Tu aurais dû me tuer aussi.

— Pour t'épargner cette délicieuse souffrance ?

— La ferme, Verminion, grogna Rex. Tu as fait assez de mal comme ça.

— Moi ? Et toi, alors ? Une bombe n'explose pas d'elle-même – quelqu'un doit appuyer sur le détonateur. C'est exactement ce que tu as fait en martyrisant Edward, et la bombe a explosé lorsqu'il m'a fait traverser sur Terre. Tu es tout aussi responsable que lui.

Rex perdit un peu de sa superbe. Il vacilla légèrement en arrière. C'était la première fois que Charlie le voyait douter.

— C'est vrai, finit-il par avouer avant de se tourner vers Pinch. Je suis désolé, Edward, je n'imaginais pas que tu souffrais autant. Je n'étais qu'un gamin, alors, comme toi. Je pensais que tu ne pouvais pas me sentir, et du coup j'étais sur la défensive, toujours prêt à mordre.

Il regarda Pinch droit dans les yeux.

— J'avais tort et je m'excuse. Et je suis sincère.

— Moi aussi, ajouta Tabitha.

— Merci, murmura Pinch.

— Oh, comme c'est touchant..., s'esclaffa Verminion. Je crois que je vais verser une larmichette.

Rex fondit sur lui.

— Espèce de sale...

— Assez ! cria Mme Brazenhope. Menez des combats que vous pouvez gagner, Rexford.

Le cow-boy la toisa de son regard bleu-gris, puis il battit en retraite.

Le proviseur revint à Verminion.

— Il y a bien longtemps, Pinch vous a donné accès à notre monde, c'est un fait. Cependant, après les atrocités qui ont suivi votre arrivée, vous vous êtes fait étrangement discret. Vous ne seriez donc pas, comme nous l'avions supposé, une si grande menace ?

— Bientôt vous verrez ma rage éclater au grand jour.

— Ce jour n'est pas arrivé, cela dit ?

— Il est proche, répondit Verminion qui se dirigea vers les parents de Charlie, toujours suspendus dans leur cocon au-dessus des mares de lave glougloutantes. Debout, les petits ! brailla-t-il en leur donnant une pichenette.

Lentement, Olga et Barrington ouvrirent les yeux.

— Charlie ? chevrota Olga en voyant son fils.

— Tout va bien, Maman. On est là pour vous sauver.

— Non... va-t'en..., lui ordonna son père d'une voix rauque. C'est... horrible, ici.

— T'inquiète. On va vous ramener à la maison.

— Ah, vraiment ? railla Verminion qui tendit la patte et serra sa pince géante autour des parents de Charlie.

— *Qu'est-ce que vous faites ?* suffoqua Charlie.

Sans même s'en rendre compte, il commença à courir en direction de l'Élu.

— Stop ! ordonna Mme Brazenhope.

— Mais il va les tuer !

— Non. C'est le seul moyen qu'il ait de faire pression sur vous et il a besoin de vous parce que...

Elle s'interrompit et contempla les pieds de Charlie. *Quelque chose n'allait pas.*

Elle n'arrivait pas à mettre le doigt dessus. Mais le sol rugueux lui mit la puce à l'oreille – voilà pourquoi Verminion avait tant besoin de Charlie...

— Nous avons été dupés par ce fourbe, s'écria-t-elle.

— Dis au revoir à Maman et Papa, gloussa la bête.

Et, d'un coup de pince, il coupa Olga et Barrington en deux.

— Nooon ! hurla Charlie en voyant ceux-ci disparaître dans une marmite de lave.

Le proviseur lui braillait quelque chose aux oreilles, essayait désespérément de le raisonner, mais Charlie n'entendait plus un mot. Il était submergé par l'horreur absolue du spectacle auquel il venait d'assister. Il chancela en arrière, sa tête n'en finissait pas de tourner.

« Est-ce que c'est vraiment arrivé ? Mes parents sont-ils morts pour de bon ? »

— Non…, hoqueta-t-il avant de s'effondrer sur le sol.

Ses parents avaient été mutilés sous ses yeux.

Il était seul.

Il percevait d'autres voix autour de lui maintenant. Tabitha, Rex – et même Pinch – semblaient s'égosiller, mais les mots se noyaient dans la vague de panique qui déferlait sur lui comme un raz de marée et l'entraînait dans les abysses glacials de l'océan. Il s'éloignait d'eux, dérivant encore et encore, emporté par un courant si fort qu'il était vain d'essayer de le remonter.

« Tout seul… Tout seul pour toujours. »

Et c'est à ce moment-là qu'il ouvrit un passage.

Ce n'était pas intentionnel, il n'avait même pas essayé, mais le cauchemar qu'il vivait éveillé l'empêchait purement et simplement de s'arrêter. Il était énorme, ce passage. Les flammes violettes qui dansaient sur son pourtour étaient si ardentes qu'on aurait dit que des éruptions solaires faisaient rage à la surface d'un astre d'une autre galaxie.

Tout le monde se tut, hypnotisé par la beauté insolite du spectacle.

Soudain, une créature monstrueuse apparut.

Barakkas.

— Bienvenue sur Terre, sourit Verminion.

— C'est pas trop tôt, s'écria Barakkas qui se hâta de

le rejoindre, laissant dans son sillage des gerbes d'étincelles à chacun de ses pas. Et je dois ce beau cadeau à mon très cher ami, Charlie Benjamin.

Il lui décocha un grand sourire.

— Qu'est-ce que j'ai fait ? chuchota Charlie.

Un voile tomba devant ses yeux.

Charlie sentit quelque chose de frais sur son front.

Il battit des paupières et constata avec étonnement qu'il se trouvait à l'infirmerie. Mama Rose, à son chevet, lui tamponnait le visage avec un linge humide. Des lampes à huile donnaient à la pièce une atmosphère chaleureuse et, par les hublots, Charlie entrevit la pleine lune qui veillait dans la nuit tropicale.

Il était de retour à l'École des Cauchemars.

— Il est réveillé, murmura Mama Rose en se penchant sur lui. Ne me refais plus jamais une frayeur pareille, mon garçon. Quand ils t'ont amené ici, tu étais blanc comme un cachet d'aspirine. Bois ça.

Elle lui tendit une tasse de liquide chaud et fumant. Il en aspira une gorgée et fut immédiatement pris d'une quinte de toux.

— C'est horrible, bredouilla-t-il.

— Je ne t'ai pas demandé ton avis. Je n'ai pas besoin d'une critique gastronomique. Je t'ai juste dit de boire ça et c'est exactement ce que tu vas faire, ça te redonnera un peu de couleurs. Je reviendrai plus tard pour voir comment tu vas.

Elle se dirigea vers la porte en traînant son imposant popotin et passa devant Tabitha, qui sourit doucement à Charlie.

— Comment tu te sens ? demanda-t-elle.

— Ça va, fit Charlie en reposant sa tasse. Qu'est-ce qui s'est passé ?

— Tu veux dire, après que tu es tombé dans les pommes ? fit Rex, tout sourires, qui sortit d'un recoin sombre de la pièce.

— C'est vrai, je me suis évanoui ?

— Tu t'es effondré comme une masse. D'habitude, je trouve que c'est un truc de gonzesse, mais vu les circonstances je ne t'en tiendrai pas rigueur. En vérité, on n'a guère été plus courageux. Quand Barakkas s'est radiné, le proviseur nous a ouvert un passage en deux-deux, on t'a attrapé par le colback et on s'est carapatés comme des poules mouillées. C'était moins une, mais on s'en est sortis.

— Nous, oui, dit Charlie d'une toute petite voix. Mes parents, eux...

— ... sont en vie, enchaîna une autre voix.

Il tourna la tête et vit Mme Brazenhope traverser directement dans l'infirmerie.

— C'est ce que j'essayais de vous dire avant que vous perdiez les pédales.

— Ils sont en vie ? Comment ça ? s'écria-t-il en se redressant d'un coup dans son lit. C'est impossible qu'ils aient survécu après ce que Verminion leur a fait.

— Ce serait le cas si les choses qu'il avait découpées en rondelles étaient vos parents.

— Mais j'ai bien vu…

— … ce qu'il voulait que vous voyiez. J'ai cru à sa supercherie, moi aussi, jusqu'à ce que je remarque l'Ombre à vos pieds. Elle ne pointait pas vers vos supposés parents, elle indiquait la droite. Et il m'a fallu un moment pour comprendre ce que cela signifiait.

— Ces choses que Verminion a assassinées n'étaient pas mes parents ! C'étaient des Mimics ! s'exclama Charlie dans un éclair de lucidité.

— Exactement. Vos vrais parents étaient retenus ailleurs.

— Mais alors, ils sont vivants !

— Oui. Malheureusement, nous n'avons pas été en mesure de les secourir.

— Mazette, marmonna Rex, on a déjà eu bien du mal à sauver notre peau. On était à un cheveu d'y passer.

— Si Verminion n'avait pas l'intention de tuer mes parents, pourquoi a-t-il fait semblant ?

— Parce qu'il savait qu'un événement aussi traumatisant te ferait paniquer, dit Tabitha d'une voix douce, et ouvrir un passage contre ton gré.

Charlie n'en croyait pas ses oreilles.

— Alors, c'était un plan pour faire venir Barakkas sur Terre ?

Le proviseur fit oui de la tête.

— Nous avons été dupés sur toute la ligne. C'était un piège qui avait pour but de vous mettre dans des dispositions telles que vous n'auriez pas pu ne pas le faire traverser. Verminion a besoin de Barakkas pour une raison qui nous échappe encore et c'est le seul moyen qu'il ait trouvé pour le faire venir.

— Et le bracelet ? Ils le veulent toujours ?

— Oh, sans l'ombre d'un doute, répondit-elle en s'approchant de son lit. Et je parie qu'ils sont prêts à tout pour le récupérer. C'est un maillon décisif de leur plan, même si nous ignorons en quoi. Je ne vais pas vous mentir, monsieur Benjamin. Les choses vont de mal en pis. Vos parents courent un effroyable danger et nous devons maintenant faire face à la menace conjointe de Verminion et Barakkas. Inutile de vous dire que nous ne serons pas dans les bonnes grâces de la Division Cauchemar.

— J'imagine.

— Cependant, nous devons voir l'aspect positif de la situation. Si vos parents sont en danger, ils sont bel et bien vivants. De plus, nous avons découvert où se cachait Verminion et nous connaissons désormais l'avancement de ses préparatifs.

— Ses préparatifs de quoi ?

— De guerre, rétorqua Rex qui fourra ses pouces dans la boucle de son ceinturon. Une guerre entre les bestioles de l'Outre-Monde et les humains. Le crabe réunit une armée depuis un bout de temps... et il a bien l'intention d'attaquer.

— Pourquoi ?

— Parce qu'il ne peut pas nous sentir, comme le reste

des Élus. Tu vois, gamin, ils ne veulent pas vraiment vivre dans l'Outre. Ils lorgnent sur notre côté du monde, rêvent de mettre à sac nos centres commerciaux et de retourner nos maisons. La Terre est une cour de récréation pour eux et ils savent pertinemment qu'ils sont les plus gros loustics du bac à sable. Mais pour y arriver, ils ont d'abord besoin de nous et de nos cauchemars. Voilà pourquoi ils nous détestent.

— S'ils ont besoin de nous, pourquoi nous tuer ?

— Une fois qu'ils auront lancé leur offensive, expliqua Mme Brazenhope, ils sèmeront une telle terreur sur Terre qu'elle favorisera, par ricochet, la prolifération de cauchemars…

— Qui dit plus de cauchemars, continua Charlie, dit plus de passages et donc plus de monstres pour nous attaquer.

— Précisément. C'est ce que l'on appelle « l'effet boule de neige ».

— Alors qu'allons-nous faire ? demanda-t-il d'une petite voix.

— Rien, admit Tabitha en lissant une mèche de cheveux sur son front. Enfin, pas dans l'immédiat. Ils ne déclencheront pas les hostilités aujourd'hui ou demain. Nous avons encore un peu de temps.

— *Nous*, oui. Pas mes parents. On doit y retourner pour les sauver.

— Ce n'est certainement pas ce que vous avez envie d'entendre, déclara gentiment Mme Brazenhope, mais nous devons prendre en compte une foule de paramètres avant de nous lancer aveuglément à leur recherche. Pour ce qu'on en sait, Verminion et sa clique ont peut-être déjà levé le camp.

— Vous êtes en train de me dire qu'on va laisser les parents là-bas ?

— Pour l'instant, oui.

— C'est hors de question ! vociféra Charlie qui se glissa hors de son lit. Et s'ils mouraient dans cette grotte ?

— Je vous le répète, nous sommes en guerre, et en temps de guerre, il y a toujours des pertes. J'espère de tout cœur que nous réussirons à sauver vos parents mais vous devez d'ores et déjà vous préparer au pire.

— On doit tenter le coup !

— C'est ce que nous ferons dès que nous le pourrons, conclut-elle beaucoup plus sèchement cette fois. Vous n'êtes pas le seul à avoir souffert dans cette histoire, monsieur Benjamin. Certaines personnes ici présentes ont donné beaucoup pour tenter de les sauver.

Elle tourna la tête en direction de Rex.

— Je ne voulais pas qu'il fasse autant de sacrifices pour moi, souffla Charlie. Je ne lui ai jamais demandé.

— Te bile pas pour ça, gamin. Ventre de biche, je ne me souviens même plus de quoi je ne me souviens plus.

Rex essayait de le réconforter ; ses mots, pourtant, lui firent l'effet d'un coup de poignard en plein cœur.

— Nous agirons pour le mieux, déclara Mme Brazenhope. Pour l'heure, reposez-vous et reprenez des forces. Oh, et il y a deux personnes qui souhaiteraient vous voir.

Elle ouvrit la porte de l'infirmerie, Théodore et Violette entrèrent d'un bond.

— Il va bien ? s'enquit Violette.

— Demande-le-lui toi-même, répondit Rex en sortant avec Tabitha et le proviseur pour laisser les trois enfants tranquilles.

— On sait tout ! s'exclama Théodore qui se rua sur le lit. Le repaire de Verminion ! Les créatures *par millions* ! Dément ! Trop cool !

— Ce n'est pas cool, rouspéta Violette. On s'est fait un sang d'encre.

— Ça va, lui assura Charlie, sauf que j'ai tout fait foirer.

— Ouais, c'est ce que tout le monde raconte, approuva Théodore.

Violette lui administra un bon coup de pied dans le tibia.

— Aïe ! Enfin... c'est ce que certains disent. Pas nous, hein. Je suis sûr que c'est pas vraiment ta faute.

— Si, complètement... et c'est à moi de réparer les dégâts.

— À toi ? se récria Violette. Je ne vois pas comment tu pourrais réparer ce genre de dégâts !

Il les dévisagea.

— Je ne pensais pas m'en charger seul, en fait. Je me disais que vous accepteriez peut-être de m'aider.

Théodore et Violette se regardèrent.

— T'aider à faire quoi ? demanda Théodore.

— À ramener mes parents.

— Mais ils ne sont pas dans le repaire de Verminion ?

— Si, acquiesça Charlie. Je précise que c'est le repaire de Verminion *et* Barakkas, maintenant.

— En gros, continua Violette, tu veux que nous, trois petits Nouves à la noix, on s'introduise dans l'antre des deux créatures les plus recherchées de l'Outre-Monde pour sauver tes parents, mission dans laquelle le proviseur et toi avez déjà échoué, alors qu'il n'y avait qu'*un* Élu à affronter ?

— Exact. Enfin, seulement quand on aura réussi à sortir le bracelet de Barakkas de la Division Cauchemar.

— Désolée, l'interrompit Violette qui se rapprocha de lui. Je suis bouchée ou tu viens de dire que tu voulais faire un casse à la Division Cauchemar ?

— Eh bien, on n'aura pas trop le choix si on veut mener mon plan à bien.

— T'es taré.

— Écoute, on s'est promis de toujours se serrer les coudes, et là... eh bien, j'admets que c'est peut-être un peu abracadabrant comme demande.

— Pas qu'un peu.

— Et si vous refusez de me suivre, je comprendrai carrément. En revanche, si vous voulez me donner un coup de main... ça pourrait me servir.

Ils le regardèrent, incrédules.

— Dément, dit Théodore. Voué à l'échec, aucune chance de survie, destruction garantie.

Un grand sourire se dessina sur son visage.

— J'en suis. Obligé.

— Vous êtes tarés, vous deux ! s'exclama Violette.

— Allez, se moqua Théodore. Ça va être marrant.

— Non, ce ne sera pas marrant. Ça va être un fiasco. On n'a même pas de plan.

— En fait, rectifia Charlie, j'ai une sorte de plan.

— Tu as *une sorte* de plan ?

— Ben... ouais. Enfin, pas dans le détail.

Violette secoua la tête, elle n'en croyait pas ses oreilles.

— Pourquoi tu ne demandes pas au proviseur de t'aider ?

— C'est déjà fait, dit Charlie doucement. Elle ne veut pas.

— Parce qu'elle sait que c'est une idée tordue ! C'est impossible. On n'est que des novices.

— Voilà pourquoi j'ai besoin de vous. Pour que mon plan fonctionne, Barakkas et Verminion doivent croire qu'on agit seuls – qu'on n'est qu'une bande de gamins idiots dépassés par les événements.

— *Mais c'est exactement ce qu'on est !* vociféra Violette. Ou c'est exactement ce qu'on sera si on essaie de relever ce genre de défis. Non mais, faire un casse à la Division Cauchemar ! Tu sais que si on se fait attraper, on sera Ratatinés pour de bon ?

Charlie opina tristement.

— Ouais, tu as sans doute raison. Les risques sont... énormes. Au fond, si tu me demandais de faire la même

237

chose pour toi… eh bien, je ne te cache pas que j'aurais certainement pas le cran d'y aller.

Il chercha ses mots un instant pour tenter de convaincre Violette, puis il opta pour la vérité pure et simple :

— C'est comme ça. Toute ma vie, mes parents m'ont protégé contre ceux qui me prenaient pour un horrible phénomène de foire – et il y en a des tonnes, crois-moi. Aujourd'hui, ce sont eux qui ont besoin que je les protège. J'ai juste… Je dois juste faire ce que je peux, c'est tout. Je comprendrais que tu ne comprennes pas.

Théodore se tourna vers elle.

— Alors, t'en es ?

Elle secoua encore la tête, abasourdie.

— Cette histoire est ridicule. C'est… grotesque. Je ne peux même pas imaginer…

— T'en es ou pas ? insista Théodore.

— Oh, bon sang, oui ! J'en suis !

Charlie sourit, savourant le témoignage d'amitié de ses premiers véritables amis.

— Allons-y !

TROISIÈME PARTIE

LE VENTRE DE LA BÊTE

CHAPITRE QUINZE

À L'ASSAUT DE LA DIVISION CAUCHEMAR

La brise nocturne faisait bruire les feuilles du figuier géant dont les branches majestueuses abritaient l'École des Cauchemars. Le balancement léger de l'arbre laissait passer par intermittence la lueur diffuse de la lune, éclairant de son faible halo Charlie, Violette et Théodore qui achevaient de traverser le pont de corde reliant l'infirmerie au vaisseau de la marine britannique où les Facilitateurs avaient leurs quartiers.

— Je te jure que j'ai vu Brooke jouer à la Gameboy hier, dit Théodore. C'est trop bizarre, non ?

— Et pourquoi ce serait bizarre ? demanda Violette. Elle aime juste les jeux vidéo.

Il fit un bruit d'ordinateur en détresse :

— Niiit ! Message d'erreur. Redémarrer. Si la Gameboy était un truc de filles, tu crois pas que ça s'appellerait une Game*girl* ?

Il sourit, fier de lui.

— Tu as vraiment un pète au casque, tu le sais, ça ? Les filles aiment les jeux vidéo autant que les garçons. Ce qui m'échappe, c'est la raison pour laquelle nous devons voler cette console-là maintenant.

— Appât, répliqua Charlie sans donner plus d'explications. Venez... et taisez-vous. On y est presque.

Ils se retrouvèrent bientôt sur le bâtiment-dortoir des Facilitateurs. Charlie colla son nez à la petite fenêtre ronde de la porte. Il faisait noir et il n'y avait pas âme qui vive.

— Ils dorment à poings fermés. Je vais essayer de la récupérer. Vous, vous montez la garde.

— Je viens avec toi, chuchota Théodore. Si les choses tournent mal et qu'une bagarre éclate, tu auras besoin de moi.

— Si une bagarre éclate, il aurait peut-être plus intérêt à être avec un *Démonstriseur*, non ? protesta Violette.

— On ne va pas se battre contre des monstres. C'est un truc d'homme à homme, et pour ça il lui faut une arme fatale – à savoir, moi.

— Il n'y aura pas de bagarre, coupa Charlie. Je vais juste me faufiler là-dedans, voler un truc et ressortir. Vous deux, vous faites le guet.

Charlie se fraya un chemin dans le dortoir. Les lattes du plancher émettaient des craquements sinistres à chacun de ses pas. Il passa en revue toutes les cabines en jetant des coups d'œil par chaque hublot et tomba finalement sur celle de Brooke Brighton au deuxième étage. Il se coula à l'intérieur et la trouva endormie dans son hamac, qui se balançait doucement sous l'effet de la brise soufflant par les fenêtres entrouvertes. Même dans son sommeil, elle était si jolie qu'il avait du mal à croire qu'elle l'avait brutalisé quelques jours auparavant.

Il commença à fouiller ses affaires à la recherche de la Gameboy. Elle n'était pas dans les poches de son pantalon, jeté en boule sur le sol, alors il se dirigea vers sa commode et tira le tiroir du haut, qui grinça en coulissant.

Brooke remua. Charlie se figea.

— ... J'y peux rien, implora-t-elle. Arrête, je vais tomber...

Comprenant qu'elle faisait un cauchemar, il passa à la vitesse supérieure, farfouilla dans le tiroir et, toujours bredouille, s'attaqua aux autres.

Rien non plus.

— ... Arrête, ne me pousse pas..., bredouilla Brooke, de plus en plus agitée. Rien pour me rattraper...

Charlie ne savait plus où chercher dans la minuscule cabine. Où est-ce qu'elle avait bien pu fourrer cette satanée console ? Soudain, il remarqua un petit renflement rectangulaire sous son oreiller – on distinguait clairement sa forme dans la toile du hamac. Il prit une grande inspiration et glissa la main dans la taie d'oreiller. Brooke se débattait sous l'emprise d'un cauchemar de plus en plus violent.

— ... Je vais tomber sur les rochers..., haleta-t-elle. À l'aide ! Arrêtez-les !

— Du calme, murmura Charlie pour la rassurer. Tu vas bien. Il ne va rien t'arriver.

— Non ! vociféra-t-elle. À l'aide, je vais mourir !

« Encore heureux qu'elle ait perdu le Don. Sinon elle ouvrirait un passage en moins de deux... », songea-t-il.

À la seconde même, un passage apparut avec un petit bruit sec.

« Oh non, elle a encore des restes de Don et elle ne le sait même pas ! »

Avant que Charlie ait le temps de refermer le passage, une créature de l'Outre-Monde traversa. Il n'en connaissait même pas le nom, mais c'était un de ces gros moustiques qu'il avait vus monter en flèche au-dessus des marmites de lave dans le repaire de Verminion. Heureusement, celui-là était loin d'atteindre leur gabarit – un Catégorie 1 ou 2, probablement – mais sa trompe allongée en forme d'aiguille n'en constituait pas moins une menace de taille.

Tournoyant dans l'air, il piqua aussitôt vers le passage béant, comme s'il cherchait désespérément à regagner l'Outre-Monde.

« Il souffre », se dit Charlie, se rappelant que l'École avait paralysé temporairement Barakkas. Cette petite bête n'avait pas l'air si affectée, cependant, ce qui tendait à prouver qu'il avait vu juste : cet endroit avait un impact indéniable sur les créatures les plus néfastes, alors que les plus faibles, elles, en ressentaient moins les effets.

D'un coup, le passage flamboyant se volatilisa aussi vite qu'il était apparu et l'insecte se retrouva claquemuré dans la minuscule cabine. Il se mit à bourdonner et à faire des piqués désespérés, heurtant les murs de ses pattes grêles aux veines apparentes, cherchant une issue à tout prix.

— Chut, siffla Charlie.

Juste au moment où il s'emparait de la Gameboy, la créature affolée fondit sur lui. D'un geste aguerri, il brandit sa rapière. La créature, agacée, vrombit de plus belle et s'éloigna pour prendre son élan en vue d'une nouvelle offensive.

— Mais... mais qu'est-ce qui se passe ? s'écria Brooke, les yeux grands ouverts.

— Tu as fait un cauchemar et ce truc en a profité pour traverser, répondit Charlie qui brandit de nouveau sa rapière devant lui.

Le moustique battait des ailes comme un forcené et se cognait frénétiquement contre le plafond de la cabine, telle une mouche prise au piège derrière le carreau d'une fenêtre. Charlie se baissa et tourna sur lui-même pour l'attaquer par-derrière. Il réussit à lui trancher le bout de l'aile droite avec son arme aux reflets bleutés.

— Hé, s'exclama Brooke en s'extirpant de son hamac, tout à fait réveillée pour le coup. Qu'est-ce que tu fais là ? Tu n'es pas un Facilitateur !

— C'est pas le problème. Aide-moi plutôt.

Elle vit la Gameboy dans sa main.

— Espèce de voleur ! Rends-moi ça !

La créature piqua une nouvelle fois, manqua Charlie de peu et se planta dans l'épaule de Brooke.

— Aïe !

Le moustique se cramponnait fermement à sa chair avec ses petites pattes et lui suçait le sang à grandes lampées. Brooke tournait en tous sens en poussant des cris perçants quand Théodore et Violette firent irruption dans la cabine, suivis de près par des Facilitateurs.

— Qu'est-ce qui se passe ? hurla Violette.

— D'après toi ? lâcha Charlie, qui décocha un nouveau coup de rapière à l'ignoble bestiole. Brooke, arrête de bouger ! Je ne peux pas l'avoir si tu gigotes sans arrêt.

— Ça fait mal ! Faites quelque chose !

— Je vais la tenir, dit Théodore qui plaqua Brooke au sol. Vas-y, tue-le !

— Je m'en occupe, déclara Violette en s'emparant de sa dague.

Mais avant qu'elle puisse intervenir, un lasso d'un bleu phosphorescent surgit par la porte béante et s'enroula autour de la créature, la tuant sur le coup.

Ils levèrent le menton et virent Rex sur le seuil de la cabine.

— Qu'est-ce que vous fabriquez ?

— Euh..., bredouilla Charlie. On était juste...

— ... en train de me voler mes affaires ! vociféra Brooke qui s'échinait à enlever la trompe de la créature plantée dans son épaule. Et pour ce que j'en sais, il a fait passer ce truc pour me tuer !

— Faux ! beugla Charlie. C'est toi qui l'as fait passer. J'essayais de t'aider.

— Voleur ! Menteur ! Je ne peux plus ouvrir de passage, mais tu es peut-être trop bête pour comprendre, maudit Nouve ?

— Bouclez-la, ordonna Rex. Vous deux, vous feriez bien de venir avec moi.

— Pas... Pas maintenant, dit Charlie en reculant doucement.

— Pas maintenant ?

Charlie ferma les yeux et se concentra pour accéder à son pire cauchemar – se retrouver seul au monde. Cette fois, il y parvint avec une rapidité déconcertante. Dans sa tête, il revit tous les endroits par lesquels il avait traversé et retraversé. Ils flottaient devant lui comme des halos de lumière, certaines destinations brillaient plus intensément que d'autres.

Il focalisa son attention sur l'une d'elles. Des flammes violettes se mirent à danser sur son corps.

— Qu'est-ce que tu mijotes, petit ? s'inquiéta le cowboy.

— Désolé.

Un passage se matérialisa devant lui.

Il regarda Théodore et Violette droit dans les yeux.

— Allons-y !

Après une courte hésitation, ils le suivirent.

— Hé, pleurnicha Brooke, reviens ici, espèce de voleur ! Rends-moi ma Gameboy !

Furieuse, elle se faufila à son tour dans l'Outre-Monde.

— Non ! souffla Rex, qui se lança à leurs trousses

– mais le temps qu'il l'atteigne, le passage s'était déjà volatilisé.

Charlie, Théodore, Violette et Brooke se retrouvèrent au beau milieu des plaines arides et rocailleuses du Premier Cercle de l'Outre-Monde.

— Rends-moi ça, débile, gronda Brooke en arrachant la Gameboy des mains de Charlie.

À cet instant, elle remarqua qu'ils étaient cernés par une foule de créatures malingres qui couinaient sans relâche.

— Berk, des Gremlins, maugréa-t-elle en faisant la grimace.

— T'inquiète, ils ne te feront aucun mal, lui assura Charlie. Ils n'aiment que les trucs électriques.

— Je *sais*, neuneu de Nouve, mais ils sont répugnants.

— Je ne suis pas sûr qu'ils te trouvent très ragoûtante non plus, rétorqua-t-il en lui reprenant la console de jeux. J'ai découvert cet endroit par hasard l'autre jour quand on essayait de retrouver mes parents.

Il passa la Gameboy à Violette.

— Tiens, allume-la et tâche de rassembler le maximum de Gremlins. Ils vont être attirés d'un coup.

— Je m'en charge, dit Théodore. J'y arriverai mieux qu'elle.

Charlie fit non de la tête.

— C'est un Démonstriseur, c'est le genre de trucs qu'elle est censée faire. Et puis, j'ai besoin que tu ouvres un passage vers l'École.

— L'École ? Mais je croyais qu'on devait aller à...

— C'est pas pour nous, c'est pour Brooke, le coupa Charlie. Je la renvoie à la maison.

— Mauvaise réponse, marmonna Brooke. Je ne partirai pas.

Charlie sentit que son cerveau n'était pas loin de la surchauffe.

— Pourquoi ?

— Parce que vous mijotez quelque chose tous les trois et que je veux être certaine que vous ne vous en sortirez pas comme ça. Vous pouvez aller n'importe où, je vous suivrai.

— N'y pense même pas.

— Essaie un peu de m'en empêcher, insista-t-elle en se plantant devant lui.

Cette proximité était incroyablement intimidante... et un peu électrisante aussi. Charlie avait envie de hurler. Il s'efforça de garder son sang-froid.

— Très bien. Au travail, Violette.

— Qu'est-ce qu'on va faire une fois qu'on aura attiré tous ces Gremlins ?

— Tu verras. Vas-y, allume la Gameboy.

— Une vraie partie de plaisir, grommela-t-elle avant de presser le bouton.

En une fraction de seconde, les Gremlins firent pivoter leur tête, comme des roquettes ayant repéré leur cible. Violette courut vers la meute la plus importante en hurlant et agita la Gameboy dans tous les sens. Des Gremlins déchaînés déferlèrent sur elle, sautillant sans relâche dans l'espoir de lui subtiliser le gadget. Ils étaient si nombreux que Violette disparut bientôt à leurs regards.

— Pourquoi tu fais ça ? demanda Brooke.

— Tu comprendras dans une seconde, rétorqua Charlie, qui ferma les yeux et se concentra pour ouvrir un nouveau passage.

Dans la Chambre du Grand Conseil, faite de chrome et d'acier parfaitement lustrés, Mme Brazenhope se tenait devant le directeur de la Division Cauchemar.

— Je vous avais prévenue, aboya Drake en projetant une pluie de postillons fétides. Si vous décidiez de former ce garçon, vous endosseriez l'entière responsabilité de ses actes.

— En effet, admit-elle.

— Aujourd'hui, nous avons touché le fond. Nous devons faire face à Barakkas en plus de Verminion, sans parler de leur armée d'Outre-Créatures de Catégories supérieures tapies dans l'ombre et prêtes à attaquer.

— C'est exact. Cependant... nous disposons de ces informations, y compris la localisation de leur repaire, uniquement grâce aux efforts extraordinaires de ce garçon.

— Ceci n'est pas un examen de rhétorique, Brazenhope, et ce n'est pas avec votre éloquence que vous parviendrez à protéger cet enfant. Il a manqué à ses devoirs envers notre institution de la plus terrible manière qui soit et il sera puni.

— Certainement pas, répliqua-t-elle sans ciller. Je ne vous laisserai pas faire.

— C'est moi qui commande ici et mes ordres ont force de loi ! Ce garçon sera Ratatiné et placé sous la tutelle de la Division Cauchemar jusqu'à ce qu'il ne représente plus aucune menace.

Les douze membres du Conseil approuvèrent d'un hochement de tête.

— Si c'est là votre décision, dit Mme Brazenhope d'une voix douce, je serai contrainte de prendre des initiatives que j'aurais préféré vous épargner.

Drake se leva d'un bond, et se rua sur elle.

— Ne vous avisez pas de me menacer, ma petite dame.

Les veines de ses tempes saillaient et avaient viré au violacé sous l'effet de la colère.

— J'ai toléré votre présence jusqu'ici en raison de vos états de service à la Division Cauchemar. Si toutefois vous vous opposez à moi au mépris de nos lois, je vous accuserai de haute trahison et j'utiliserai toutes les ressources de la DC pour vous traduire en justice !

— De quelles lois parlez-vous donc ? Celles que nous respectons depuis toujours ou celles que vous nous pondez à longueur de temps ?

Un passage se matérialisa au centre de la Chambre du Grand Conseil. Rex surgit, suivi de près par Tabitha.

— Qu'est-ce que c'est ? tempêta Drake. Il est strictement interdit d'entrer directement dans l'enceinte de la

Division Cauchemar. Vous devez traverser à l'extérieur et vous soumettre d'abord au contrôle de sécurité.

— Au diable les formalités, répondit Rex, qui se tourna vers le proviseur. C'est Charlie, il s'est enfui et il prépare un coup – je ne sais pas exactement quoi, mais ça me dit rien qui vaille.

Le proviseur soupira :

— C'est bien ce que je craignais.

Un nouveau passage apparut alors.

— Quoi, encore ? siffla Drake. Aurions-nous perdu le respect du protocole ? Serions-nous en train de sombrer dans le chaos absolu ?

Une console de jeux vola à travers le passage et se fracassa sur le sol de pierre aux pieds de Drake.

— Pour l'amour du ciel…, gémit-il en l'examinant.

À cet instant, une horde incontrôlable de Gremlins avides de Gameboy déferla dans la Chambre et se précipita sur lui.

— Au secours ! hurla-t-il. On m'agresse ! C'est une tentative d'assassinat !

Mais avant que l'assemblée puisse réagir, les créatures cessèrent de se disputer le petit appareil. Elles comprirent tout à coup qu'elles se trouvaient à présent dans une véritable confiserie de douceurs électroniques, qui leur offrait à volonté gaines et câbles croustillants, écrans d'ordinateur flambants et étincelants.

Pendant que le directeur Drake renouvelait ses appels à l'extermination des bêtes déchaînées, les Gremlins le délaissèrent pour s'attaquer aux murs et au plafond du

Grand Conseil, éventrant les cloisons afin de mâchonner les câbles, s'introduisant dans les conduits d'aération pour accéder aux entrailles juteuses du petit bijou de technologie qu'était la Division Cauchemar.

— Aux armes ! Aux armes ! vociféra Drake. La DC est en danger ! Démonstrisez-les avant qu'ils nous privent de courant !

La première vague de Gremlins disparut dans le cœur de la Division Cauchemar et des centaines d'autres affluèrent pour prendre leur place. Mais ils n'étaient pas seuls.

Trois êtres humains se faufilèrent dans la masse sans se faire remarquer.

Ou presque.

Du coin de l'œil, le proviseur aperçut Charlie, Violette et Théodore qui détalèrent parmi le flot de Gremlins surexcités pour se faufiler hors de la Chambre du Grand Conseil.

— Petit futé, susurra-t-elle.

Le hall grouillait comme une fourmilière.

Les Gremlins, surexcités, tournoyaient dans les airs et couraient comme des dératés entre les jambes des employés qui tentaient de les contenir. Prestidigipasseurs et Démonstriseurs travaillaient main dans la main pour se débarrasser des nuisibles.

La lumière des néons vacillait et des gerbes d'étincelles cascadaient des panneaux SORTIE, des écrans d'ordinateur et des Salivomètres qui régulaient l'accès aux différentes salles.

— Qu'est-ce qu'on cherche, au juste ? demanda Violette en sautant par-dessus un serpentin de câbles qui grésillait.

— Le bracelet, dit Charlie. Ils gardent le bracelet de Barakkas par ici, et nous devons mettre la main dessus.

— Monsieur Benjamin ! héla une voix derrière eux.

Charlie tourna la tête et vit le proviseur qui accourait, suivie de près par Rex et Tabitha. Et Brooke, qui affichait son sourire de pimbêche.

— Super, lâcha Théodore. Elle nous a dénoncés.

— Qu'est-ce qu'on fait ? s'inquiéta Violette.

— Je crois qu'on ferait mieux de se mettre à table, conclut Charlie.

— Je suis tentée de vous demander ce que vous vous êtes mis en tête, les réprimanda Mme Brazenhope en se plantant devant eux. Cela dit, j'ai déjà ma petite idée. Je sais que vous voulez sauver vos parents mais voler le bracelet de Barakkas pour l'utiliser comme monnaie d'échange n'est certainement pas la solution.

— C'est exactement ce que je leur ai dit ! pesta Brooke en s'immisçant dans la conversation.

— Vous devez comprendre, poursuivit le proviseur, que les Élus vous raconteront n'importe quoi pour essayer de le récupérer et qu'ensuite ils vous tueront tous...

— Exactement, renchérit Brooke.

— Écoutez, je ne suis pas fou, lui assura Charlie, ça

peut vous paraître un peu bête comme ça, mais j'ai un plan. Je ne suis pas aussi stupide que vous croyez.

— Nous ne pensons pas que vous soyez stupide, monsieur Benjamin. Cependant vous êtes jeune et impulsif. Vous ne prenez peut-être pas la mesure des risques auxquels vous exposez vos amis et vous-même, sans parler des autres. Vous devez considérer la situation dans son ensemble.

— Vous oubliez la situation initiale. C'est à celle-là que je pense, et dans celle-là des personnes meurent. Des personnes que je connais et que j'aime. Alors je ne vais pas rester là les bras ballants.

— Même si je comprends votre détermination, je ne peux pas vous laisser faire. Ma conscience ne me le permet pas.

— Dans ce cas, il faudra m'en empêcher, rétorqua Charlie. Parce que la mienne m'interdit de rester passif.

Il y eut un silence.

L'immeuble fut soudain plongé dans l'obscurité, les Gremlins continuaient leur saccage. Les lumières d'urgence s'allumèrent, baignant la Division dans un halo rouge blafard que seules des gerbes d'étincelles perturbaient par intermittence. De la fumée et des cris se répandaient dans l'air.

— Écoutez, j'admets que j'ai tort, reprit Charlie, d'un ton posé, et que les conséquences risquent d'être désastreuses. Ce n'est pas forcément la stratégie la plus logique ou la plus prudente, mais c'est la *seule* – je le sais, je le sens. Depuis le début, vous me répétez de m'en remettre à vous, et c'est ce que j'ai fait. Maintenant, c'est moi qui vous le demande.

Mme Brazenhope ne le lâchait pas du regard, comme si elle essayait de lire dans ses pensées.

Une voix tonna au fond du couloir. C'était le directeur Drake.

— Démonstriseurs ! Prestidigipasseurs ! s'égosilla-t-il en se faufilant maladroitement parmi les pans de cloisons arrachés et les câbles sectionnés. Appréhendez-moi ce traître, Charlie Benjamin, ainsi que ses complices et emmenez-les en Salle de Ratatinage sur-le-champ !

Les employés de la Division Cauchemar lorgnèrent Charlie du coin de l'œil.

— Madame le proviseur ? implora Charlie.

— Filez, dit-elle en désignant l'autre bout du couloir. Le bracelet de Barakkas se trouve dans la salle PROJETS SPÉCIAUX.

— Vous ne pouvez pas le laisser faire ça ! protesta Brooke. C'est... contre les lois. Il y aura des conséquences !

— J'espère de tout cœur qu'elles ne seront pas trop sévères parce que vous allez les accompagner.

— Quoi ? se récria Brooke, abasourdie.

— Quoi ? répéta Charlie.

— Vous êtes un Facilitateur, jeune fille. Vous êtes censée faciliter, ce qui signifie aider, et c'est précisément ce que j'attends de vous.

— Mais l'édition Drake de *L'Outre-Manuel de la Division Cauchemar* stipule clairement que...

— Je n'enseigne pas l'édition Drake ! tonna le proviseur. J'enseigne l'édition Goodnight, et cette version stipule que les Facilitateurs ne sont pas des petits rapporteurs dont le devoir est de moucharder au moindre écart de conduite de leur brigade. Dans *cette* édition, vous êtes un membre précieux et avisé d'une équipe qui a pour mission de protéger l'humanité. Vous avez commencé cette aventure ensemble et je vous exhorte à la finir ensemble.

— Mais...

— Filez ! Tous les deux !

Brooke chancela, stupéfaite, puis elle tourna les talons afin de rejoindre Violette et Théodore qui détalaient déjà dans le couloir.

— Et pour le directeur ? s'enquit Charlie qui jeta un coup d'œil à Drake, aux prises avec un conduit de chauffage qui menaçait de lui faire la peau.

— Ne vous inquiétez pas pour ça, répliqua calmement Mme Brazenhope. Nous nous en chargerons.

Il se hâta de rattraper ses amis.

— Vous ! cria Drake avec les yeux d'un forcené en fondant sur les trois adultes. Aidez-nous immédiatement à capturer ces traîtres ou je vous tiendrai tous pour responsables.

Mme Brazenhope regarda Rex.

— À vous de jouer.

— Avec plaisir.

En un tour de lasso, le directeur se retrouva ficelé des pieds à la tête comme une vachette dans un rodéo.

— Mais qu'est-ce que vous faites, pour l'amour du ciel ? Vous savez ce que cela signifie, n'est-ce pas ? Je vous démettrai de vos fonctions et vous enfermerai pour toujours. Je vous ferai Ratatiner.

— Tabitha, commanda le proviseur, un passage, je vous prie.

— Une destination en particulier ?

— Oh que oui, il y a un endroit très *particulier* dans lequel j'aimerais que nous nous rendions...

Dans leur course effrénée pour échapper aux Démonstriseurs et aux Prestidigipasseurs lancés à leurs trousses, Charlie passait en revue le nom des salles.

ANALYSE STRUCTURELLE DE TOILES D'ARAIGNÉES, CENTRE DE DÉCAPITATION DE GORGONES...

— C'est là ! s'exclama Théodore en pointant un doigt droit devant lui.

— Allons-y, fit Charlie en le rejoignant devant la salle PROJETS SPÉCIAUX, elle doit être déverrouillée avec la coupure de courant.

Violette et Théodore se jetèrent de tout leur poids contre le battant, qui céda facilement. Ils se faufilèrent tous les quatre dans la pièce et Charlie claqua la porte au nez de leurs poursuivants.

— Brooke, bloque la porte, ordonna Charlie.

— Certainement pas, l'article 17 de *L'Outre-Manuel de la Division Cauchemar*, édition Drake *et* Goodnight, stipule clairement que...

— Je me fiche des règles !

— Eh bien, tu ne devrais pas parce que tu es en train de les enfreindre !

— Toi aussi.

Brooke roula les yeux :

— Quoi ?

— Tu nous as suivis dans l'Outre-Monde alors que Rex nous a défendu d'y aller, tu étais avec nous quand on a amadoué les Gremlins, tu as fait partie du groupe qui a détruit la Division Cauchemar et tu es là maintenant avec nous dans la salle des Projets Spéciaux.

Brooke blêmit.

— Tu sais bien que c'est contre ma volonté.

— Tu diras ça au directeur Drake.

La porte commença à se déformer sous les coups des Démonstriseurs.

— Le proviseur t'a demandé de nous aider, alors, s'il te plaît, aide-nous.

Les yeux de Brooke flamboyèrent de colère.

— Je te déteste, cria-t-elle en collant son épaule contre la porte. Dépêche, je pourrai pas tenir longtemps.

Le bras de Barakkas était posé sur une table en métal. Il avait déjà commencé à se décomposer, la peau se délitait en lambeaux gris. Le bracelet, quant à lui, enserrait toujours le large poignet et luisait faiblement dans l'obscurité.

— On y est, dit Charlie, c'est le bracelet de Barakkas.

— Alors prends-le, vociféra Théodore, et fichons le camp avant qu'ils nous attrapent.

— Trop tard, dit une voix dans le noir.

Ils se retournèrent. Un homme très grand et tout en muscles avec une tignasse de cheveux bruns ondulés s'avança vers eux. Une longue épée à deux poignées dépassait de son fourreau. Théodore en resta bouche bée.

— Papa ? Je croyais que tu étais en opé noire ?

— En effet, répondit l'homme qui désigna le bras amputé du regard. Ma mission est de protéger le bracelet contre toute Outre-Créature qui tenterait de le reprendre – mais j'étais loin d'imaginer que je me battrais contre mon propre fils.

Il regarda les trois autres.

— Je m'appelle William Dagget.

— Enchantée, monsieur, déclara Violette.

— Pareil, fit Charlie. Je suis… comment dire, je suis le meilleur ami de votre fils, enfin je crois. Je m'appelle Charlie.

William fronça légèrement les sourcils.

— Je sais qui tu es. Il ne t'a pas fallu très longtemps pour l'entraîner dans tes bêtises, à ce que je constate.

— C'est exactement ce qu'il m'a fait aussi ! trépigna Brooke qui bloquait toujours la porte.

— C'est pas sa faute, Papa, s'empressa de rectifier Théodore, nous sommes tous impliqués. On est en mission pour sauver des gens.

— Très impressionnant, surtout quand on pense que tu es un Démonstriseur depuis quoi… deux jours ?

Un Démonstriseur.

Théodore évita son regard, il ne savait pas trop quoi répondre.

— D'ailleurs, poursuivit son père en l'examinant des pieds à la tête, je ne vois pas ton arme.

— Euh, ben... il y a eu un problème avec la Veuve. Tu sais, celle de l'Outre-Monde. La Veuve de Vérité.

— Je la connais très bien.

— Elle devait être malade ou un truc dans le genre et, tu imagines, elle a dit que je mentais quand j'ai annoncé que j'étais un Démonstriseur ! Débile, non ?

M. Dagget dévisagea son fils.

— Et, euh, le proviseur a décrété que, en attendant, je serais un Prestidigipasseur, jusqu'à ce qu'on trouve ce qui cloche avec la Veuve. Donc je suis un Prestidigipasseur pour l'instant... et un Démonstriseur très bientôt. Comme toi, Papa.

Théodore afficha son plus beau sourire. Charlie avait de la peine pour lui.

— Tu as échoué, rétorqua froidement son père. Ne me mens pas, mon garçon. Tu n'es pas un Démonstriseur. J'ai été stupide d'imaginer que tu pourrais l'être.

Théodore lui tourna le dos, honteux et embarrassé.

— C'est vrai, intervint Charlie en faisant un pas vers le grand bonhomme, il n'extermine pas les monstres. Il crée des passages – et il est très doué pour ça. Vous auriez dû le voir en classe le premier jour, monsieur. C'est l'un des seuls à avoir ouvert un passage. Il assure. Vous devriez être fier de lui.

— Fier que mon fils ne vaille pas mieux qu'un chauffeur de bus ? Qui dépose des créatures à leur arrêt dans l'Outre-Monde ?

— Ça va, Charlie, murmura Théodore. T'inquiète.

— Non, ça ne va pas. Pour ouvrir un passage, on doit évoquer notre peur la plus intime. Vous savez quelle était celle de votre fils ? Que vous appreniez qu'il n'était pas un Démonstriseur et que vous ne l'aimiez plus à cause de ça. C'est *ça* qui lui a permis d'ouvrir son premier passage.

— Eh bien, au moins, ça lui aura servi à quelque chose.

— Je suis désolée, les interrompit Brooke, mais les types qui étaient après nous ont arrêté de cogner à la porte.

— Ils essaient de passer directement, expliqua William. C'est le MOS – Mode Opératoire Standard. Vous feriez mieux de filer.

— Pas sans le bracelet, décréta Charlie.

— Il te tuera. Tous ceux qui l'ont touché sont morts sur le coup.

— Pas moi.

— Et comment le sais-tu ?

— Barakkas me l'a dit.

Le grand bonhomme éclata de rire :

— Et tu le crois ? Tes sources ne sont pas des plus fiables.

— Il ne m'a pas menti cette fois. Il en a besoin et il a besoin de moi pour le lui rapporter.

— Tu penses que je vais te laisser le prendre ? Vous allez vous enfuir par un passage tous les quatre, mais vous repartirez les mains vides.

— Ça me paraît honnête, déclara Brooke.

— Je ne peux pas, insista Charlie.

M. Dagget dégaina son épée.

— Écoute, mon garçon, tu choisis. La manière douce ou la manière forte. Ne m'oblige pas à employer la seconde.

Soudain, comme William Dagget l'avait pressenti, un passage se matérialisa dans la salle des Projets Spéciaux et plusieurs Démonstriseurs traversèrent.

— Écartez-vous, lui cria le meneur, les enfants sont nos prisonniers. Nous avons ordre de les transférer en Salle de Ratatinage.

— Même moi ? gémit Brooke. Mais je suis un Facilitateur. J'ai perdu le Don.

— Tout le monde, répéta l'homme. Votre fils également, j'en ai bien peur.

M. Dagget poussa un profond soupir.

— Eh bien... ils ne peuvent s'en prendre qu'à eux, après tout. Emmenez-les, je vous prie.

Les Démonstriseurs s'avancèrent, l'arme au poing. Sans prévenir, William se jeta sur eux. Il maniait l'épée avec une adresse incroyable et le meneur de la brigade, pris au dépourvu, n'eut même pas le temps de parer son attaque.

— Papa ! s'écria Théodore, ébloui par la ruse paternelle. Qu'est-ce que tu fais ?

— Allez, file ! ordonna M. Dagget en esquivant un coup de massue. Si tu es si doué que ça pour ouvrir des passages, fais-le, et vite !

— Je ne sais pas si je vais y arriver.

William asséna un coup de coude en pleine gorge à un Démonstriseur tout en entaillant le front d'un autre avec la poignée de son épée.

— Tu peux y arriver ! affirma Charlie, j'en suis sûr.

Violette brandit sa dague pour aider William dans l'espoir de leur faire gagner du temps. Le Double-Trouble s'avança vers le bracelet géant.

Tous ceux qui l'ont touché sont morts sur le coup.

Le bracelet émit une lueur rouge. Charlie distingua nettement l'image de Barakkas ciselée dans le métal et il reconnut le motif juste à côté.

Verminion.

Rassemblant tout son courage, il tendit la main et toucha le métal tiède. L'Artefact réagit aussitôt, comme le lui avait assuré Barakkas. En quelques secondes, le bracelet rétrécit, broyant les chairs du poignet en décomposition et brisant les os énormes comme de vulgaires bretzels.

Charlie regarda de plus près.

Le bracelet frémissait et palpitait, projetant sa lueur rouge sang sur son visage.

— Qu'est-ce que tu fabriques ? s'écria Violette à la vue de son ami figé sur place.

— Je pense à ce que le proviseur a dit, que mes parents ont peut-être été emmenés ailleurs.

— On n'y peut pas grand-chose dans l'immédiat, vociféra-t-elle en écrasant le pied d'un Démonstriseur qui s'approchait un peu trop.

— En fait, il y a bien un truc. Le bracelet est censé être un moyen de communication.

— Et alors ?

— Peut-être que je pourrais m'en servir pour voir ce que Verminion a fait de mes parents.

— Quoi ? Tu ne vas quand même pas mettre ce...

Charlie passa le bracelet à son poignet, sous les yeux horrifiés de Violette.

CHAPITRE SEIZE

LE BRACELET DE BARAKKAS

À la seconde où Charlie referma le bracelet, un bourdonnement aussi assourdissant qu'une chute d'eau lui fracassa les oreilles, et le monde autour de lui se mit à tourner de manière vertigineuse. Lorsqu'il retrouva ses esprits, il vit quatre sphères rougeoyantes danser devant ses yeux dans une obscurité veloutée. Identiques à des passages, on pouvait voir au travers et au-delà ; en revanche, elles n'étaient pas stationnaires – chacune paraissait se mouvoir dans un environnement différent.

Par la première, il entrevit l'intérieur d'un palais de cristal situé dans l'Outre-Monde. Il ne reconnaissait pas cet endroit peuplé de créatures fantomatiques et désincarnées, qui planaient doucement dans l'air embrumé.

Par la deuxième, il distingua un vieux cimetière de bateaux échoués et empilés les uns sur les autres, à proximité de la colonne incandescente du Cercle Intérieur. Pas âme qui vive, dans ce désert semblable à la face cachée de la lune.

Par la troisième, il reconnut la salle des Projets Spéciaux de la Division Cauchemar, l'endroit où il se tenait à cet instant même. William et Violette repoussaient les Démonstriseurs tandis que Théodore bataillait pour ouvrir un passage.

Enfin, par la dernière, il découvrit avec horreur que Barakkas le fixait.

Hébété, Charlie comprit qu'il voyait avec les yeux de tous ceux qui portaient un Artefact de l'Outre-Monde. Malgré lui, il s'approcha de la sphère et il la traversa jusqu'à ce que l'ébauche d'image qu'il entrapercevait emplisse totalement son champ de vision. Tout à coup, il perçut la voix de l'Élu.

— Un détachement d'une centaine d'assaillants serait suffisant pour récupérer mon bracelet à la Division Cauchemar, grogna-t-il tandis que des créatures se rassemblaient derrière lui dans la caverne géante du Perbuatan.

— Amplement suffisant.

Charlie reconnut la voix du crabe et il se rendit compte qu'il était Verminion ou, du moins, qu'il voyait par ses yeux.

— D'ailleurs, tu pourrais probablement le récupérer tout seul.

— Sans aucun doute. Mais ce n'est pas qu'une histoire de vol. Je vais porter un coup fatal au petit cœur de l'ennemi.

Verminion fondit sur Barakkas. Le changement brutal de perspective donna le vertige à Charlie.

Le crabe demanda :

— Quand avais-tu l'intention de m'en informer ?

— Je viens de le faire.

— J'ai passé vingt ans de ma vie ici à constituer patiemment une armée dont tu as l'intention de te servir sans même me consulter ?

— Je n'ai pas besoin de ta permission, gronda Barakkas. Tu n'es qu'une partie des Quatre, tout comme moi. On ne se doit rien.

— Nous serons obligés d'allier nos forces pour invoquer le Cinquième.

— C'est bien pour ça qu'il me faut mon bracelet !

— Tu l'auras ! Je me suis donné un mal fou pour te faire venir sur Terre et je veillerai à ce que les deux autres nous rejoignent aussi, mais ne t'avise surtout pas de prendre des initiatives sans mon consentement.

— Ne me pousse pas à bout, tempêta le monstre avec des éclairs dans les yeux, ou cette association se terminera mal.

Verminion ne répondit rien.

Barakkas afficha soudain un air préoccupé.

— Que se passe-t-il ?

— Quelqu'un nous observe.

Charlie s'empressa de retirer le bracelet de son poignet.

Le monde vacilla à nouveau et Charlie retrouva sa propre vision. Il avait le tournis après ce qu'il venait d'entendre. Ils avaient parlé de quelque chose qu'ils appelaient « les Quatre ». Il supposa que Verminion et Barakkas étaient les deux premiers ; qui étaient les deux autres ? Et qui était donc ce Cinquième qu'ils espéraient tant invoquer une fois qu'ils seraient tous réunis sur Terre, à l'aide des Artefacts de l'Outre-Monde ?

Tandis que Charlie essayait d'assembler les morceaux du puzzle, les Démonstriseurs menaçaient de prendre l'avantage sur William et Violette.

— Il vient, ce passage ? hurla-t-elle à Théodore.

— J'y travaille, répondit celui-ci.

Le Prestidigipasseur en herbe tentait désespérément de trouver une peur dont il pourrait se servir et les pensées se bousculaient dans sa tête. Son père était furieux d'avoir découvert qu'il n'était pas un guerrier, mais le monde ne s'était pas arrêté de tourner pour autant, non ? Au contraire, il mettait sa vie en danger pour le protéger de ces mêmes Démonstriseurs dont il espérait que son fils viendrait grossir leurs rangs un jour. Et, à cette idée, Théodore eut l'impression de recevoir un coup de poignard au cœur. Il n'avait pas seulement déçu son père ; il l'avait forcé à se retourner contre son propre camp, la Division Cauchemar. Il serait sans doute puni sévèrement pour la peine, peut-être même Ratatiné. Et par la faute de Théodore, non ?

Comment son père pourrait-il l'aimer après une aussi terrible trahison ?

Comment supportait-il d'être dans la même pièce que lui ?

Théodore sentit la peur le submerger comme un raz de marée et lorsque la déferlante atteignit son point culminant, un passage se matérialisa devant ses yeux.

— Bien joué ! hurla Violette. Allons-y, Charlie.

— Oui, fit-il, tiré de sa rêverie.

Ils se faufilèrent tous les deux à travers le passage.

Théodore regarda une dernière fois son père, qui bondit pour esquiver une hache et asséna une volée de coups d'épée.

— File, maintenant, lui cria-t-il.

Théodore sauta à pieds joints dans l'Outre-Monde, passant devant Brooke terrée dans un recoin sombre de la pièce, pile au moment où une nuée de Gremlins dégringola du plafond, lui arrachant les cheveux et lui griffant le visage.

— Attendez-moi ! s'égosilla-t-elle.

Brooke bondit à son tour par le passage, une seconde à peine avant qu'il se referme.

Ils se retrouvèrent tous les quatre hors d'haleine dans le Cercle Extérieur de l'Outre-Monde.

— Qu'est-ce qui t'a pris de mettre le bracelet ? demanda Violette à Charlie.

— Je t'ai dit, je voulais savoir où étaient Verminion et Barakkas. J'avais peur qu'ils aient emmené mes parents ailleurs et je ne suis pas assez expérimenté pour passer d'un endroit à l'autre et fouiller l'Outre-Monde de fond en comble.

— Et alors ?

— À mon avis, ils sont toujours dans leur repaire.

— D'accord, mais tu n'aurais jamais dû faire ça. Tu as pris un risque énorme.

Elle se tourna vers Théodore.

— Tu as fait du bon boulot avec ce passage, à propos. Un vrai pro.

— Ouais, bredouilla-t-il, encore un peu secoué, c'était... pas facile.

— Ça va ? s'inquiéta Charlie en dévisageant son ami.

Il ne connaissait que trop bien la charge émotionnelle qu'exigeait ce genre d'exercice.

— Oui. C'est juste que... je ne sais pas ce que va devenir mon père après tout ça. Qu'est-ce que Drake va faire de lui ?

— Peut-être rien, le rassura Charlie, le proviseur a dit qu'elle se chargerait du directeur. Et s'ils font ce à quoi je pense, ton père n'aura rien à craindre.

— Et à quoi tu penses ? l'interrogea Violette.

Charlie eut un sourire amer :

— Ils vont l'aider à oublier qu'il nous a jamais rencontrés.

La Reine des Sorcières passa sa langue serpentine sur ses hideuses babines.

— C'est de la pure trahison, beugla le directeur, toujours ligoté dans le lasso de Rex. Vous ne pouvez pas m'infliger un tel supplice.

— Tout doux, mon bijou, l'apaisa le cow-boy. Ça va

bien se passer. Croyez-moi, vous vous en souviendrez même pas.

— Que voulez-vous en échange de ce... généreux présent ? demanda la Reine au proviseur.

— Un échange, justement, répondit Mme Brazenhope avec froideur. Vous prenez quelque chose du directeur... et ensuite vous rendez à Rexford ce que vous lui avez subtilisé.

— Ses parents étaient si exquis, hésita la Reine. Quels souvenirs m'offrez-vous à la place ?

— Quelque chose de plus raffiné encore, insista Mme Brazenhope en s'approchant d'elle. Tous les souvenirs liés à Charlie Benjamin et à ses petits camarades.

— Non ! s'écria Drake. Vous ne pouvez pas me les enlever. J'en ai besoin pour les traduire en justice et éradiquer la menace qu'ils représentent.

— Je sais bien, dit le proviseur avec un sourire en coin avant de se tourner vers la Sorcière. Voyez comme il est enragé – toute cette insécurité, cette haine, cette crainte. Imaginez un peu leur goût. Imaginez un peu comme elles vous sustenteront...

Sans même s'en apercevoir, la Reine commença à baver.

— Marché conclu.

Avec un mouvement d'une rapidité déconcertante, elle enveloppa Drake dans ses ailes rigides et plongea la langue dans son oreille pour s'en délecter à grandes lampées.

Dans leur repaire niché au cœur du Perbuatan, les Outre-Créatures étaient en pleine effervescence. Les Sorcières polissaient l'imposante carcasse de Verminion pour rendre à son enveloppe cartilagineuse son éclat naturel, des Crachacides de Catégorie 5 nettoyaient les sabots de Barakkas en vomissant leurs sécrétions abrasives dessus, tandis que des Gigachiroptères rasaient le plafond de la grotte, slalomant entre les stalactites.

— Tu es sûr que c'est bien le petit qui nous observait ? demanda Barakkas à Verminion en envoyant valdinguer un Crachacide qui lui avait régurgité sur la cheville par inadvertance.

Le crabe acquiesça tout en rajustant d'un air absent son collier noir :

— Qui d'autre serait suffisamment fort pour porter un des Artefacts de l'Outre-Monde ?

Soudain, un passage s'ouvrit de l'autre côté de la grotte. Les deux Élus tournèrent la tête et virent Charlie, Violette, Théodore et Brooke apparaître.

— Oh, mon Dieu…, murmura Théodore en découvrant le repaire de lave bouillonnante digne d'un film d'horreur.

L'endroit était surpeuplé de créatures bien plus terribles que tout ce qu'il avait pu imaginer.

— On n'aurait jamais dû faire ça ! s'exclama Violette en reculant.

— Ouais, sors-nous d'ici, enchérit Brooke, le souffle coupé.

— On suit exactement le plan, insista Charlie.

Il s'avança en direction des deux monstres de l'autre côté de l'antre.

— Bonjour, s'égosilla-t-il, c'est moi, Charlie Benjamin. J'ai amené des amis.

— Charlie Benjamin ! s'écria Barakkas avec chaleur en allant à sa rencontre, écrasant au passage une Gigarachnide qui n'avait pas débarrassé le plancher assez vite. Quelle bonne surprise !

— Je suis venu passer un marché avec vous.

— Ouuh, fascinant. Dis-nous tout.

— Mes parents... contre *ça*.

Charlie brandit le bracelet, qui scintillait de mille feux dans l'obscurité de la grotte. Réagissant à la proximité d'un autre Artefact de l'Outre-Monde, le collier de Verminion se mit aussitôt à luire. Manifestement, ils agissaient l'un sur l'autre – et ils brillaient plus intensément que jamais.

Barakkas fixa le bracelet d'un œil avide.

— Comment l'as-tu récupéré ?

— Avec des Gremlins. On en a introduit des centaines dans la Division Cauchemar. Ils ont fait disjoncter le courant et on a profité de la pagaille générale pour le voler.

— Incroyable ! ricana Verminion en toisant son complice. Le petit a réussi cet exploit avec de minables petits Gremlins, et toi, tu voulais envoyer une armée.

Barakkas fulminait en silence.

Charlie jeta un regard furtif à son Ombre. Elle pointait vers la droite en direction d'une galerie qui serpentait depuis la grotte.

— Je veux que vous emmeniez mes amis par là, exigea-t-il en désignant le tunnel, pour qu'ils s'assurent que mes parents vont bien.

— Tu sais où nous les retenons ? s'étonna Verminion.

— J'ai une Ombre.

Les deux Élus échangèrent un regard circonspect.

— Futé, remarqua Barakkas, qui ordonna à une Gigarachnide : Emmène-les et garde-les-nous en vie.

L'araignée esquissa une révérence avant de rejoindre Théodore et Violette.

— Venez, siffla-t-elle.

Théodore hésita un instant :

— Tu es sûr que ça va aller ?

Charlie hocha la tête :

— T'inquiète. On s'en tient au plan.

Non sans appréhension, Théodore et Violette suivirent la créature dans la galerie. Au bout de quelques mètres à peine, Violette fit demi-tour et se jeta au cou de Charlie pour le serrer dans ses bras.

— Fais bien attention à toi, lui dit-elle.

— Toi aussi.

— Et moi, dans tout ça ? pleurnicha Brooke qui se cachait derrière Charlie maintenant que les deux autres étaient partis.

— Tiens-toi tranquille et ne reste pas dans mes pattes, commanda-t-il avant de reprendre ses négociations avec les Élus. Quand mes amis auront retraversé avec mes parents, je vous donnerai le bracelet.

— Oh, je ne pense pas qu'on puisse accepter tes conditions, répliqua Barakkas. Comment pouvons-nous être sûrs que tu ne t'enfuiras pas avec, une fois que tes parents seront à l'abri ?

— Parce que je n'ai pas l'intention de partir. En fait, je ne repartirai jamais.

— Quoi ? s'écria Brooke, éberluée.

Sans lui prêter attention, Charlie s'avança d'un pas assuré vers les deux monstres.

— Je veux me joindre à vous. Je ne peux pas retourner là-bas. Quand je vous ai fait traverser, dit-il à Barakkas, le directeur a déclaré qu'il vaudrait mieux pour tout le monde que je sois mort. Ou Ratatiné. Ce qui revient au même.

— Alors tu as volé mon bracelet dans l'espoir d'entrer dans nos bonnes grâces avec cette offrande majestueuse ?

— Oui, et pour vous prouver ma loyauté. Je ne peux plus retourner à la Division Cauchemar après ça.

— Espèce de sale crapaud, tu m'as menti ! hurla Brooke, verte de rage. Tu nous as menti à tous ! Tu voulais nous trahir depuis le début !

Charlie haussa les épaules.

— Tu ne peux t'en prendre qu'à toi-même. Tu es tombée dans le panneau toute seule. Alors, demanda-t-il aux Élus, qu'est-ce que vous en dites ? Je peux me joindre à vous ?

Verminion réfléchit.

— Non… ça n'a aucun sens. Tu sais pertinemment ce que j'ai fait autrefois à Edward Pinch quand il m'a fait traverser. Il avait conclu un accord avec moi et je l'ai rompu, malheureusement. Pourquoi penses-tu que nous te traiterions différemment ?

— Parce que vous ne pouvez pas vous passer de moi, expliqua Charlie qui s'avança entre leurs pattes, aussi minuscule qu'un faon se frayant un chemin parmi des chênes centenaires. Je veux dire, comment vous débrouillerez-vous sans mon aide pour faire venir les deux autres Élus sur Terre et invoquer le Cinquième ?

— Qui t'a appris tout ça ? demanda Barakkas, qui ajouta : Tu as mis le bracelet, n'est-ce pas ?

— Juste une seconde. Et même si je vous ai espionnés, le fait est que vous avez besoin de moi pour mener votre plan à bien.

Il se planta entre eux, avec une assurance incroyable.

— Tu te retournerais contre ton propre camp ? Pour devenir un traître ? insista Barakkas.

— Ils me haïssent déjà tous, observa Charlie tristement.

— C'est bien vrai ! vociféra Brooke.

— Vous voyez ? Je ne suis qu'un monstre à leurs yeux, même pour ceux qui possèdent le Don. Ils ont tous peur de moi, maintenant.

Il leva le menton vers les deux créatures et il les défia du regard.

— Mais je veux leur donner une bonne raison de me détester.

Le bracelet brillait encore plus intensément, si près de son maître. Barakkas, en extase, se délectait de cette exquise proximité.

— Libérez mes parents. Et je resterai.

Dans la petite alcôve crasseuse, Violette s'échinait avec sa dague à percer les cocons dont Olga et Barrington étaient prisonniers. La toile était aussi solide que de la corde.

— Ça se présente comment ? demanda Théodore, sur les nerfs.

— Ça vient, dit-elle en finissant d'entailler le premier cocon sur toute sa hauteur. Voilà, aide-moi.

Ils se postèrent de part et d'autre et tirèrent chacun d'un côté. L'enveloppe céda. La mère de Charlie, très affaiblie, battit des paupières et s'humecta les lèvres.

— Où suis-je ? demanda-t-elle d'une voix râpeuse.

— Vous êtes en sécurité, la rassura Violette. On est venus vous sauver. Charlie n'est pas loin.

— Charlie ? reprit Olga en écarquillant les yeux. Où est mon petit garçon ? Il va bien ?

— Il se porte comme un charme, répondit Théodore. J'en sais quelque chose, je suis son meilleur copain. Enfin, je crois que nous sommes ses deux meilleurs copains, ajouta-t-il après un coup d'œil à Violette.

— Formidable, dit Olga avec un sourire rêveur. Il a besoin d'amis. Il n'en a jamais eu beaucoup, vous savez.

— Reposez-vous, lui conseilla Violette, qui s'attaqua

aussitôt au cocon qui renfermait le père de Charlie. Nous allons vous sortir de là dans une minute.

Pendant ce temps dans la grotte, les deux Élus tenaient un conciliabule.

— Le petit ment, protesta Verminion.

— Ce n'est pas parce que tu es le roi des fourbes que tout le monde l'est, rétorqua Barakkas. Ce n'est qu'un enfant, en colère et méfiant, tout comme celui qui t'a fait traverser autrefois. Imagine à quel point il pourrait nous être utile pour faire venir les deux autres.

— Il ne nous aidera pas. Il nous veut du mal. J'ignore pourquoi exactement, mais je le sens.

— Il a apporté le bracelet, ce qui montre bien ses intentions pacifiques.

— Tu es obnubilé par ton Artefact ! Et cette idée fixe commence à t'embrouiller le cerveau !

— Cela ne signifie pas pour autant que j'ai tort. Si tu crois que le petit nous ment et qu'il n'a aucune intention de se joindre à nous, prouve-le.

— Aucun problème.

Avec un claquement de pinces assourdissant, Verminion appela ses serviteurs.

Tandis que le crabe chuchotait ses ordres, Charlie souffla à Brooke :

— T'inquiète pas, je ne vous trahirai pas. J'essaie juste de leur faire croire que je veux changer de camp pour qu'ils laissent Théodore et Violette retraverser avec mes parents et une fois qu'ils seront partis, on filera aussi.

— Je n'arrive plus à démêler le vrai du faux ! gémit-elle. Est-ce que je suis censée croire ce que tu leur racontes ou ce que tu me racontes ?

— Fais-moi confiance, s'il te plaît.

À cet instant, une Gigarachnide s'approcha d'eux. Elle tenait entre ses pattes quelque chose qui gigotait sans arrêt. Charlie tendit le cou pour voir ce que ça pouvait bien être, mais l'épouvantable tête de gargouille de Verminion lui obstrua la vue. La bête hideuse empestait le poisson qu'on aurait laissé toute une journée en plein soleil.

— Mon partenaire et moi sommes en… léger désaccord quant à tes intentions réelles. Il te croit. Moi, pas. Si tu dis la vérité, nous laisserons tes amis et tes parents s'en aller et nous te considérerons comme un véritable partenaire. Mais si tu mens, nous te tuerons. À petit feu.

— Comment puis-je vous prouver ma loyauté ? demanda Charlie.

— Avec ceci, déclara Verminion en désignant la Gigarachnide, qui s'empressa de donner à Charlie la petite chose remuante qu'elle tenait entre ses pattes.

Un Snark.

Si petit, si doux et si mignon, il détonnait complètement dans l'antre maléfique. Il ronronna et gazouilla au contact des mains de Charlie.

— Le Snark nous révélera si tu as peur ou non – et cette peur nous indiquera si tu mens ou pas. Si tu dis la vérité, tu n'as rien à craindre. Tu peux être parfaitement tranquille sachant que le Snark ne te trahira jamais, parce que tu n'as rien à cacher. En revanche, si tu mens, continua Verminion qui faisait claquer ses pinces frénétiquement sans même s'en rendre compte, ta peur n'en sera que plus forte car tu sais que le Snark verra clair dans ton jeu et se transformera... Dans ce cas, tes amis, tes parents et toi en paierez le prix.

Charlie sentit son cœur s'emballer dans sa poitrine. Lui qui pensait avoir eu une idée de génie en leur proposant cette alliance. Tout s'était déroulé comme prévu, et pourtant...

Et pourtant, l'un des deux Élus ne le croyait pas.

Éventualité qu'il n'avait pas envisagée.

La petite boule qui lui tiraillait le ventre irradia dans tout son corps, et le Snark commença à muter. Charlie vit avec horreur la bête doubler de volume, perdre son duvet, son bec se transformer en une gueule pleine de crocs et une queue écailleuse lui pousser sur le dos. Plus il changeait, plus Charlie craignait que ses intentions cachées, son véritable plan, soient découverts, et cette peur grandissante ne faisait qu'accélérer la transformation du Snark.

Un vrai cercle vicieux.

Un sourire de contentement étira les lèvres de Verminion :

— On dirait que tu as été démasqué.

— Non, se défendit Charlie en reculant. J'ai pas peur

de me faire attraper, j'ai peur de vous. Vous êtes plutôt effrayant et c'est cette peur qui a transformé le Snark.

Barakkas s'approcha de lui.

— C'est plausible. Ne tire pas de conclusion hâtive, ce garçon a un potentiel qui pourrait nous être fort utile.

— S'il a raison et que j'ai tort, alors tu dois nous prouver une loyauté indéfectible, poursuivit le crabe qui se saisit de Brooke d'un coup de pince et regarda Charlie droit dans les yeux. Tu n'as qu'un mot à dire, petit, et je la coupe en deux. Après tout, si tu as l'intention de te joindre à nous, elle ne sera que la première d'une longue liste d'humains que tu contribueras à exterminer.

— Non..., gémit Brooke. Charlie ?

Le Double-Trouble sentit sa gorge se nouer. Il ne pouvait plus parler.

— Charlie, répéta-t-elle d'une voix à peine perceptible.

— L'heure du verdict a sonné. Que choisis-tu ?

Charlie ferma les yeux.

Il dit enfin :

— Relâchez-la.

Verminion sourit.

— Exactement ce que je pensais. Le petit nous mène en bateau depuis le début. Tu n'es qu'un crétin, Barakkas.

L'autre fit la grimace, le crustacé s'esclaffa – un rire vulgaire et gras – et Charlie sentit le souffle chaud de son haleine fétide sur son visage.

— C'est peut-être un crétin, mais il n'y en a pas un pour rattraper l'autre.

D'un geste vif, Charlie lança le bracelet droit dans la gueule ouverte de Verminion.

Muet de stupeur, Barakkas suivit du regard l'Artefact scintillant qui disparut dans la bouche de son complice. Le bracelet finit sa course au tréfonds de ses entrailles, comme en témoignait la lueur qui éclairait la carapace translucide de l'intérieur.

— Mais qu'est-ce... qu'est-ce qui t'a pris ? haleta Barakkas.

— Si vous y tenez tellement, s'écria Charlie, allez le chercher vous-même !

Il pivota en direction de la galerie qui menait à l'alcôve où se trouvaient ses parents et s'écria :

— EMMENEZ-LES ! RETRAVERSEZ, MAINTENANT !

Violette finissait tout juste de délivrer le père de Charlie lorsqu'elle l'entendit crier.

— Que se passe-t-il ? demanda Olga.

— Ça dégénère, fit Théodore. Il faut y aller.

Il se concentra aussitôt pour ouvrir un passage, mais deux Gigarachnides détalèrent le long du tunnel et firent irruption dans l'alcôve, prêtes à en découdre.

— Et Charlie ? chevrota Barrington, alarmé. C'était la voix de mon fiston...

— Il devra se débrouiller seul, rétorqua Violette en brandissant sa dague, nous avons nos propres problèmes. Je les retiendrai aussi longtemps qu'il le faudra, mais ouvre un passage, et vite, Théodore !

— C'est ce que je suis en train de faire ! Ce n'est pas en me criant dessus que tu vas m'aider.

— D'accord, dit-elle en lardant de coups de dague la créature la plus proche. Cher Théodore, auriez-vous l'obligeance, *je vous prie*, d'ouvrir un passage dès que vous en aurez le temps ?

— Avec joie. Tu vois, quand tu veux...

Dans la caverne, Barakkas, vert de rage, s'en prit à Verminion :

— Rends-moi ce qui m'appartient !

— Tu as perdu la tête ? C'est à l'intérieur de moi, espèce d'idiot. Comment je suis censé faire ?

— Tu vas voir, rugit la bête à cornes qui s'avança vers lui en le menaçant du poing, semant une pluie d'étincelles à chacun de ses pas.

— Arrête ! C'est exactement ce que le petit cherche à faire, nous monter l'un contre l'autre.

— Le petit aura ce qu'il mérite. Quant à toi, tu as toujours jalousé ma force et je ne te laisserai pas me diminuer. Je veux mon bracelet !

— Non.

Les yeux orange de Barakkas virèrent au rouge écarlate.

— On ne dit jamais non à Barakkas !

Il bondit sur Verminion et atterrit à quelques mètres de lui, faisant trembler le sol et projetant une gerbe de flammes avec ses sabots. D'une violente claque dans le dos, il explosa la carapace de Verminion, mettant à nu sa chair rosée.

Le crabe desserra son étreinte, Brooke s'écroula au sol et s'éloigna à quatre pattes aussi vite qu'elle le put. Verminion poussait des hurlements de douleur et il riposta en assénant à Barakkas un coup vicieux à la cuisse gauche, faisant jaillir un flot de sang noir. Les deux créatures rugissaient en se rendant coup pour coup et Charlie en profita pour récupérer Brooke.

— Viens, dit-il en se hâtant vers la galerie.

Mais l'entrée était bien gardée. Des créatures avaient surgi de tous côtés et envahi le repaire en masse pendant que leurs maîtres s'affrontaient.

— Qu'est-ce qu'on fait, maintenant ? chuchota Brooke.

— On se bat, rugit Charlie qui brandit sa rapière dont les reflets bleus brillaient intensément. Cache-toi derrière moi.

Brooke se plaça dans son dos. Des centaines de monstres fondaient sur eux dans une cacophonie de hululements et de rugissements.

Dans l'alcôve, Violette se surprenait elle-même, elle possédait véritablement les qualités d'un Démonstriseur-né. Elle tournoyait, distribuait des coups de dague et parait les attaques des Gigarachnides avec une agilité déconcertante, en puisant dans des ressources insoupçonnées. Si douée qu'elle fût, néanmoins, elle ne faisait pas le poids contre ces centaines de créatures qui affluaient continuellement du tunnel.

— On a peut-être encore cinq secondes, souffla-t-elle à Théodore. Après, ce sera trop tard.

La pression était insupportable et Théodore était accablé par cette subite prise de conscience : il n'était pas à la hauteur de la tâche. Il avait manqué à tous ses engagements – envers son père, ses amis, et en particulier Charlie, livré à son sort dans cette caverne à quelques pas de lui, ridiculement insignifiant face aux deux créatures les plus dangereuses que l'Outre-Monde avait jamais engendrées. Théodore lui avait promis de le protéger, or il avait échoué, et Charlie le paierait de sa vie, sans même avoir eu la chance de revoir ses parents. Théodore imaginait son atroce agonie et pensait à sa propre impuissance face à cette situation, la peur de l'échec montant en lui avec la force d'un tsunami. Elle était vivante, cette peur, et elle croissait à la vitesse de la lumière.

Tout à coup, Théodore ouvrit un passage.

— Que le Grand Cric me croque, pantela Violette, hors d'haleine, débordée par la horde de monstres.

Sans perdre une seconde, elle attrapa les parents de Charlie par la main et bondit dans le passage.

— Allez ! vociféra-t-elle à Théodore.

— Désolé, mon pote, murmura celui-ci, pensant à l'ami qu'il laissait derrière lui. Bonne chance.

Il disparut, abandonnant Charlie et Brooke à leur destin.

Le duel entre Verminion et Barakkas évoquait un combat de titans. D'un coup de pince, le crabe entailla profondément l'épaule de Barakkas qui poussa un cri strident avant d'agripper à son tour le membre acéré pour l'arracher net, dans une gerbe de pus sanguinolent.

Verminion hurla de douleur, l'autre courba l'échine et, de ses deux cornes, il le renversa sur le dos, exposant son abdomen. Barakkas planta la pince démantibulée dans la carapace translucide, visant l'endroit où rougeoyait la lueur du bracelet, au tréfonds de ses entrailles.

L'armure cartilagineuse se fendit dans un bruit de glace pilée et tandis que Verminion balafrait la gueule du géant avec son autre pince, Barakkas enfonça son poing dans les chairs du crustacé pour repêcher le bracelet si convoité.

Charlie, pendant ce temps, repoussait les assauts des créatures avec l'énergie du désespoir. Sa rapière tranchait pinces et pédoncules oculaires avec une précision millimétrique. Soudain, malgré sa rage belliqueuse, une terrible évidence s'imposa à lui : *ils allaient mourir.*

Il aurait pu se battre ainsi pendant des jours sans jamais venir à bout des légions de créatures qui accouraient le long des galeries obscures pour semer la mort. Si seulement il avait le temps d'ouvrir un passage, même minuscule, pour s'échapper ! Mais comme l'avait dit le proviseur, si forts que soient les Double-Troubles, ils ne pouvaient accomplir les deux tâches simultanément. Or, s'il cessait de lutter ne serait-ce qu'une seconde, la horde les dévorerait tout crus.

Les bêtes infâmes déferlaient sur eux à la vitesse d'un ouragan – un cyclone venu des ténèbres qu'il n'avait plus aucun espoir de repousser. Tout en croisant le fer à une vitesse époustouflante, Charlie comprit qu'en voulant sauver ses parents il les avait condamnés. Les autres avaient raison, il avait eu tort. Ils se battaient contre des moulins à vent, et ce combat avait certainement coûté la vie à ses deux seuls amis et à sa famille, aux êtres qui l'avaient toujours protégé. Il ignorait ce qui leur était arrivé au bout de ce tunnel, mais comment auraient-ils survécu à l'attaque causée par sa propre inconséquence ? Ça ne faisait aucun doute, ils étaient morts à l'heure qu'il était, par sa faute, et il était seul face à l'armée de l'Outre-Monde, un paria dans un monde qui le haïssait.

— Je suis désolée, murmura Brooke, des larmes de rage roulant sur ses joues. Si seulement je pouvais t'aider. Si seulement j'avais encore le Don, je pourrais ouvrir un passage pour qu'on retraverse tout de suite, mais j'en suis incapable. Je ne suis bonne à rien, ajouta-t-elle en sanglotant, avouant du même coup sa plus grande peur. Je ne suis qu'une frimeuse et une ratée. Je suis nulle, je l'ai toujours été et maintenant on va mourir à cause de moi !

Des flammes violettes se mirent à danser sur son corps et, contre toute attente, un passage se matérialisa devant eux.

Charlie écarquilla les yeux.

— C'est toi qui as fait ça ?

— Je... Je crois bien que oui, dit-elle, éberluée.

Le bracelet de Barakkas

Au loin, Verminion poussa un râle de douleur lorsque Barakkas, salement amoché, extirpa le bracelet de ses entrailles visqueuses et putrides. L'Artefact éclaboussa les parois de la grotte d'une lueur rouge incandescente et s'élargit considérablement pour s'adapter à son poignet.

Barakkas rugit :

— À moi ! À moi le bracelet, enfin !

Tandis que la bête éclatait d'un rire triomphant, Charlie et Brooke se faufilèrent par le passage. Les créatures de l'Outre-Monde se ruèrent à leurs trousses.

Trop tard... Le passage, qui emmenait Charlie et celle qui l'avait ouvert, s'était déjà volatilisé.

CHAPITRE DIX-SEPT

VÉRITÉ ET CONSÉQUENCES

Après une brève halte dans l'Outre-Monde, Charlie et Brooke retraversèrent dans la salle du Cours Préparatoire des Prestidigipasseurs située au cœur de l'École.

— Tu as réussi ! s'écria Charlie.

— Je crois bien que oui, acquiesça Brooke avec un sourire radieux. J'étais persuadée que j'avais perdu le Don à jamais, mais il est revenu.

— Pile à temps. Tu as été extraordinaire.

— Merci. Toi aussi.

Elle lui donna un baiser, doux et furtif. C'était son premier baiser et c'était si agréable et si parfait que Charlie aurait voulu qu'il dure toujours.

— Mon petit…, murmura Olga dans son dos.

Charlie fit volte-face, sa mère se précipita sur lui. Elle le serra si fort qu'il pouvait à peine respirer. Son corps était si frêle entre ses bras, son séjour dans le cocon l'avait tellement affaiblie, qu'un coup de vent aurait pu l'emporter.

— Tu vas bien, Maman ?

— Oh oui, maintenant que j'ai retrouvé mon petit garçon.

Elle s'humecta les doigts et commença à nettoyer les traces de suie sur son visage.

— Regarde-toi. Tu es tout sale. Tu fais peur à voir.

Le père de Charlie les rejoignit.

— Je pensais que nous t'avions perdu, fiston, dit-il avec des sanglots dans la voix. Nous ne l'aurions pas supporté. Je n'y aurais pas... survécu. Ta mère non plus.

— Je vais bien, Papa. Vraiment.

— Les Benjamin regardent la peur en face ! s'exclama Barrington. Et sortent toujours victorieux !

Charlie sourit.

— J'en ai bien l'impression. C'est si bon de vous revoir ! Vous ne pouvez pas imaginer à quel point je suis désolé que vous ayez enduré cette épreuve.

— Ce qui ne nous tue pas nous rend plus forts, récita son père. Et ta mère et moi sommes tous les deux très, *très* forts.

— Ne te mets pas martel en tête, jamais, tu m'entends ?

— Oui, Maman, acquiesça Charlie, tout sourires, avant de regarder Violette et Théodore. Comment vous avez fait pour vous échapper ?

— C'est grâce à Violette, répondit Théodore. Tu aurais dû la voir dans cette grotte avec sa dague. Un truc de malade ! Contre les Gigarachnides – *vlan, et vlan !* brailla-t-il en faisant mine d'asséner des coups dans l'air. Totalement incroyable. Carrément scandaleux.

— Tu aurais vu le passage qu'il a créé ! s'exclama Violette. Il y avait des monstres partout et on aurait dit Tony Parker marquant un panier à la dernière minute, il a fait ça en un claquement de doigts.

— Bof, c'était pas si extraordinaire que ça, bredouilla Théodore, qui rougit d'embarras mais n'en savourait pas moins le compliment.

— Merci à tous les deux. Je ne peux même pas vous dire ce que ça représente pour moi.

— Oh, t'inquiète, rétorqua le Prestidigipasseur, souriant jusqu'aux oreilles. C'est monnaie courante pour nous.

— Monsieur Benjamin ! tonna une voix de l'autre côté de la pièce.

Charlie se retourna et vit le proviseur, talonnée par Rex et Tabitha.

— Bon sang, mon garçon… vous avez réussi !

Tabitha se jeta sur lui pour lui faire un gros câlin.

— On était si…, bafouilla-t-elle, cherchant ses mots. *Il faut que tu fasses plus attention !*

Rex lui envoya une grande tape dans le dos.

— Bien joué, gamin. Je ne sais pas comment t'as fait, je ne veux pas le savoir, mais je suis bigrement content de te revoir.

— Pareil pour moi, admit Charlie, aux anges. Et qu'est-ce que vous avez fait de…, demanda-t-il au proviseur.

— De Drake ? Eh bien, le voilà. Venez par ici, monsieur le directeur.

Le directeur de la Division Cauchemar s'avança vers eux.

— Je voudrais vous présenter une personne très spéciale, Charlie Benjamin. Il est très Doué.

— Enchanté, dit Drake en lui serrant la main. Travaillez dur, étudiez régulièrement et un jour peut-être vous aurez la chance de faire partie d'une de mes brigades.

— Merci, monsieur.

Charlie regarda Mme Brazenhope du coin de l'œil :

— Les Sorcières, c'est ça ?

— Bien sûr.

Rex poussa un soupir théâtral.

— Ces Sorcières ont fait de mon père un menteur parce qu'il disait toujours : « Dans chaque bête sommeille la beauté. » Ces bestioles sont pas jolies jolies, que ce soit dedans ou dehors.

Charlie éclata de rire.

— Ton *père* disait ça ?

Le cow-boy opina du chef, rayonnant de bonheur.

— Attends un peu, si tu te souviens de ton père, ça signifie que...

— ... que j'ai récupéré mes parents dans l'histoire, comme toi.

— Vraiment ?

— Ils sont bien au chaud là où ils étaient, conclut Rex en se tapotant la tempe avec l'index.

Charlie l'étreignit, soulagé.

— Hé, mollo, gamin ! On ne va pas se mettre à pleurnicher…

Le proviseur se planta devant Charlie.

— Quand vous aurez une minute, monsieur Benjamin, j'aimerais vous parler.

Ils se tenaient sur le pont du bateau de pirates au sommet de l'École. La jungle déployait sous eux son tapis de verdure. Des oiseaux bariolés voletaient d'arbre en arbre, planant sur les courants d'air chaud de la brise tropicale.

— Donc, les Artefacts de l'Outre-Monde sont des objets invocatoires, résuma Mme Brazenhope en secouant gravement la tête. Êtes-vous certain que les quatre Élus doivent être sur Terre afin d'invoquer celui qu'ils appellent « le Cinquième » ?

— C'est ce que Barakkas et Verminion ont dit, acquiesça Charlie. Comme ils ne savaient pas que je les écoutais, je pense qu'ils disaient la vérité.

— Je me demande bien ce que peut être ce Cinquième. Ou qui il est. S'il faut la force conjuguée des quatre Élus pour la faire venir sur Terre, cette créature doit être d'une force prodigieuse. Nous devons faire tout ce qui est en notre pouvoir pour empêcher sa venue et interdire l'accès de notre monde aux deux autres Élus.

— Qui sont-ils ? Les deux autres, je veux dire ?

— Ils répondent aux noms de Slagguron et Tyrannus, j'espère que vous ne les rencontrerez jamais.

— C'est pas moi qui vous dirai le contraire.

— Les informations que vous nous avez communiquées ont beau faire froid dans le dos, elles sont d'une importance vitale, et je ne saurais vous exprimer à quel point j'apprécie votre contribution à notre lutte.

— Merci.

— Ce que je n'apprécie pas, en revanche, ce sont les mensonges et les subterfuges dont vous avez usé pour vous les procurer, ajouta Mme Brazenhope d'un ton sinistre. Les choses se sont bien terminées, mais elles auraient pu tourner à la catastrophe.

— Je sais, je m'en rends parfaitement compte. Même si on a réussi, rien ne s'est vraiment déroulé comme prévu.

— C'est rarement le cas.

— Je souhaitais faire croire à Barakkas et à Verminion que je voulais changer de camp pour qu'ils laissent Théodore et Violette partir avec mes parents.

— Et ensuite, vous pensiez prendre la fuite avec le bracelet ?

Charlie acquiesça.

— Sauf que Verminion a flairé ma ruse.

— Ce fourbe est le meilleur au jeu de l'arroseur arrosé, dit Mme Brazenhope, amère.

— Nous avons survécu, mais c'était moins une.

— Il va falloir vous y faire, ma vie entière n'a été qu'une succession de « moins une ». Quand vous vous êtes enfuis, les Élus se battaient encore ?

Charlie fit oui de la tête.

— Ils s'entretuaient. La dernière chose que j'ai vue, c'est Barakkas en train d'extirper le bracelet de l'estomac de Verminion. Je ne suis même pas sûr qu'ils soient toujours vivants.

— Je vois. Eh bien, qu'ils en réchappent ou non, il est clair que vous leur avez porté un coup terrible. Ils ne seront pas d'attaque avant des mois, une année peut-être. Vous nous avez fait gagner du temps.

— Si vous le dites... Cela étant, Barakkas a récupéré son bracelet.

— Oui, hélas ! Quoi qu'il en soit, il serait parvenu à le reprendre de toute façon et la Division Cauchemar aurait certainement payé un lourd tribut en vies humaines. Tout compte fait, reprit-elle après un court silence, vos camarades et vous avez remarquablement réussi, et le plus extraordinaire, c'est que vous ne devez cette victoire qu'à vous-mêmes.

— C'est justement une question que je me posais. Je me suis demandé si vous feriez irruption dans la caverne au moment crucial, vous savez, pour nous sauver ou quelque chose dans le genre.

— Vraiment ?

— Oui. Sur la fin, quand je me battais contre la moitié du repaire, je me disais – *j'espérais*, même – que vous viendriez à la rescousse. Pourquoi vous ne l'avez pas fait ?

— Parce que j'ignorais votre plan. En arrivant n'importe quand, j'aurais pu tout faire capoter, exact ?

— Exact. C'est juste que… je ne pensais pas que vous me feriez autant confiance.

Elle lui sourit avec chaleur.

— J'avais foi en vous, Charlie, comme vous me l'aviez demandé.

— Merci, dit-il simplement, avant de contempler l'océan. Où sommes-nous, au juste ? L'École, je veux dire ?

— Cachés, répliqua-t-elle avec un air mystérieux. Tout comme vos parents devront l'être.

— *Quoi ?*

— Oui, j'en ai bien peur. Dès qu'ils seront remis de leurs émotions, nous leur procurerons de fausses identités et ils prendront un nouveau départ, par mesure de précaution.

— Je ne comprends pas ! On ne peut pas les protéger ici ? Il n'y a pas d'endroit plus sûr au monde. Même Barakkas n'a pas pu nous attaquer à l'École.

— Il est vrai que l'École possède un système de défense assez exceptionnel contre les créatures de l'Outre-Monde, admit Mme Brazenhope en passant amoureusement la main sur la rambarde de bois patiné du bateau de pirates. Toutefois, cette protection ne durera peut-être pas éternellement.

— Qu'est-ce que c'est ? Comment ça marche ?

— C'est une longue histoire, qui attendra un autre jour. Vous espériez que vos parents restent parmi nous, je le sais, mais comme vous avez pu le constater, ils vous rendent terriblement vulnérable. De plus, l'École elle-même n'est qu'une partie infinitésimale d'une île gigantesque.

Elle scruta la jungle qui s'étendait à perte de vue. Le soleil dardait ses rayons à la cime des arbres, mais Charlie ne discernait pas ce qu'ils dissimulaient dans leur ombrage.

— Il y a bien d'autres dangers, ici, dit-elle finalement. Nous ne sommes pas seuls.

Charlie mourait d'envie de lui poser un tas de questions. Quelles étaient exactement les défenses de l'École ? Quelle était cette menace tapie dans la jungle ? Où ses parents seraient-ils cachés ? Il voulait des réponses, et il les voulait *maintenant*, mais le proviseur n'avait pas l'air enclin à les lui donner.

— Quand est-ce que je pourrai revoir mes parents ?

— Je l'ignore. Ils devront rester cachés jusqu'à ce que nous sachions précisément ce qu'il est advenu de Verminion et Barakkas.

— Je vois.

Charlie détourna la tête pour dissimuler au proviseur les larmes qui lui piquaient les yeux.

Au fin fond de leur repaire, Barakkas et Verminion gisaient à terre sur la roche volcanique moite et collante, maculée de leur sang noir. Ils étaient si amochés qu'on avait du mal à les reconnaître. Des Gigarachnides aux petits soins recousaient leurs plaies avec leur fil de soie solide. Les deux Artefacts de l'Outre-Monde brillaient de mille feux dans l'obscurité.

— Maintenez-le en vie, glouglouta Barakkas en désignant Verminion. Nous avons besoin des Quatre pour invoquer le Cinquième.

— Oui, maître, acquiesça l'une des araignées.

Verminion leva sa tête boursouflée.

— Le garçon... doit payer. Il doit mourir.

— Non. Il doit vivre. Et souffrir.

— Oui. Très bien.

La lave cascadait en nuées ardentes sur les parois de la grotte, et toujours plus de créatures se pressaient au chevet des deux monstres, déployant tout leur savoir maléfique pour faire revenir leurs maîtres d'entre les morts.

Pinch était assis à l'écart sur un des rochers qui bordaient l'océan, à l'orée de l'arène de Démonstrisation. Les embruns lui piquaient le visage.

— Je sais ce que tu ressens.

Pinch leva le nez et vit Charlie à côté de lui.

— Vraiment ?

Il y eut un silence. Une autre vague déferla, laissant une traînée de bulles blanches sur le sable. Les mouettes criaient dans le ciel.

— Si je pouvais tout recommencer, murmura Pinch, je le ferais. Depuis le début.

— Moi aussi, répondit Charlie. Je reprendrais de zéro, bien avant toute cette histoire. Parce que... j'ai fait souffrir beaucoup de gens.

— Et tu en feras souffrir beaucoup d'autres. Tu n'y peux strictement rien ; en revanche, c'est à toi de déterminer si cette souffrance que tu infliges sert une cause noble ou ténébreuse. Ne fais pas comme moi, conclut-il après une courte pause.

— J'essaierai. C'est juste que... c'est pas toujours facile de savoir qui sont les gentils et qui sont les méchants, si tu vois ce que je veux dire.

— Je crains que oui.

En silence, ils contemplèrent l'écume que l'océan rejetait à leurs pieds. Charlie ressassait les mille et un scénarios catastrophes auxquels il aurait pu, *aurait dû*, ne pas échapper. Il ne devait son salut qu'à la chance.

La prochaine fois, la chance ne suffirait peut-être pas.

Plus loin sur le rivage, une voix s'éleva :

— Amène-toi, DT !

C'était Théodore qui pataugeait dans les vagues et s'amusait à éclabousser Violette.

— Ouais, l'eau est super bonne ! cria celle-ci dans un grand éclat de rire insouciant.

Une musique si douce à l'oreille de Charlie.

Il se hâta de les rejoindre, s'arrêtant un bref instant lorsqu'il aperçut Brooke à la lisière de la jungle, près d'une rangée de palmiers. Elle était si belle. Il la salua d'un petit geste de la main. Elle lui sourit. Témoin de la scène, Geoff passa un bras possessif autour de ses épaules avant de l'entraîner loin de Charlie, dans la pénombre de la forêt vierge.

— Tu viens ? brailla Théodore.

— J'arrive ! répondit Charlie quand Brooke eut disparu.

Il tourna les talons et se mit à courir sur le sable
chaud pour rejoindre ses amis. Derrière lui, l'École
s'élevait haut dans le ciel, ses passerelles se balançaient
doucement sous la caresse de la brise tropicale, ainsi
que l'enchevêtrement farfelu de cabines et de bateaux,
de coins et de recoins, qui ne demandaient qu'à être
explorés.

Et Charlie était bien content de ne pas avoir à le faire
seul.

Remerciements

Écrire ce livre a été pour moi une véritable renaissance créative et j'aimerais remercier les nombreuses personnes dont la gentillesse et le talent ont fait de cette expérience une joie.

Merci à mon fils aîné, Chris, qui restera à jamais le premier lecteur de *L'École des Cauchemars*, et à mon fils cadet, Alex, qui m'a promis d'en parcourir les pages dès qu'il aura appris à lire. Merci à mes parents, Craig et Marilyn, qui restent à ce jour la meilleure définition que l'on puisse donner à ce mot, et à ma merveilleuse épouse, Elizabeth, qui, après avoir jeté un coup d'œil au premier chapitre, m'avait dit : « Hé, mais c'est bien. » Merci également à mes inégalables agents, Rob Carlson et Jennifer Rudolph Walsh, ainsi qu'à mon avocat, Tim DeBaets, qui a porté ce projet avec un bel enthousiasme dès le début. Et merci à Steve Sommers, Bob Ducsay, Scott Bernstein et tous ceux, chez Universal, qui travaillent en ce moment même à l'adaptation de *L'École des Cauchemars* au cinéma.

J'en profite également pour remercier le très talentueux J. P. Targete qui a contribué largement au développement de mon site Internet, ainsi que mes amis Todd Farmer et Jim Vallely, ma sœur, Tiffany, et ma tante, Fran, pour leur soutien et leurs commentaires précieux tout au long de cette aventure.

Vous avez aimé

L'ÉCOLE
DES CAUCHEMARS

Le réveil des
monstres

Découvrez le livre 2
en novembre 2010

Grand jeu concours
L'École des Cauchemars

Raconte ton pire cauchemar et gagne un iPod et des livres* !

Pour jouer, dessine une planche de bande dessinée, format A4, recto seul, répondant au thème « **Raconte ton pire cauchemar avec des créatures fantastiques !** », et renvoie-la, accompagnée de ce bulletin dûment rempli, avant le 15/08/2010 à l'adresse suivante : « Jeu Concours École des Cauchemars - Cedex 2131 - 99213 Paris concours - Du 06/05/2010 au 15/08/2010 ».

NOM _____

PRÉNOM_____

ADRESSE _____

CODE POSTAL _____

VILLE _____

PAYS _____

DATE DE NAISSANCE _____

❏ J'autorise mon fils / ma fille à participer à ce jeu concours

Signature des parents

Cet ouvrage a été imprimé en France par

BUSSIÈRE

à Saint-Amand-Montrond (Cher)
en avril 2010

Cet ouvrage a été composé par
PCA - 44400 REZÉ

 12, avenue d'Italie
75627 PARIS Cedex 13

— N° d'imp. 101086/1. —
Dépôt légal : mai 2010.